JN170464

痕跡

エドゥアール・グリッサン
Édouard Glissant

痕跡
La case du commandeur

中村隆之 訳
Traduit par Takayuki Nakamura

水声社

世界にはいつだっておまえが知っているものもあれば知らないものもある。
――ピタゴル・スラ

なぜなら言葉には、大地の奥深く伸びるヤム芋の苗のように、長い時間をかけて
掘り起こさなくちゃならない歴史があるからだ。
――パパ・ロングエ

目次

主要登場人物

マリ・スラ 小説の中心人物。別名、ミセア。

ピタゴル・スラ マリ・スラの父。サトウキビ畑で働く。

シナ・シメーヌ マリ・スラの母。別名、アビチュエ。森の中で拾われ、オゾンゾに育てられる。

オゾンゾ・スラ マリ・スラの父方の祖父。ラバ飼育の名人で、大食漢。

エフライズ・アナテーム マリ・スラの父方の祖母。野菜売り。

オーギュステュス・スラ マリ・スラの父方の曾祖父。物事を見とおす目をもつ。

アドリーヌ・アルフォンジーヌ マリ・スラの父方の曾祖母。別名、マンゼ・クーリ、マンゼ・コロンボ。

アナトリ・スラ マリ・スラの父方の高祖父。三五人の子の父。

リベルテ・ロングエ マリ・スラの父方の高祖母。父の弟からその名を受け継ぐ。

パパ・ロングエ マリ・スラの遠い親戚。呪術師。逃亡奴隷の家系。

マチュー・ベリューズ マリ・スラのパートナー。歴史家、旅行家。

ユロージュ・アルフォンジーヌ マリ・スラの曾祖母アドリーヌの父。黒人初の奴隷監督。

名無しの女 マリ・スラの曾祖母アドリーヌの母。逃亡奴隷の次女。何でも過去形で話す。

『日刊アンティル』（一九七八年九月四日付）から

〔アンティルはカリブ海の島々の別名。この場合とくにフランス領の島々を指す〕

「……調査によれば、度重なる不幸に見舞われてからというもの、この人物は周囲からの孤立を深めていったのだという。やむをえず関わった人々は、その最近の言動に怯えていた、そう隣人は証言する。地元で商売をいとなむ好人物M・C氏は、その様子を衝撃的に描写している。《目をきょろきょろさせてるとおもいきや、突然こっちの顔や手をじっと見てくるんだから、どうしたらいいか分かんないよ。言葉をかけるときなんて、こっちが口を開こうとしたとたんに口を開くんだ、まるでこっちの唇の動きを読んでいるみたいに。それから急にニコニコしてよく分かんないことを口にするんだな。いつも同じさ。ロドンドとかそんなことをね。ロドンドだったか、ドロンドってのを、繰り返し口にして、「それで、結局どこにいるの？」って聞いてくるんだ。うん、だいたいそんな感じだよ。そのあとはもうぴくりともしない。官憲には警告しといたよ、でもいつも同じでね、介入するには合法的理由がなければならないの一点張りさ。機が熟するのを待ってから行動に移すんだよ、相変わらず。不幸が訪れたら、もう手遅れさ。いやほんとにね、ちびっこたちだって、あの家の前を通るのを恐れてたんだよ。二〇世紀まったただなかだっていうのに、こんなのがまかりとおってるなんて信じられるかい？　あの人にも情状酌量の余地はあるよ、どうみても病気だし、あの人に降りかかったことは、みんな知ってるさ。みんなで協力して手助けするつもりだった。おれたちはね、人としてできるかぎりのことはしたんだ。でも結局、この人はちょっと普通じゃない考えを広めてたんだ[1]。社会は自分たちで守らなくちゃならないということさ》Ｍ・Ｃ氏は当地区で困窮している人を率先して支援しにいく人であり、定評ある氏の親切心からみても、その証言には疑う余地がない。別の隣人、五児の母であるＰ・Ｌ夫人はこう打ち明ける。《家の戸口にうずくまったままよ、野晒しにされた死人みたい。ほんとに耐えがたかった。ここは住宅地だから、近所づきあいってもんがあるでしょ。でもほんとにね、気の毒な人よね、たいそう頭のいい人のようだし》付け加えるべきことは何もない。運命の前では言葉は無力だ。この痛々しくもあるケースについては、これ以上の贅言を要しない。さて、この機会に告知しておくと、われわれは次号以降のどこかで、ある詳細な情報を……」

（1）こうした悲痛な事態にさいして、「ちょっと普通じゃない考え」にコメントする権限はわれわれにはない。しかし各人は、政治的見解をひとまず措いて、それぞれこう問うことはできよう。このケースにおいて問われているのは、残念ながら、一方的に人を打ちのめす純然たる狂気なのではないか、と。

（『日刊アンティル』編集部）

燃える頭

遠い昔の痕跡

ピタゴル・スラは、理解する人など誰もいないのに、そんなのおかまいなしに「われわれ」のことをやかましくしゃべり立てていた。《われわれ》は、結局、あの唯一の母体ってものをただの一度だって作りあげたことがないに決まっている、それがあって初めて踏み出せるってものだ、自分たちの一握の土地のなかにも、四方を取り囲む（いまでは鳥もいなくなりアスファルトの襲撃で蜂の巣にされた）紫色の海にも、彼方の世界を編む、海の向こうに続くあの陸地のなかにも。われわれはあまりに狂気じみた仕方でばらばらになったようだし、われわれのわれをぶつけながら転がすだけで、ベルト状に連なるこの島々のうちでは絶対に重なり合わないし（この島のなかでさえもだ。聖マルタンの祝日が――マルティニックでは――その《発見》の日だとされている、まるでこの日より前にはここには打ち寄せるこのちっぽけなカリブ海しかなかったように。しかもだれひとりとして、一度だってカリブ海の名前の由来を問いかけたりなどしない）、不在と夜を宙に浮かび上がらせながらさまよう叢林のような、影のことさえ語らない――けれど感じていたのだ、このわれわれから堆積が溢れ出し、底なしのエネルギーがこれを磨き、無数のわれが縄のように絡み合うかもしれない、と。その縄は、太陽が疲れ果てた身体のなかに沈むときの、夕暮れどきの最後のサトウキビを束ねる縄と同じぐらい雑に結ばれているものの、あんたの口を通ったときの虫下し草と同じぐらい強力で執拗なのだ。だがそれでも一人ひとりのわれは、陽光の湿った輝きを受けながら、どこぞのおれやそこいらのやつになりつつ、はるか遠くの地へ逃避的に沈みこむ島の暗がりのような、不安定な暗がりのなかに閉じこもってきたんだ。なぜならわれわれは、自分たちの物語をうたうことも、石や木にその物語を刻むことも、一度だって始めたことがないからだ。われわれは、自分たちがアフリカと名付けはしなかったこの邦にいて、村の篩（ふるい）にかけられて消えてなくなるような土ぼこりの跡を、われわれが生まれたはるか昔のあの小部屋の痕跡を、一度たりともじかに辿ったことはないからだ。だから思い起こさない。サヴァンナの境目で、頭から突進する牛の群れ（と激しい雨）とともに、《一人の干からびたわれ》を捕虜の列の前に急き立てた、それほどまで憔悴させたあの裏切りの情熱を。こいつは小屋の入り口で呆然と立ち尽くしたまま、《もう一人のわれ》の捕囚――そいつは遠くへ連れて行かれる――を利用することさえせず、そいつがいなくなることでまた塞ぎ込むのを、われわれは思い起こさない。このとんでもない裏切り者のわれが、裏切られたわれと同じ嵐の吹きすさぶなかを必死に漕ぐことになる出来事を振り返ることだってない。否だ。われわれはこうした結び目をもう何一つ理解していない。われわれは見たというのだろうか、この間にもレースをひた走る世界が、島という胃腸（トリップ）と大陸という平面を結びつけ、引き裂かれた河を運び、ピラミッドを建設し、未知のものを保護してきた空間の底に穴を開けてきたことを。見てはいないのだ。過ぎ去る人生、切り倒される木々、追放された愛は、事物に形を与え認識させる明かりのもと、姿をあらわしたりはしない。どんな夜と光が絡まりあい、われわれから意味を隠し、この燃え上がる時間でわれわれを焼いてきたのか。一つの船首の恵み、一つの武器の屈曲、一つの土地の襞を、位置づけることも記述することもデッサンすることもなく、どの河であるかを名付けることも、どの砂であるのかを選り分けることも、どの小屋であるのかを示すこともせず（どのようにそうすることができたのだろうか、あまたの海と恐怖、われわれが沈んだ海底のあまたの青い夜、自分たちの腹のなかに打ち込まれた太陽のような鉄球のあとで）、われわれは、移送中に自分たちをうずくまらせてきたこの苦難と滑稽を、見分けがたい動きのなかでいまだに生きている。《われわれ》はこの苦難と滑稽を生き続けているのだ。ところが、孤立した一人の男がおのれの情熱に住まい、こうした昔をかいま見て、この呻きをもう一度聞きとり、おのれの愚かさを笑い、周囲の土地を棒で突き固めに行って、この土地がほんとにおれのものなのかを確かめるんだ、などと訳の分からぬことを叫び散らしていても、われわれはこの男の身振りに付きあうこともなければこの叫びの意味を見抜くこともない。あいつはふざけているのだとか、とんでもない台風のせいであいつの片目はあっちの方にむいちまったとか、陽射しのせいで頭がいかれちまったなどと、うそぶくのだ。交差点にいるこの男は、夢想の風に打たれて思い出す。男は片足で飛び起きると、後方を阻止してこう叫ぶ。《オドノ！　オドノ！》車はクラクションを鳴らし、通行人は立ち止まらずに笑っている。真昼の魔術師であるその男は、いくつもの場面をつうじてかいま見ている。記憶ではなく、男のちくはぐなからだに沿ってさかのぼる場面、マニオク蟻（サスライ蟻の島特有の響き）のように男を食らい尽くすそれらの場面は、じっさいには、過去の明瞭なデッサンでも、一列に置かれた肥料袋（グアノ）の数の点検のように乾いて目に見える秩序に沿った場所でも日付でも血統でもない。どうしたら想像できるだろう、《トリニテ一七キロ、グロ＝モルヌ九キロ》と書かれた標識が立ち、そのすぐ近くにはマングローブ林と、その先にミンチ機と生白い肉をつり下げるウインチを備える県営の屠殺場がえぐられた輝きのごとくそびえ立つ、この高速道路の交差点で、オドノという語（かろうじて語であるような一つの音）が意味をもっているようで、ある稀な出来事への何らかの暗示を隠しているようだと、どうしたら推し量れるだろう。どうすれば、大洋のあまたのうねりの上を、みずからをオドノと呼んだに違いない何か、すなわち悲痛な声をあげるむき出しの肉体の堆積の痕を辿れるのだろうか。いったいどこに、どんな計算と、どんな測定器具によって、どんな風に目印をつけ、見つけられるのだろうか。穏やかな気持ちで、どこかの〈宣教の十字架（クロワ＝ミッション）〉〔宣教師が宗主国から来たことを記念して街中に建立された十字架〕の下の階段にでも座って、こう註釈すればよいのか。「この邦の住民はアフリカから、新大陸と呼ばれた場所へと奴隷船で運ばれたが、その道程で山のように死んだのだった。控えめにみても五〇〇〇万人におよぶ男や女、そして子どもたちがこうして〈母なる場所〉から切り離され、大西洋の海底に沈むか、アメリカ大陸の沿岸部に沿って泡のように打ち上げられた。われわれの民の大半は現在のギニア南西部出身だと推測される」この控えめな言明によれば、あらゆるものはこの移送の日から同じ力と平穏な息吹に揺さぶられてきたのであり、そのせいでみんなの記憶は強まってきたはずである。歳月は、それぞれの民が辿るべき道筋を記憶している秘密の小山（モルヌ）〔クレオール語で「小高い山」を指す〕のなかで列をなし、ゆっくり積み重なったはずである。ところが、夜の集積は重くのしかかってわれわれを覆ってしまっているのだ。われわれは言う。いかれてんだ。オドノなんてあんたの頭のなかで鳴り響くマルフィニ鳥〔海の上を舞う巨大な鳥。絶滅寸前［著者註］〕の悲惨な叫びだ。ゾンビがあんたの魂を一呑みにするときの音だ。交差点のこの男は躍起になっている。男はぎくしゃくした動作で見ている。何かが男の喉に群がっているのだ。穏やかな営みでも緻密な調査でもなく、飛び出るような火であり、肌に直接着たトウガラシの下着だ。時おり、すっかり消え去った昔の邦のサヴァンナの、ざらついたにおいがしたかと思えば、すべての追憶をかき混ぜる、この邦の幼年期が浴びてきた重くもあり軽くもある、月下香（チュベローズ）のにおいがする。それでも男はかいま見る。たった一人、目を丸くしている。われわれは男を理解することなくからかっているにもかかわらず、こうして男は一人で、騒ぎ立てるわれわれを、小山（モルヌ）と火山へ、大洋に根を張る木々へ連れ去るのだ。夢想のなかではデフォルメされ、幻視のなかではリアルすぎるその世界は、こうして進むのだ。男は、日々と、年月と、叫びなき夜々からなる喧騒を、われわれがひっくり返されてきたこの喧騒を、われわれのうちでひっくり返すのだ。あまたの孤立したわれわれは、淀みない知識で刺し貫かれた唯一のわれわれから溢れ出るのだ。こうしてわれわれは、浪費してきたあまたの活力によって、自分たちにはその意味が分からないあの単語を口にし始める。乾いた土地と、夢中に叫ぶ湿った夜を混ぜ合わせ始める。だから、男がもう一度《オドノ、オドノ》と叫んだとしても、男はこの語をつうじて、裏切り者が肉の護送係たちを先導した、アフリカの邦の村の入り口にまで戻ることはできない。否だ。男ははるか遠くの大洋の深淵に下りたことがない。男はサトウキビと小屋の上に死の予告を――《今回は子の誕生》――最近まで送り届けていたあの重く響きわたる音をただもう一度聞いているだけであり、この死の予告によって、われわれは陵辱された昔の邦の空間をこの邦に伝えていたのだ。それゆえ、男が暑く乾いた正午に死者の魂が詰まったこの呼びかけを発するとき（当時、男は自分がピタゴル・スラと名乗っていたことをまだ覚えていた）、シナ・シメーヌは、小屋の艶光りする地面にほとんどじかに、エフライズの手荒く安全な助けを借りて、生まれるはるか前からマリと名付けられていたこの娘を産んだのであり、その娘は、理由も由来もない周囲全員の想像力の恵みと気まぐれによって、のちにミセアと呼ばれるのだった。高速道路とル・ラマンタンの入口の交差点に立つ、その男の頭のうちにあるのは、突如現れる幻のように燃えあがるあのマリ・スラの思い出であり、ちょうどその時、マリ・スラ（もしかしたらミセアという名前は、彼女が会合の最中に現れるたび不意にわれわれが「ミ・スラ！〔ほら、スラだ〔著者註〕〕」と叫んでいた習慣にも由来するのかもしれない）もまたこの交差点からさほど遠くないところで亀裂の入った思い出をかき集め、人生の支えとして、その思い出でもってみずからを鼓舞しようとしていたのだ。ピタゴルの話では、できればな、息子がほしいんだ、とのことだった。娘だったんだ。それから自分の身体の葉っぱという葉っぱがシナ・シメーヌという甘やかな木と一緒になるのを感じたピタゴルは、小山（モルヌ）に住むほかの男たちなら彼に限らずそう感じたように、この娘、第一子の誕生によって、自分がすっからかんになったと思った。彼はこう考えた、これからもおんなじだ、シナ・シメーヌがこのあとにやって来る他の子どもを育てるのだとすれば。しかしピタゴルはマリ・スラのことを知らずにいた。そしてこの時期には、自分の怒りを呑みこんでしまったお馬鹿（アババ）のピタゴルは、夜の数時間、自分の鉈（なた）の刃をとがらすのさえ止めてしまった。なぜなら、四歳の小さな娘は彼のことをずっと見つめていたのであり（この邦では大人にあえて面と向かう子どもなど一人もいなかったのだ）、午後のあいだじゅう、巨大なアプリコットの木々の境に互いにうずくまったまま、彼がゆっくり首を振り、おれは娘よりも強いのだと声を押さえ気味に叫ぶまで、そうしていたからだ。わざわざ回り道してでもピタゴルの庭を通る近所の男どもに気づくにつけ、子のかたくなな態度にやはりびっくりしていたシナ・シメーヌは、小屋の暗がりでこっそり笑って、何度も尋ねるのだった（しかし、自分自身に打ち明けるような、うたうような調子で）、この鉈の先っちょがあたしに応えるのかどうか、と。ねたみっぽいマリ・スラがあたしの営みの産物であり出産の果実であるのかどうか、と。というのも、当時のシナ・シメーヌは、男まさりの女だったからだ。彼女はサトウキビを束ねるのにからだを独特に傾け、腰をポルカを始めるためかであるかのように斜めに動かし、一房の縄であごにくくりつけたバクーア帽〔同名の木の葉から作った日よけ用帽子〕は胸に影の透かしを作るのだった。彼女は、サトウキビ伐採夫のあいだをすり抜けてきたばかりの地を這う生きもの（ベット＝ロング）を挑発するためかのように、古びた下着で武装した一方の脚をまっすぐ投げ出すのだった。しかし彼女はこれまで一度たりともこの槍の穂先のごときヘビと対決しなくてよかった。ヘビはヘビで、この黒肌（ネグレス）の女に楯突いても何の得にもならず、この女の前ではおとなしく従うか、畝の一角へ姿を消す方が良いことを知っていたのだ。彼女は自分の挑発的な態度がピタゴルをひそかに苦しめているのを知っていたし、それにただただ苦しめられるピタゴルが、母のこの不屈の尊大さを子が受け継いだのではないかといぶかっているのも分かっていた。ピタゴルには、まっすぐ伸びるのを拒むコロソルの皮のようにあらゆる方向に飛び出た髪をしたこの娘のその頭のなかにいったい何がめぐっているのか、さっぱり検討がつかなかった。ピタゴルの考えでは、いずれ他の子どもがやって来るころにはこの娘を手なずけられるはずだった。彼は鉈を置き、シナ・シメーヌの近くに横になりに行くと、自分たちにはせめてあと二人の息子と、《本当の》娘が一人が必要だなあと叫ぶのだった（だが彼は一言も発していないのに気づいていた）。ピタゴルはミセアを知らずにいた。

肩に鍬（すき）を乗せ、正午から一時間が過ぎたころに仕事に戻ると、突然、照りつける太陽に挑戦するためであるかのように小山（モルヌ）の上に立ち続ける人影を見つけたときでさえも。ピタゴルはこのときサトウキビの穂先の上からあの法螺貝（ランビ）の重たい叫びを、かつて娘の誕生の日を響きわたらせるとともにピタゴルが期待するところの死を告げるためであるかのごとく太陽に届くまで鳴らし続けた、あの叫びを聞いたのだった。（なぜシナ・シメーヌの男が死を吹いて告げるのと同じやり方で子どもの生誕を祝ったのか、小山の下の住民でこのことを見抜いた者はだれもいなかった）。そのとき、小山の頂上の裾に立ち続ける小さな像が燃える光線を発し、サトウキビ畑に跡をつけて戻っていた重たい鍬にまで迫ってくるように見えた。飽和した大気は、白い岩壁の連なりと、陽射しによって表面が黄色くなり、固くなった赤い泥の尾根を輝かせていた。ピタゴルはそうした風景のなかを歩いていた。左では、蔓が陽光を遮る森にいる一羽のピピリ鳥が、くすぐるようにして、鋭く、短く、一貫したさえずりを鳴らしていた。サトウキビがなおも茂みを凌駕することのない境界では、鈍い音が炭窯の働きを教え、その乾いた音がぱちりぱちりと聞こえるとき、においが本物の雲のようにあんたたちを包みこむ。暑さは和らぐことを知らず、葉の一枚いちまい、さまよう茎、土地のすみずみにまでおのれの居場所を要求し続ける。ピタゴルは、大地に釘づけになり、ぴくりとも動かないまま途方にくれるなか、負け知らずの暑さという織物によって、彼が唯一結ばれていたのは、この石のような八歳の娘だったのであり、彼女もまた銀色に光る草薮（くさやぶ）のなかに根をはりながら、なおも小山から彼を見下ろしていたのだった。何かの語がピタゴルの胸中にまた襲いかかり、《オドノ、オドノ》とつぶやくピタゴルは小山（モルヌ）の丸みに沿って歩くのだった。自分に対して顔を向けることも目を伏せることもないその子どもが視界に入らないふりをしながら。彼女の短くざらざらした髪は陽射しを浴びて燃えていた。ピタゴルはこう考えた、おそらく、あらゆる《これ（スシ）》は（ピタゴルはこう言いたかった、何も生えていないサヴァンナ、泥の渓谷、灰色で透明なザリガニ捕りの梁（やな）、小さな池、木々の青い塊、焼けたパンノキの実のにおい、給料日後に色のついていない布でできた財布のなかでちりんちりんと音を立てる銅製の硬貨（スー）から、空間にあてどもなく響く豚の鳴き声までを――そしてさらにもっと言いたかったのだが、彼の動転した頭では一度に多くのことを捉えることはできなかった）創られたのだ、ちょうど〈主〉が昼も夜もお創りになり倦むことなく強め続ける永遠のように、《それ（スラ）》に達するために（かいつまんで説明すれば、《これ（スシ）》は、彼がこれっぽっちもいたことのない名前も知らない邦ではるかはるか昔から始まったのに対して、《それ（スラ）》は決して自分の営みから生まれたわけでなく、だからまったく自分には捉えられない黒い肌の少女と一緒にいる現在の損害を一言で表しているわけだ）。そんなわけでピタゴルはいたるところでこの子につまづくのであり、挑発であるか嘲弄であるかのように、シナ・シメーヌのきらめく行き戻りをいたるところでこの子は思い起こさせるのだった。彼は駆けめぐる低音の影のなかへなお一層没入することで、おそらくこの音にある種無感覚になるのを待ち望んでいた。シナ・シメーヌは遠くの方へピタゴルの姿が消えてゆくのを見ると、ずっと前から欠けていたゆとりと自由を、こらえることができずにおおっぴらに示すのだった。夜が二人の頭上で深まるとともに、夜になると娘はやがて根に変化する枝をもつ呪われたイチジク（フィゲ・モディ）の木のように伸びていた。ピタゴルはひょうたんでできたお椀（クイ）をわき水で満たすと、そっとしずかに動かし、その動作で、長らく調べていた本物の嵐（テンペスト）を創りだそうとした。彼は最近の記憶のなかから、子どもの誕生したのと同じ日に火山（〈北〉）を表すもの、目に見えないが決して忘れられることのない〈屹立〉のエネルギー）が岩と灰によるその巨大な噴出を一撃だけ見舞ったことを見つけだした。頭のなかでは太陽がわき水と火山灰を混ぜ合わせていた。そのとき、最近の思い出は、記憶のなかで燃える他の領野へと開かれていった。だがどの領野に？――彼の頭の混濁ぐあいはどんどん深まり、どれであるかを明確にすることができなかった。ピタゴルはシナ・シメーヌに言い寄る男たちに叫ぶのだった。「ギニアのくそったれの男ども（ネーグル）（しかし彼自身がよく分かっているように、わめく者（クラムール）はピタゴルの頭のなかにおり、まるで何も見ていないかのように、この者をぎこちなく通過させるしかなかった）、てめえらは他人の土地を馬で駆ける白人（ベケ）だって噂だ、サヴァンナに戻れ、呪われた黒人の群れども、蝿の王（ベルゼブブ）、ボンダ〔尻。間違いなく挑発の意味を込めて使用［著者註］〕の大便、シラミに荒らされたサルどもめ、てめえらは悪魔のカーニヴァル以来一九二八年まで殉教者ピタゴルに対して攻撃をしかけたって噂だぞ、道という道の隅っこにてめえらが包み（バガージュ）〔呪文に使う包み、「呪いの包み（パケ＝シャルジエ）」とも［著者註］〕を置いているのはお見通しだ、だがおれはピタゴルを動かす操り糸を知っているしそれでピタゴルは神さまの重い荷のように頭上で指を組みながら灼熱の熾（おき）のなかを歩くことができんだよ」こんなわけでピタゴルは啓示的幻視のたぐいとはもっぱら無縁な呪詛の山のなかに埋没していった。どこかの山道（トラス）の曲がり角で、ピタゴルが頭上のごわごわした小さな人影に気づきながらも、この人影を見分けようともしないし、相手もピタゴルに気づくふりをしてあげようとはしない、そんなときだった。ピタゴルが振り返るには、誕生の日以来（だからこのとき、火山の噴火が上の方の土地に新たに襲いかかったという噂が駆けめぐり、避難した人々の話では、その日の朝、岩と灰の爆撃がロクセラーナ川を飲み込んだそうだ。ちょうど彼が制御不能の噴火だと想像していた、あの出産への燃え上がるプレリュードであるかのように）彼が何よりも恐れていたのは、シナ・シメーヌを前にしてみずからを絶え間なく硬直させる何かを、娘のうちに見つけることだった。それはからだを反らせ、額を上に向け、からだを動かさないようにして歩き、だれに対しても話しかけるように見せずに話すという仕草だった。何よりもこの恐れこそが彼をしてあの誕生の日に法螺貝（ランビ）を吹かしめたのであり、同じくわが子が死んで生まれればと思わせたのだ。そして、彼は（自分を守る）息子をもてなかったことの悔しさよりも、これからやって来る毎日毎年、日々も歳月も止めることができないまま、シナ・シメーヌのようなタイプのもう一人の女と対決することへの恐れに苦しんでいたのかもしれなかった。ピタゴルを苦しめるもっとも確かなことは、自分でも分かっているように、シナ・シメーヌがだれにも視線を向けず、言うなれば、ピタゴル以外は文字どおりだれも見ないことにあり、そして、これもよく分かっていることだが、このお高くとまる女（ネグレス）が彼から視線をそらすかもしれないと考えることじたいが、ただたんに耐え難いのかもしれなかった——だが、こうした知識はすべて、照りつける陽射しにすでにかき消された葉の朝露よりももろく、むき出しだった。彼が心中のこの震え——この不変を統べることができないとすれば、二人を相互に結びつけるものを確かめることが何の役に立つのか。まさにこの時期（それはピタゴルの道のはるか上方にミセアが現れることが当人に耐え難くなったときであり、シナ・シメーヌがその子を入学させたあの学校が部屋の空気を入れ替えるときにしか開かないのではないかとピタゴルが文句を言っていたときだ）にピタゴルは住民の理解の彼方にあることしかできなかった何かを問い始めるようになったのだ。それは質問の嵐によって始まったのであり、彼は山道や渓谷で出会った人々に質問を浴びせかけるのだが、その問いは行く先々でもっとも勇敢な話し好きたちでさえも遠ざけるたぐいのものだった。そして毎晩彼は、領地（アビタシオン）〔農園主の領地。サトウキビ畑、精糖所、農園主の邸宅、奴隷小屋、売店すべてが一体化した空間〕の売店の前に置かれた一脚のテーブルに腰を下ろして終わるのであり、現場監督（コマンドゥール）の妻がそのテーブルの薄暗いランプの周りに毎夜九時ごろまで、ラム酒を給仕するのだった。彼は座ったまま、そこに居合わせる人々がそれぞれ一時間か二時間前からひそひそと繰り返していた話を、まるで初めて話すかのように切り出すのだが、何人かは夜に守られながら唇をたどたどしく動かし、彼と同じテンポで、両手を揺らしながらその話にリズムをつけるのだった。「ここいらでギニアかコンゴのことについて知ってることを話すやつはいないか？」時おりホタルが彼の顔の前でダンスをすると、言葉がおぼろげに照らし出され、ピタゴルその人を立派に見せているようだった。夜、人々、虫、言葉は沈黙のうちに沈んでいた。だれも身じろぎ一つしないままだ。語り手ピタゴルは静かに祈っていた。「サトウキビが視えるぞサトウキビはいつも末無し川の畑に植えられていてフロマジェ（カポック）の木の子孫のサルどもはサトウキビを食べようと引っこ抜いていて二一〇の農園（プランテーション）の端から端までよりも面積が広い川が視えるぞ女たちは川で洗濯してクロコダイルの頭上に青い布地を打ちつける（この未知の動物が呼び起こされることで、一種のおののき――脅かされた身体の傷のような――がここに集う人々を切りつけるのだった、聞くところではサーカス団が道中でクロコダイルを一匹逃してしまい、その動物はそのままレザルド川の支流に避難したのだが、自然の奇跡（動物は危害を与えないように傷を負わされていた）によって、みずから再生を果たし――また一匹のイグアナとおそらく番（つがい）にもなることで――子どもを連れ去り家畜を荒らすトサカをもち夜行性のカイマンなる鰐の群れを生み出したのだった）。敵が地を這う生きもの（ベット＝ロング）が視えるぞそいつはとぐろで町を取り囲みしっぽで〈南〉の門を閉めて〈北〉の門から泣き叫ぶ住民全員を一人ずつ口のなかに詰め込んでいる（このときには本当の脅威が夜中にピタゴルの聴衆にのしかかっていた、というのも今度はみんながよく知っている獣だったからだ、聴衆の多くはこの獣と対峙したことがあったし、たしかに《敵》や《地を這う生きもの》という語以外ではこの獣を呼んではならず、夜の草むらにこの獣がいるときだけがただただ怖かった——このときは本当の恐怖だった）すべての黒人（ネーグル）の王が視えるぞこの王は四つの生首の上にふんぞりかえり目の前に立っている白人（ベケ）と話をして荷車三〇〇〇台分のサトウキビと一万のタバコの苗を白人と取引する黒人の王の屋敷が視えるぞベランダは青い芝生から切り出され水を入れた六〇〇の壺があってオイルを入れた六〇〇の壺があって砂糖を入れた六〇〇の壺があって黒人の王の祈祷台はレースのひだ飾り（ジャボ）がついた教会風のビロードでできている黒人王の最初の妻それから第二の妻それから新年の妻である三六六番目の妻までが視えるぞ黒人王の台所が視えるぞ砂糖を砕くための大理石のすり鉢があり小麦粉を挽くためのがもう一つトウガラシをつぶすためのがもう一つある七〇番目の妻がトウガラシ添えのタラ料理の支度をするおっぱいはつり香炉よりも早く揺れる黒人王はピタゴルよ何が望みかと尋ねるおれは答える黒人王よギニアかコンゴについて知っていることをお話しください王は答える友人ピタゴルよここがコンゴ・ギニア連合王国だそれでおれは言う王よピタゴルは旅の終点におりますと七〇番目の妻はおれにこう言うそうそう中に入って食べなさい」すると「中に入って食べなさい」と、夜中にだれかの声が現場監督（コマンドゥール）の家の前で言葉を継いだのだが、その声は男かも女かもしれず、ひょっとしたら子どもかもしれなかった。沈黙に包まれた聴衆はピタゴルがいったい何をこのように執拗に知ろうとしているのか（そしてなぜなのか）を想像しようとした。たとえ彼と一緒に王の屋敷に入って夕食をともにすることを喜ぶにすぎないとしても。そう、われわれはこの沈黙と夜とが入り交じったこの結び目を本当には理解していない。われわれはうずくまってぽっかり口を開けているか、ラバを囲う柵に寄りかかりながら立っているか、左手に頭を置きながら座るか、雄牛の囲い柵の入口にある土の欄干に沿って横になるかしながら、ピタゴルの方を眺め、彼を見ようと、少なくともわれわれのうちにピタゴルの言葉のノイズを聞きとり、彼が見つけだすか見出そうと躍起になっていたのは遠くのどの邦であるのかを見抜こうとする。しかし、この沈黙をピタゴルとすっかり分かち合うことはない。というのも、たしかにピタゴルはわれわれをこれらのセレモニーに連れていってくれた。われわれはそれをとても楽しんだし、たしかに彼の言葉を聞きながら身じろぎするのも忘れていたとはいえ、白状すれば、われわれが好んでいたのは、動きと自由を与えてくる彼の苦悩の源泉よりも、彼がわれわれを身中に入らせたさいの静かな興奮の味のほうだったからだ。現場監督（コマンドゥール）の妻は、ピタゴルの質問の答えを知っているのはシナ・シメーヌだけだと言い放った。なぜならわれわれは答えを知りたいとは思わないからだ。われわれは問いに感嘆したり陶酔したりしたい。最初の日の大異変のようにあんたが突き刺すバラミン棒の痛恨の一撃で巣穴から飛び出す蟻よりも多くの、たった一つの問いから散らばった多くの問いに。そしてひょっとしたらわれわれは身中にこの最初の日の大異変を抱えており、知らないうちに《オドノ！　オドノ！》と叫んでいるのだ——たった一人（あるいはたった一人の膨張した脳のなかでその突端をなす全員）が叫ぶのをやめ、おのれのからだに集中し、この最初の日と涸れたおのれの叫びからなる文字をたどたどしく読み始めるようになるまで。すると、自分の指ですべてを数えたがる連中がやって来る。やつらはこのたどたどしい解読を受け入れず、あげくには、この解読された語は自分たちの苦しみとは何の関係もない（自分たちは苦しみのなかに立っていると知っているか見抜いているとして）と結論づけてしまう。だから、難解で、叫びを発する言葉を前にして遠くに逃げ出し、より上手に隠れようとするこの手合は、これらすべて何一つ理解すべきでなく、不幸な者たち（やつらが言いたいのは、まさに苦しめられてきた者たちのことだ）はもっと分かりやすい言葉をうたうのだと結論づけてしまうのだ。そのうえ、われわれのもとにやって来て、即座にわれわれを列ごとに並べる連中がいる（こうして世界はわれわれのあいだを進むのだ、われわれは数えきれないものを、想像しないで想像し、間違えないで間違えている）。やつらはいくつもの列をなすわれから指揮官となる選ばれた者を区別する、まさにかつてやつらがわれわれの歯の生え方や肌のざらつき具合によって分類し、立派なわれ、衰えたわれ、真正なわれ、不純なわれと公言して書きとめたのと同じように。やつらの不機嫌にして横柄な幻想に応じて証明書を授け、それから自分たちの他所へと行方をくらますのだ（おそらく、道を誤って、苦しみが待つもう一つの岸に辿りつくと、やつらはそこで再び苦い経験をすることになる、ちょうどあんたの手の届く範囲にマントゥー蟹〔毛ガニ。すでに絶滅［著者註］〕がル・ラマンタンのマングローブ林の穴から突然姿を現したのと同じように。あんたが腕をばっと伸ばせるよう反射の導火線に火をつけようと、紫の毛をしたまっすぐな矢のように。その腕を放つときには、汚れた黄色い甲羅はもう一つの穴のなかに姿を消し、残された跡を前にあんたは悔しがるが、その取り返しのつかない遅さを納得する以外には何の役目もあんたには残されていないかのように）。こうした連中のうちだれひとりとして——到着する者も留まる者も——ピタゴルの声の音のなかで、ピタゴルと同じタイミングで話そうと唇を動かすかのごとく、からだを揺らすことはなかったのであり、かといってピタゴルが聴衆の輪に投げかけた問いが単純に何を意味しているのかを知ることも、彼がヘビの親玉に巻き付かせたあの町を大ざっぱに（われわれに）特定することもできずにいた。そしてこの声の揺れこそが何よりもわれわれを構成したのだ、あたかもわれわれは見抜いていたかのようだ、ピタゴルもまたわれわれを生んだあの根源的な大異変が何によって生み出されたのかを視ておらず、それがあったのかどうかさえも視ておらず、彼にできたのは、彼を選んだ――なぜかは知らない――無知と欲望をわれわれに共有させ、左の肩や右の頬にやけどのような印をつけようとすることだった、と。だれもタマリンドの木の根元で、夜の奥深くで「中に入って食べなさい！」とうたう声を引き継ぎはしなかった。けれどもやつらは（ここには無色の者たちもふくまれる。賢いあの連中は〈到着者〉の足跡を辿ってへとへとになり、自分たちは科学と知識の面であの〈他者〉からは区別されるほど優れていると信じているが、やがて〈他者〉のあとを追っておそらくさまようことになる）、頑丈すぎるからだを覆うぴったりしすぎた下着のように無知とそれにつきまとう裏面（欲望）を分かち合いながら、われわれの一部をなすのだろうか。ピタゴルは布地の財布を、まるで財布が秘密を封じ込めているかのように探り、他の硬貨（スー）から一枚の大きな硬貨を選り分けると、荒削りな木製のテーブルに置くのだが、そのすり減った一枚の銅貨は時おり一晩中置かれたままとなる、なぜなら現場監督（コマンドウール）の妻はその動作を見なかったし、ちょっと脂ぎって黒ずんだこの木の上にコインが立てたかすかな鐘の音を聞いていなかったからであり、より正確には、見ないように聞かないようにおそらく立ち回っていたからである。そしてこの界隈の住民やこういう機会に魅了される子どもでさえも翌朝にこの女が亜鉛の容器を片付けながら回収することになるこの硬貨（スー）をくすねようとは考えなかっただろうし、彼女は目を山の方に向けながら広げた片手でテーブルを払い、いわば採集のため、コインをテーブルの縁まで滑らせることになる。このように彼女は硬貨（スー）を集めることはせず、静寂に包まれた朝の湿ったテーブルを掃除しているときに偶然、硬貨（スー）を発見するというふりをするのだった。こうしてピタゴルは夜中に帰途についた。夜のなかに、自分の無知と欲望のなかに没入していった。さんざん帰りを待っていたシナ・シメーヌは、啓示がわれわれを包むこの夜の時をついに知った。彼女は、だれにも発したことがないものの霊廟のように積み上げていた数々の質問を思いついていた。それからこの悲嘆の時が過ぎ去ると、今度は冷静に周囲のあらゆるものを攻撃する決意を固め、質問攻めの準備をするのだが、それらの質問は、非難がうるわしく頂点に達するときには、気づかぬうちにピタゴルの奔放な問いの方角を向いているのだった。彼女は言葉の戦いを一人で耐えなければならないピタゴルに言った。「黒人種よりもさらに悪化した種族を見たことがあるっていうの？　混血（ムラート）〔「白人」と「黒人」双方の血を引く人々〕種はついているね、大きな足指から鼻の先まで白くしてるんだから。混血（ムラート）の髪はトウモロコシの皮よりも柔らかいんだ。黒色に浸かっている美男美女をこれまでに見たことがあるっていうの？」ピタゴルはつぶやいた。「あんたはマグノリアの花の朝露よりも美しいし、森のなかのバリジエの花〔剣のような形をした深紅の花〕よりもまっすぐだ」しかしシナ・シメーヌは自分には耐えがたいその美しさをゆがめ、入念に準備した平板さのうちに入り込んでいった。彼女はもはや自分のからだを古着で飾り立てることもなければ、彼女が自分だけでなく小屋のなかのすべての人すべてのものに冷酷な清潔さを課していたとはいえ、周囲に対して意識的にある種の無頓着になっていったのであり、それは、言葉や口論よりも、このときからシナ・シメーヌにおきまりとなった周囲とのへだたりを示していた。とはいえサトウキビ畑での彼女の態度は変わらなかった。あいかわらず軽やかで、あいかわらず遠くを眺め、熟していないマンゴーのようにかたくなだった。農村の申し子シナ・シメーヌは、いまではもう涸れ尽きてしまった時代、忘れられた草たちがその姿を現し、治癒の恵みを与えていたあの時代が現れるかのように、思いがけない力によって、サトウキビ畑、バガス〔サトウキビの搾りかす〕、パラ草〔サトウキビ畑に生えるイネ科の雑草〕、ベチベル草〔イネ科の植物〕に囲まれて、そびえ立っていたのだ。

小屋では、夜が深まっていた。ピタゴルとシナ・シメーヌは、それぞれの影のなかに引きこもり、質問の攻防を繰り広げていた。彼女のほうは、陽気でとげとげしい態度を平然と示し（出産したほかの六人はすべて息子であり――《本当の》娘はいなかった――彼女のこの陽気なとげとげしさを強めるのにあまり役立たなかった）、彼のほうは、留守がちで当てどなく独り言を言い続け、聴衆に恐れられつつ敬われ、長女に苦しめられていた。彼は（そしてシナ・シメーヌも）いっそミセアの学校の本のうちに答えを見出そうとした。ピタゴルは使い古されたために紙が黄ばんで嵩を増したその本のうちに、あの広大なかつての邦の痕跡を探そうとした。広大な邦はわれわれのもとを去ってしまった。われわれは二つの海原に供される同じ土地の一角に穴を開けるのだ。あの昔の邦からわれわれの身体は出航したのだが、われわれはこの邦に身体を根づかせられないでいる。ピタゴルにはミセアのもつ知識に頼らなければならないことが苦しかった。彼は周囲の風景を数え上げた。一面のサヴァンナ、そこから離れたところに荒っぽく立てられた囲い、雨水に浸る草のなかで杭につながれた雌牛の群れ、雄牛の群れが刻んだ足跡、丸い屋根のようにサトウキビに覆われた荷車――そして、彼が心の奥と襞のうちでよく知っているものの、その全貌を把握することができない一つの邦のこれらの要素をつなぎ合わせて考え、つぶさに調べ、一つずつ順番に並べたのち、学校の本をめくり、どこかのページに、彼がこしらえた奇妙なモデルを喚起させるようなデッサンや地図やアウトラインといったものが見つけられないかと期待を抱いた。昔の邦、ピタゴルがアフリカと言わずにギニアないしコンゴと呼ぶその邦は、この邦にそっくりだ（というのも、この邦の方がおそらくかつての邦のイメージを象っているとは彼には思い及ばなかったからだ）と納得し、一つの邦が自分たちの頭や腹のなかで何を揺らしうるのかを知ること見抜くことに無頓着のまま、その邦のモチーフを一つずつ区別することもせず、転写と複写に熱中し、永遠の太陽が浮かんでいるだけの単純きわまりない夢だが期待に膨らんだおのれの夢を、ブルターニュやアルザスの山の地図の上に投影するのだった。シナ・シメーヌは同じ本のうちに人間の類型を描いたものを探しだそうとした。黒人（ネーグル）は元来醜いのだと、したがってピタゴルがあたしのうちにあれやこれやの美しさの「仄めかし」をわずかでも見つけようとしても無駄なのだというその確信を、積極的に主張し、例証するためだった。彼女はわずかな図像を、とりわけ、それぞれの人種をイラストにした、とくに頭部についてははっきり話し聞かせる図表を長いあいだじっくり眺めていた。白人の考え込んだ奥行きのある顔と比較すると、梅毒病みと呼ばれそうな黒人の野蛮な分厚い唇がいっそう際立った。シナ・シメーヌはうっとりしながらこの顔の下に何が書いてあるのかミセアに話すように頼んだが、子のほうはその度にゴルゴダの十字架よりも不動のまま母をまっすぐ見つめ続けるのだった。しかもミセアはそれ以後、こまごました学校の話を隠すようになった。晩にピタゴルは隅っこでミセアを見張っていた。ミセアは小屋のもう一方の隅の薄暗いランプの下に座っており、周りには、彼が夜のあいだしまい込んでいる鍬（すき）と鉈（なた）、そして彼女が眠る、古着を敷き詰めた板のベッドがあった。彼は、一つの生き物がこのようにずっと身じろぎしないままでいることに驚嘆していた。本のページを繰るときや鉛筆の先をなめるときも、その動作は、油にまみれたランプの煙から浮かび上がる、彼女自身のシルエットではない何者かに所属しているのか、もっと正確には、この不動の植物に接ぎ木するために不可解な他所から出現しているように見えるほどだった。そしてピタゴルが近づくと、子は父から勉強を守ろうと腕で隠しながら、頭をあげてやることもなく、自分の世界に閉じこもり、ピタゴルをつまはじきにするのだった。ピタゴルは知らないでいた（ピタゴルはミセアがすでに知っていることを知らないでいた。彼は本当にミセアのことを知らずにいた）。本というものが、それを作成する者たちにもっとも利するよう嘘をつき続けており、彼が知りたいと望むあの邦は、どんな説明やどんな詳らかなことよりも、みずからのうちに見出さなければならないはずなのだということを。悔しがるピタゴルは、長男が、話し聞かせる本を持ってくるようになるのを待ちわびることにしたのだった。しかし、結果は、最初の日の破局よりもいっそう悲惨だった。息子たちは歳月の経過とともにピタゴルの前に次々と現れたのだが、どの子も見るからに馬鹿そうであるばかりか、つける薬もないほどの馬鹿ぶりを絶望的なまでに一貫して見せつけたために、この愚かさは示し合わせたものなのかどうか、彼には判断することができなかった。彼は怒り、マオー縄を振りかぶって息子たちをびしばしと叩き、逃亡を試みないよう家の周りに息子たちを引っ立て、シナ・シメーヌとミセアの前を行ったり来たりするのだが、その間、二人はどちらも一切介入しようとはしなかった。ピタゴルは息子たちの手に本を握らせ、読むように命じると、息子たちはまた馬鹿なことを口ごもりながら言う始末で、理にかなったあらゆるものから恐ろしいほどかけ離れたがらくたの山にすっかり意気消沈したピタゴルは、ここを離れ、パンノキの実をブタにやり、鶏小屋（カロージュ）にそれぞれ飼っている三匹のウサギに草を与えに行くよう合図を出すのだった。それからすべては元どおりに戻った。つまり、沈黙、独り言、不在が、下方の白人（ベケ）のサトウキビ畑での土ならし、植え替え、草刈り、伐採、拾い集め、束ね、運搬の作業のリズムに沿って繰り返される日々が戻った。そのころ——すでに一九三七年であり、その二年前にはフランスへの併合三〇〇周年記念祭が都会の住民を湧かせたわけだが、それから二年たってもピタゴルは「マリアさま、何とかの三〇〇年ってキ・サ・サ・イェ・サ？〔いったいぜんたいなんのことですか？［著者註］〕」とぶつくさ口にしており――シナ・シメーヌは、みずからそのからだを苦しめていた変装（彼女はすっかり太った、シャツのボタンをとめず、そのはだけたシャツの下から胸が見えるのもあえて気にしなかった）を言ってみれば洗練させて、赤色か白色の粘土からなる小さなパイプを吸うのを覚えたのだが、年老いた黒肌（ネグレス）の女たちはみな軒先の階段や市場の付近や老人たちの集う不吉な場所の入口で、歯が抜けた唇のあいだにくわえて楽しんでいたのだった。パイプという珍しいものを知ったけれども、タバコをえんえんとくわえ続ける姿がさまになるということは決してなく、それとは反対に、長くもろい粘土の筒を用いるという、こうした気取った身振りが悪影響を及ぼし、この健康な女性がみるみる老いてしまうのがいっそう嘆かわしく見えるだけだった。それゆえ知識はあいかわらず本のなかにあり、コンゴとギニアは未踏の地で、黒人種は〈美しさ〉の最底辺だった。本をあきらめたピタゴルは、そのころ、みずからを再び駆り立てる別の手段を見つけた。町に行くためにヤック船〔かつては商品や川岸に渡る人を運搬したエンジン付き運送船［著者註］〕に乗ると（彼の人生でおよそ一〇回あった）、運搬船がル・ラマンタンの川を引っ掻き回して汚しているあいだ、彼は、知恵のつまった二人の賢い男たちが熱く交わす議論を聞いた。その二人はミルク入りポンチに浮かぶ泡か、あるいはドライブをかけて、ゴミエ舟〔帆付きカヌー（材料とする木の名に由来）［著者註］〕の底を激しく揺さぶる二匹のハコフグのように、自分たちの言葉の表面を泳いでいた。ピタゴルはミルク入りポンチの愛好家でもなければゴミエ舟の漁師でもなかったが、この二人には聖（サン＝テスプリ）霊との親交があることが彼にはよく分かった。「官憲が黒人王を捕まえた。ここまで来る蒸気船に押し込んだんだ」「黒人王は全身ドレスで、外でも中でもスリッパを履いてた、ほんとだぞ」「もちろんドレスじゃなくてガンドゥーラ〔長衣〕、そうガンドゥーラで、スリッパはバブーシュ〔つま先が上に反り返った履物〕だったんだ」「おいおいそりゃないだろう、雄と雌の区別をはっきりさせなきゃ黒人王に妻がいるなんてちっとも分からないだろ」「両手の指と同じだけの女を一緒に連れてくるのは王の権利だった」「そいつは殺し屋よりも強いらしい、なにしろ死人たちの畑に横たわる子どもたちの血を飲んだらしいぞ」「そいつは三〇〇〇人以上を殺した」「そいつは風の塵よりも早くここまで連れてこられた」「そいつは敵だな」このときピタゴルは想像を絶する人物がこの話（コント）では話題になっているのを理解した。彼は帆舟の横揺れと溶け合う知識の目眩に囚われた、というのも風を正面から受けるル・ラマンタンの入り江の沖合に出たからだ。海の空気がマングローブと黄色い運河の凝縮したにおいに鋭い層をなしながら折り重なっていた。ピタゴルは、波がうねり、舟を打ちつけるなか、耳を風にして聞いていた。この偉そうな二人は、ここで夢以上のものに、すなわち、名のない巡礼の沖合で座礁したものに自分たちが投錨していることを見抜かないでいた。血走った目で視界がかすみながらも、ピタゴルは、自分の頭がからっぽであることに驚くだけの十分な分別を保っていた。自身の問題を掘り下げることのできる、このとても簡単な手段をもっと早く考えつくべきだった。隣り合う庭からいつだって最初の野菜が得られるとは限らない。鉈を片手にインド・タマリンドの木〔リンゴの形をした果物をつける熱帯樹〕を目指して山に行くあんたには、ほらここに、自分の鍋のうしろにスライスできるイチジク・バナナ〔小振りのデザート用バナナ〕があるのが見えちゃいないんだ。二人の識者は日付でもって現在をスライスしていた。「いいかい、そいつが到着したのは世紀の変わり目だ、一九〇〇年に太鼓の音に合わせてね」「ちがうね、そいつは一九〇二年の火山〔マルティニック北部のプレ山噴火により当時の中心地サン＝ピエールが壊滅した〕と一緒に死んだのさ、あの同じ破局で」「一九〇二年にはそいつはもうカビリー族の邦に行くための準備中だった」「そのころだったと賭けられるかい」「請け合うね、やつは今世紀の三年前にやってきてそれから今世紀の三年後に再び出発したんだ、それがバランスさ」「バランスね、ベアンザン〔ダホメ王国の王。フランス軍に敗れてマルティニックに島流しにされた。ベハンジンとも〕と釣り合うのはブゾダン〔マルティニック北東部の地名。グリッサンの生地〕だな」ピタゴルは、その〈名〉が頭のなかで炸裂するのと同時に腰に舟の横揺れの一撃を受けてよろめいたようだった。こうして黒人王は、ピタゴルの誕生の同じ年にやってきたのだ。（ピタゴルは囚われの王が一九〇二年に到着したと即断した。マリ・スラの誕生が一九二八年に溶岩の破片によって告げられたとすれば、その父がいわば一九〇二年の噴火の爆撃と熱雲をつうじて誕生したことはだれにとっても忘れがたいことだった。王がこの大異変の翌日か同日に到着し、この大異変が、その余波が王をなおも打ちのめしているもう一つの大異変の完全であるが一過的な続きであったことはピタゴルにとって明らかだった）。こうしてコンゴとギニアから立ちのぼる昔の煙は、フォール＝ロワイヤル〔マルティニックの中心地フォール＝ド＝フランスの旧名〕の湾の真ん中で座礁し、囚われのベアンザン王をいっそう辱めようとそこに派遣された二級将校の監視のもと、その包み（バガージュ）（凝った鞍、下着の入った箱、ヘンナ葉の瓶、青いターバン、儀式用の椅子、ヴェールをかぶり鉄球をつけた女たちに囲われたすべて）は案内人の小型舟（ペトロレット）のなかにところ狭しと片付けられた。われわれは見る、ベアンザンが舟から不器用に下りる前に、トロワ＝ジレの青緑色をした頂に最初の視線を向けるのを。彼はいずれ自分が死ぬか埋葬される運命にあるのかもしれない土地を前にして、先祖の土地から遠く離れた見知らぬ世界に属するこの邦の厚みを推し量っているのだ。彼はわれわれをこの最初のまなざしのうちでよく観察し、もしかすると、帆の引き上げロープを下ろす、あるいは舟を発進させるわれわれの身振りを見て、将校に対する配慮と同じくらい無関心に満ちた捕虜に対する丸い形だけのこの身振りを見て、われわれを取るに足らない存在だと感じたのだろうか。〈歴史〉によって追放されたという前代未聞の孤独のうちで、太陽の照りつけるこの地に下り立ったときの嘆きのうちで、彼はいったい何を考えうるのだろう。奴隷貿易の最後の強制移送者である彼は、大西洋上で悲嘆に暮れた不眠の夜を何晩も過ごしたのち（大西洋で彼は正義について考えを巡らせていたのかもしれない。正義は彼に、この海の道に沿って多くの王たち、反吐と伝染病で塩漬けされマリネされた同じ恐怖の道に、やがて向こう岸で自分を迎え入れることになる者たちの親たちを見捨てた多くの王たちを体現するよう任じたのかもしれない）、彼はこの一切れの土地をどう捉えることができるのか。われわれにとってはダホメ王でも根底的な抵抗者でも崩壊を食い止める石でもなく、コンゴとギニアの唯一の王であった彼は（巨大な口の唇にわずかにこびりついた泡であるわれわれ。この巨大な口は、二〇〇年以上ものあいだ、彼が黒人（ネーグル）——アメリカ——に負うものを飲み込んできたのだ）、われわれについて何を見ることができるのか、それとも、われわれの微笑みの冷たい石、われわれの身振りの枯れた葉叢（はむら）を見るのだろうか。するとピタゴルは、緑の海水が運河の黄ばんだ汚水と遭遇するようになるその同じ湾のもう一方の果てで、自分の王を見ると、彼のあとを追うことを決めた。からだが鍬仕事にくたくたになったときの夜の仕事や太陽を待つ数々の徹夜のさいに彼を苦しめてきたものを、ついに彼は知ろう（知るのではなく、足跡を見つけよう）とし始めた。踏み跡（トラス）に沿ってこの唯一の〈到着者〉のあとをもはや辿るしかなかった。周囲の者はだれにもその勇気がなかっただけで、この男を表敬しに行く（はかなく、まもなく抑圧される）誘惑のようなものは感じていた。少なくともその三〇年後、われわれはこの男を偲び、彼に塗油した軽蔑の苦い脂分を払拭しようとするわけだ。ピタゴルには囚われ人の運命や感情にはまるで興味がなく、ただ、彼の身中で動いている夜の部分を明らかにしようとしていた。彼にはもう本も必要でなければ、娘マリ・スラも必要なかった。柵で囲い込まれた水陸両棲の一頭の雄牛のように、島の空間を巡るこの男が土地に描いた本をピタゴルは開くのだった。しかしピタゴルもまた円を描いて回っていた。海水の上でのこの啓示の日から、彼はさらにいっそう自分の殻に閉じこもった。時間は、シナ・シメーヌと彼とのあいだで繰り広げられる戦いの雨あられのなかに消えた。彼があの渡し船に乗ることになるおよそ一〇回のうち、七回か八回は、あの王を見つけだすためだけに、すなわち、自分自身のからだからトウガラシの下着をなんとかはぎ取るためだけに費やされた。彼は議会会館のいくつものホールを巡った。印刷局を隈なく走りまわった。そして、ある日、彼は案内所の埃まみれの部屋に辿りついた。一人の白っぽい服装の小役人が、商人にココナッツのシャーベットを給仕させているところだった。レースのコースターに置かれた小役人の水晶のグラス、その横にある銀製のデザート用スプーンが、トレイの窪みに置かれていたのだが、そのトレイはどちらかというとメッキを塗り直した金属のひょうたんのお椀（クイ）に似ていた。商人はグラスをシャーベットで満たすと、ピタゴルを横目で眺めながら、得意客以外は相手にしないと分かる商人特有の気のない様子を示すのだった。商人が部屋を出ると（扉を通るとすぐに商人が鳴らした鈴の音が聞こえたが、隣の仕事場へ商人が姿を消すと、音もただちに消えた）小役人はシャーベットをぴちぴちと耳障りな音を立てながら味わい始め、シャーベットと同じくらい長く続くピタゴル（語り手は自分の動作に気を配っていた）の話を見るからに考え込んだふりをして聞いていた。シャーベット狂はグラスを置くと、じっとし、動くこともなかった。埃が、ブラインドから射しこむ横縞の陽光をつうじて、部屋の半分を占める影のなかをしゅるしゅると舞っていた。折り目に灰色の縞模様がついた、やや汚れた小役人の服が、ピタゴルの完璧に糊付けされたアイロンの効いたメタリックのスーツと対照をなしていておかしかった。小役人は自然界を超えたものをひたすら思い描いているようだった。「ベアンザン、どこのベアンザンですか、われわれを何と取り違えているのですか、われわれは町のうわさ話を扱ってるわけではないのです」ピタゴルは拳を握り締め、拳固を解き、からだをひっかき、ため息をついた。はるか遠くで、商人の鈴がかすかに反響するのが聞こえた。するべきことは何もなかった。彼は小屋に戻り、また再び（これが最後だ）自分のうしろに、シエスタやらシャーベットやらで調子を狂わせる町の住民のあの漠然とした不安を置き去りにするのだった。町の住民は気にしていた、サトウキビ畑の黒んぼ（ネーグル）、一介のサトウキビ伐採夫に過ぎない者が探求をおこなうという、自分が古文書研究者や古書体学者であると宣言するに等しい野心を抱いたことを。しかも何についてなのか。囚われのアフリカ人についてだ。およそ三〇年前にこの邦で過ごし、思い出（否、あまりに早く消え去った漠然とした悪臭）、すなわち、多くの女たちを妻だとはばからず呼んでつき合った堕落したドレス姿の滑稽な人物の思い出を残したあのアフリカ人についてだ。このアフリカ人よりもはるかに自分たちの地位の方が上だと考える小役人は（彼らはおそらく幸運に恵まれるだろう——というのも、彼らは聖霊降臨祭（ペンテコステ）の夕食の席で、総督の下で働く事務局長に仕える、ある主任の部下のいとこに出会って、その部下のいとこを幸運にも楽しませ、あけすけな冗談で笑わせたことにより——やがてダカールかコトヌーで管理職に就くという幸運に）、この田舎かっぺ（ゴルボ）〔都会人からしたら、洗練されていない田舎者［著者註］〕この田舎もん（デサンデュ）この濃糖液（グロ＝シロ）の野郎が、その足りない頭のなかでひっくり返り、スズメバチのように狂ってしまったのだとののしることで安心するのだった。これこそ純白〔白人〕の真実だった。風景が判別できず、いかなる土にも投錨しないさまよう夢想のそばを、ピタゴルは通り過ぎたのだった。すなわち、彼は昔の邦の風景――囚われの王が見捨てられた戦士として思い巡らせる沈思のなかに運び去ったその風景と、この王のはるか前に煮詰まった悪夢と引き裂かれた肉体に苛まれた奴隷貿易の奴隷たちとを見分ける可能性（じっさいには彼をかすめるにすぎなかった）を永久に失ってしまったのだ。灌漑した土地、渓谷のある森、土と砂のなかに切り立つ街がどこからでも果てしなく始まる場所――アフリカ――、歩いても決して踏破できないこの無限は、天空の星団が確実にそうするように、人間と動物が隣り合い助け合うひっそりした小島をあちこちでいたわっていた。そしてこの邦の風景では、万物が、考えつくかぎりのありとあらゆる風景の凝縮した渦巻きのなかを全速力で繰り返していた（しかしこの場所では無限のなかの小島や天空の星であるという落ち着いた確信はおそらくだれにも与えられない）。したがって彼はこの二つの風景を透視する力を、二つの風景の距離を知る力を失ってしまった。さらには、この今日の邦が（その執拗な反芻をつうじて）またもう一つの無限――アメリカ――へ、発見者たちが発見したとうぬぼれて〈新世界〉と名づけた、どこまでも空間が拡張する果てしない風景の反復へ開かれていることもピタゴルは決して知らなかった。自分からこの土地に心地よく植わったわけでもないのに自分を生み出したこの土地が根源的な中継地であり、二つの無限を芯にもつ凝縮した中間であることをピタゴルは知らなかった。それゆえ、このことを知る必要に苦しめられながらもこのことを知らないことが、ピタゴルを夢想の彷徨のなかに閉じ込めた。そして彼とともにわれわれもまた（このわれわれに向けて一人ひとりが執拗に追いかけるばらばらのわれ、赤い泥のなかで足指をひきつらせる山地の男から、野菜をトレイに乗せて運んでいるあいだその尻を男たちに盗み見されている女、袖の埃を振り落とす横柄な小役人、痩せ細った馬に乗って威張る農園（プランテーション）

の会計官（エコノーム）と現場監督（コマンドゥール）、空想のフルートを吹く村の放浪者、村の学校の腰掛けに座って文明に近づくあの特権を繰り返し唱えている子ども、さらにはほんのわずかな恵みでもって何かを《代表している》と信じ、シリア人の行商から買った、砂漠でライオンを狩る場面や、シカ、シラカバの木、灰色のモミの木が点在する雪の風景の柄がしょっちゅう繰り返されるいつもの絨毯で居間を飾っていた混血（ムラート）まで）鷹揚にして苦悶にゆがむあの同じ不可能のうちに順番に閉じ込められたのだ。ピタゴルの苦しみから残されたものはあの語（単語ではなく、繰り返される音の閃光）、すなわち《オドノ、オドノ》を口ごもりながら執拗に発することに収斂していったのだが、この同じ閃光が時にはわれわれをも貫いているとは思いもせずに、われわれはみんなして彼のことを笑い者にしていた。それからある日、シナ・シメーヌが去った。ただ古着と包みだけをもち、小山（モルヌ）を下りた。そして市場町に住むおばの一人のもとで（すなわち、アダおばさんと習慣的にそう呼ばれていた女性のもとで）厄介ごともなく暮らすことになり、それからというもの、ピタゴルのことは話題にのぼらなくなった。驚嘆すべきことに、六人の息子を連れてきた（ちょうど梯子の横木のように上は九歳、下は三歳までいたのだが、彼女はやがてこの子らをそれと同じ数だけの女性、すなわち、いとこ、おば、近所の人、おばあちゃん、乳母（ダー）や代母のもとに里子に出した）彼女は、かつての生活をすっかり忘れることができ、人生の段階に応じてあの人やこの人と所帯をもち、かつての男を一切思い起こさないような誠実さを維持することができた。彼女は酒場（プリヴェ）で給仕係をしたり、ロングウィエで清掃係をしたり、市場町の紳士淑女の家で女中（ボンヌ）をしたりして、やがて彼女はマダム・シメーヌやもっと親しみのこもった言い方でマン・シメーヌと呼ばれるのが習慣化した（マンはわれわれにとっては親しみをこめた敬意の表れや、マンマン〔クレオール語で「お母さん」の意〕の語を完璧に半分にすることであらゆる女性を敬う喜びを示すのだが、どうしてそうなのかはわれわれには知る由もない）。シナ・シメーヌもピタゴルも自分たちのあいだで茨の畑のように大きくなったのは何だったのかを尋ね合うことはなかった。それが人生というものだった。質問をし合う必要さえもなかった。二人はこの茨の畑が破局の思い起こせない思い出（炭焼き釜のぐつぐつ揺れる厚みのなかで具体化することもあれば、昔の焼き畑耕作のように風に乗って散らばってゆくこともあった）を包み込んでいたことを一度たりとも見抜こうとはしなかったのであり、オドノという語はこの不可能な思い出のはかなくいまにも消え去りそうな残滓（あぶく）を集約していた。同じく、一見すると相矛盾した二人の言述が同一の居心地悪さを示していたことも、二人が火傷のような同じ痛みを感じ、頭のなかに同じぽっかりとした穴が空いていたからこそ、一緒に暮らすことが苦しかったということも、見抜こうとはしなかったのだ。しかし、大樽のように閉じた邦、帆舟（ヨール）のように風のリズムに応じて揺れるこの邦のなかでは、たしかにサトウキビ刈りの男と畑仕事の女は、たとえ男のほうが自分ではその身にくくりつけられないほどの不安に打ちひしがれ、女のほうが腰を反らせることを学ぶことで周囲の者全員の注目を浴びようとしても、互いに共有する深い苦しみを表現する術を知らなかっただろう。日々は、隆起した土地、河床の岩に打ち負けた重量級の削岩機、太陽のもとに積み重ねられたサトウキビの束の数々からなる同じ重みを伴いながら、また次の日々のうちへ暮れていった。既知の事柄のはるか先に視線を向けていたのは、おそらく、仁王立ちの痩せっぽちの女の子ミセアだった。ミセアは小屋を去るのを拒んだ。もっとも出来の良い生徒だけが受けることができた〈中級授業〉へ迎え入れられても、彼女は、クラスの生徒全員とは反対に、晩になると、彼女が毎日外に干し、小山（モルヌ）の熱風を浴びた古着によって包まれた板張りの寝床に、かたくなに戻るのだった。このような彼女の強情にはそれほど驚かされなかった。ピタゴルよりもシナ・シメーヌになつくという理由をマリ・スラはまるきり持ち合わせていなかった。あいかわらず彼女は距離を取っていた。彼女は動かなかった、ということだ。トウガラシの苗のように乾いた彼女の、その一点を見つめる目は、これ以上退きたくないというところまであんたがたを押しやるのであり、その押しやられた場所がどこであるか突如分かると、あんたがたは、たかが小娘一人に人々をこんな風に強制移送させる権利などあるもんかと叫ぶのだ。彼女が鍋で野菜、パンノキの実、ダシーヌ芋、ポルトガル芋などを煮ておくと、夜の討論から戻ってきたピタゴルが鍋からすくって食べるのだった。彼女はサツマイモや黄色いバナナを調理するのを拒んでいた。まるでこれらの野菜の甘い味が自分の人生に似つかわしくないと思っているかのようだった。二人は隷属と毎日の気苦労に慣れた一組のカップルのように、話し合うことも口論し合うこともなく、暮らしていた。結局ピタゴルは、かつてシナ・シメーヌとともに日々の堆積のなかに描いたあの沈黙の道筋をミセアと一緒に再び始めるのだと唖然としながら思うのだった。彼は彼女のことを「マリスラ」と（わざと）呼んだが、彼女は一度も返事をしなかった。彼女はピタゴルの道を縁どる小山（モルヌ）の頂きにもはや（すなわち、シナ・シメーヌが小屋を去った、あの日以来）姿を見せることはなかった。ピタゴルは彼女の姿をあちこちに探し、この次のフロマジェ〔カポック〕の木の曲がり角や、最初の土手の片隅に、彼女がふっと現れるだろうと飽くことなく賭けるのだった、太陽の方をじっと見る視線をあげた目を、マッチ棒の束よりも長くはない髪を、次こそは見るだろうと。それから彼女は奨学金試験の準備を始めた。これに受かれば、彼女は寮生のクラスに入り、中等教育を引き続き受けられるのだった。そうして、二人のあいだにはやがて彼女が去るだろうという考えが日増しに強まっていた。

そうなればすごいとピタゴルは感づいていた。小山をまったく下りたことがないちびっ娘が、都会の女の子と同じ教室のなかに座れるわけであり、舞踏会や歓迎会用にあらかじめ髪を編んで、バラ色の絹織物（タフタ）のリボンで結ったオーガンジーの飾りをつけるあの元気な娘たちに囲まれて、こわばり、動転しながらも、まともな頭がどんなものか娘たちに示せるはずなのだ。こうしてピタゴルは事前の敬意を彼女に示すようになり、その敬意が草取り仕事の最中でピタゴルの動きをすっかりとめてしまうこともときどきあった。そのとき、彼は折り曲げた片腕でゆっくり目をぬぐい、汗とともにあの蜃気楼を追い払うのだった。マリ・スラが近々出発するという考えはこうして二人のあいだの沈黙をうがっていった。

ミセアは家畜に食料を与え、水を汲みに泉に走り、小屋を掃除し、眠るためのすべての準備をととのえると、マンガメリ〔マンゴーの品種のひとつ〕の木の真下にある、彼女が木箱と紐で組み立てた机でようやく勉強に取りかかり、その後は、ページを繰るときか鉛筆の芯をなめるとき以外は身じろぎ一つしなかった、目の前を影が飛び交い、夜のざわめき（彼女は無理にでも耳を澄ませた）が時間を告げるまでは。彼女は家に戻り、ランプを灯し、小屋の隅であの単語レースを再開するが、ずいぶん前からこれをおこなっていたために、彼女はその多くを発音する必要がないと感じ、沈黙の戦いのためにとっておいた。じっさい、彼女はクレオール語でしか話さなかったのであり（もちろん学校――つまり、教室のなか――では別であり、彼女は、女教師たちの質問に対して、正確だが愛想の悪い声で答えるのだった。女教師たちはそのような彼女をなんとか嫌わないよう努めるもののうまくいったためしがなかった）、奨学金試験準備ではたいてい難問がちりばめられているものだが、そうした多種多様な書き取りを彼女がいちども間違えたことがないと知ってピタゴルは立ちすくんでしまったのである。まるでフランス語を話すこと（それを書くこと）は、秘密の道具を作りあげるかのようであり、その隠された梃子によって公には示されることのない作業がなされていたのだ。彼女は、自分の成功をねたむ男の子たちを口汚くののしるのだが、どうやったらこんなクレオール語の罵詈雑言とフランス語の正確無比を彼女が結びつけられるのか、男の子たちには知る由もなかった。そして熱心な校長の露骨な方針では、節度をわきまえない人間、すなわち、品行方正に感謝の気持をもって知識を授かる心構えのない子どもを教化する必要はなく、知識とは、寛大な意志が全員ではなく少数の優等生にお配りくださるものだった。この才覚ある男（ネーグル）（彼はマリ・スラが奨学金試験を受けられないようにどうやら画策していたようだ）の考えでは、粗野な作法は洗練されなければならず、粗野な言葉遣いも同じくそうでなければならなかった。おそらくそうした良心から彼は、完全かつ徹底的に俚言（パトワ）と呼ばれる言葉遣いを禁止し（プライベートでは彼はふんだんに用いていた）、この俚言が《正しき道における》進歩に対する障害をなしていると確信していた。彼はミセアを憎んでいた、ミセアが彼の理論に反対していると認めざるをえなかったのだ。とりわけ、彼女の髪の編み方が彼には「バロック」的に見えて、気分を害するのだった。「女神はわれわれのささやかな貧しさなどにはまったく目もくれないのですから、われわれは、自由の女神には、《ストレート毛髪》（この言葉を言うとき、彼は鋭利なアクセントを用いず、土地の人々の単調な話し方をまねた）を認めていいのです。だが、われわれのうちでは認められない。ポマードの美徳を尊重しない輩がいます。男子諸君、そうではありませんか」マリ・スラはじっと見つめ、黙ったままだった。しかし実を言うとこの熱心な人物は苦しんでいた。ある人々は人間性にこれほど恵まれた作法を身につける一方で、ある人々の作法は避けがたく野蛮であるということが、彼を不愉快にさせた。だから彼はマリ・スラを相手に文明（ロザリオ）の教えを唱え続けるのにうんざりしていた。知識と洗練は文字どおり地中海とその周辺で生まれたのであり、キリスト教はアラブ人の群れが「叩きのめされた」ポワティエで救われたのであり、動詞にみられる時制の一致は天上の音楽であり、「取り繕う（パリエ）」（なんと優雅な動詞）は直接補語を要求し、われわれは普遍の価値の目がくらむほどの階梯を一段また一段と上っている（だから、はるか下からやって来たということは立派なことになるはずだ）。「人間（オトコ）、男子諸君（クラスの女子は数に入っていないということだ）、人間（オトコ）です。普遍です。ああ、男子諸君、なんと誇らしいプログラムか！」マリ・スラはうなだれていたが、それは不満を表明するためでも、敗北を隠すためでもなく、校長の演説を受けつけないためだった。演説を反駁する術をもたなかったからではない。そうではなく、彼女の小さなからだが姿勢に疲れて聞くのを拒んだからである。拒んだのは彼女のからだだった。彼女はといえば、校長が自分自身のためにおこない、むしろ生徒たちはぽかんと口を開けたままだったこの行事のさなか、自分のからだが岩のようになってしまったことを知らずにいた。彼女は自分の思考のなかで、突如進路を変えて、虚無の領土の方に向かってゆく校長の言葉の波に対する場所を正確に見つけることができずにいた。彼女は、これらの言葉を、レースで打ち勝つ、あるいは真っ向勝負で打ちのめす意志を剥き出しにしながら座っていた。彼女の心中には唯一、水面下でこわばる何かが、ピタゴルがぶつかる前からすら恐れていた、あの妥協なき雰囲気を彼女に与えるものだけがあった。彼がシナ・シメーヌと別れたように（または、彼も彼女も、別離の濃度を一掃しようとは一切試みなかった）。なぜなら彼女と彼は同じ欠如で苦しんでいたからであり、こうして、この二人、すなわち、かたくなな子と読み書きのできない男は――二人はまったく異なるからだをもつ、ばらばらだが同じ本性であるのだから――見知らぬものが二人の肌にじかに与えていたものを一つ残らず積み重ねていったのだった。それはもしかしたら昔の邦――アフリカ――の最初の日以来の二人の男による、その一方が愛の否認のために身内を裏切ることになる、あの戦いなのかもしれない。そう、もしかしたらやがて大西洋に拡張してゆくことになる空間で、すべてはおこなわれ、結ばれた、あの村のはずれなのかもしれない。もしかしたら、それから二世紀後、「取引物」を病気の家畜のように届けるのに慣れきったあの岬（それゆえ黒人岬（ポワント＝デ＝ネーグル）〔奴隷制期の船着き場の一つ。フォール＝ド＝フランス市の海沿いにその地名を残す〕と呼ばれた）にもしかしたら下りたときの、あの王のまなざしなのかもしれない。もしかしたら、普遍の文化を上方に掲げた宝の棒に餌のようにくくりつけられたギニアやコンゴといった語なのかもしれない。確実であるのは、それがあの創造しない海、カリブ海ないしアンティル海であるということだ。岸によっては閉じられず、まず腹のなかに陸地の歴史を包み隠さず、次いで血と苦しみでその歴史を産みだすものの、反対の運動で、陸の星々――島々――を放射することで（他所を支配することのない、唯一の環境として）、いくつもの星々の歴史が漂流する、あの海だ。そしてもう一度、そう、〈美しさ〉の階梯の最上段で、煙の花ではるか昔の苦しみを編むシナ・シメーヌだ。二人にとって見知らぬこれらすべてが、互いを遠ざけるのだった。しかしピタゴルには真のミセアを知ることが残されていた。自分たちが最後の《残りの共同生活》を過ごしていることを彼らはよく知っていた。身分や富以上に知識というものが、やがて二人を本当に引き離してしまうことも。そんな風だった。それゆえ二人は自分たちの距離を深めた。小屋は不可侵の領域として分かち合われた。それからというものピタゴルは子の「領域」に鉈（なた）や鋤（すき）をぜったいに置かず、彼女は、大人の「そばに」ノートや家事にかかわるものを置かないようにした。別々に分けることは互いを伝染から守ることであり、自分たちの思いがけない悲惨を分離しなければならない、そう二人は予感していたのだった。ピタゴルは通行人に呼びかけることも、晩に領地（アビタシオン）の売店に言葉のパレードを示しに行くこと、つまりはタフィア酒のばら売りをねぎることすらやめてしまった。彼は自分自身に話しかけていた。どこかの十字路で立ち止まると、正面に鉈を突き刺し、自分に対して呼びかけるのだった。シナ・シメーヌが原因だと噂された。だれひとりとしてミセアのことは考えなかった。しかし、それは二本足で歩く生きたからだのせいではなく、サトウキビ畑を照らす三〇〇年の太陽に向かって吹くために持続してきた、この選ばれてやって来た最初の人の頭のなかでスズメバチのように巡っている風の力のせいだった。不動のミセアはピタゴルをまっすぐ見つめていた。彼女は、最近まで彼にわざと気づかないようにしていたのとまったく同じく、今度は《彼をわざと見るようにしていた》。彼は晩になるとすぐに家に帰り、戸口に座ると、自分のラバのために縄を編み続けるのだった。彼女はピタゴルの目の前にうずくまり、その両手と、一貫した決心をにじませた丸い顔を交互にじっと見つめながら、縄の端を編み終わるのを辛抱づよく待っていた。編み終わると彼女は、そのたびに人々を驚かすあの機械的な動作で立ち上がり、それから、今日の野菜を、ときにはローストしたタラや揚げた卵を食卓に並べるのだった。彼女はもうピタゴルから離れなかった。彼女はピタゴルが歩く道をすぐそばからついてゆき（彼女は丘陵から下りてきたのだ）、ピタゴルが自分に話しながら繰りだす身ぶりの動きを注意深く観察するのだった。彼は立ち止まると、川筋の反対側に立っているか、ヨヨの水飲み場に座っている彼女を眺めるのだった。二人はおそらくこの注視を尊重しており、そのまなざしをつうじて二人は自分たちが与えることのできるすべて、いま自由に与えられるすべてを、交換し、分かちもつのだった。われわれは二人が通るのを見る。われわれは男のうしろを走って騒ぎ立て、「ピタゴル！　腕木通信塔（セマフォル）！」と遠くから力いっぱい叫ぶ。われわれは叫ぶ、ピタゴルがこうなったのは陽射しのせいだ、と。あるいはシナ・シメーヌのせいだ、と。マン・シメーヌがピタゴルの脳みそをパイプに詰めて、火をつけたんだ、と。われわれは叫ぶ、悲惨のせいだ、と。悲惨があんたを熟れすぎたカッシアの実みたいに空っぽにしたんだ、と。われわれは、生みの親が、娘の頭のなかでふくれあがった光の球でついにみずからを照らすことができたあの日を、この時間の塊のなかで見抜いたのだろうか。六年生用奨学金試験はいよいよ決まり、日時が貼り出された。変わったことは何もなかった。ミセアはピタゴルを眺めていた。彼は棺台の飾り紐のように自分の作業を続けていた。バラ色に染まった低い空の色彩はむしばまれ、酸っぱいオレンジ、チリ・プラム、緑のマンゴーといった木々が夜に沈み始めていた。ちょうど一〇歳と数ヶ月のマリ・スラは、ランプに火を灯した。彼女は室内のテーブルにノートを置き、鉛筆の先をなめ、熱心にこう呟いた（何事もなく大きくなった子は、ご先祖さまに話しかけながら、ご先祖さまに嫌な思いをさせないよう本能で自分の言葉を大げさに不器用に見せた）。「オドノ、オドノ、おいでください。ア・ベ・セ・デを教えてあげる」このころ、三六歳を過ぎたピタゴルは、白いページの前に座り、頭をかっかさせ、目を大きく見開いていた。

契約したものたちの道

オゾンゾ・スラはまんまるにまるく、作業着、肥料袋（グアノ）を断って作ったズボンとシャツにすっかり覆われて、肉にめり込んだベルトの紐も、袖の縫い目も股下の縫い目も見分けられないほどだった。エフライズ・アナテームは彼を底なしのひょうたんお椀（クイ）だと言っていたし、ある日、彼が二七皿分のパンノミをオイルも豚肉もなしにたいらげたことを知らない者はいなかった。「店に買いになんか行くもんか」、そうオゾンゾはよく口にしたものだ。それゆえ、エフライズと一一人の子どものそばであまりに見通しの良い人生を送っていたにもかかわらず、オゾンゾは界隈をさすらうごろつき連中のあいだでは大変評判がよかった。「あいつは継ぎはぎ野郎（ネーグル・ラフィストレ）だ」、そう連中は呼んだが、その意味が、みずからの黒人性を（だれも知らない操作で）取り戻した男（ネーグル）だということなのか、それとも、かつて大西洋に散らばったのちにここの土地で新たに一つに溶接されるという、あまたの要素から組み立てられた男だということなのか、だれひとり問う者はいなかった。彼は「パパ・ラバ」とも呼ばれた。ラバに関してはもっとも賢い「トレーラー」だったからであり、あるとき、日曜のミサが終わるころ、小教区教会の階段で威張って述べるところでは、だれしも彼をラバの教皇だと認めるほかなかったからだ。ラバの群れはオゾンゾにすっかり服しており、荷鞍のせいで擦り切れたその胴体に、彼の手で塗り付けられるひどく耐えがたい消毒剤（メチレンブルー）さえラバたちは受け入れるのだった。オゾンゾがラバたちの世話しながら、人にはまったく想像もつかないようなことをもぐもぐ言うと、ラバたちは尻尾を振ったり耳を震わせたりして応じるのだが、それを秘密の言語のように解せるのだとオゾンゾは豪語していた。周囲の白人（ベケ）たちは、売り買いなどでラバの群れを調整するのを望むたびにオゾンゾに頼るものだから、彼はある白人のもとから別の白人のもとへとひっきりなしに移動しながら、折り合わないそれぞれの利害を損なわないよう努めるのだった。エフライズ・アナテームのほうはといえば、お裁縫の糸のようだった。三角形のその顔は子どもをどなりつけるときには一層痩せこけるのだった。さらには、肉をすっかり欠いたからだが乾いた怒りで荒れるさいには、彼女は自分をより一層小さく見せようとするのだが、その光景ほど人々を凍てつかせるものはない。子どもの行動の基本はエフライズを《見ない》ことであり、ここから目を伏せて歩いたり、働いたり、食べたりする習慣が生じたのだが、そのことで子どもは方々で礼儀正しいと評判だった。その六番目か七番目が、父と同じく頑丈でありながら二倍も背が高い子で、ピタゴルと呼ばれていた。ピタゴルは、他の子とまったく同じく、エフライズの《痩せた視線》よりも、オゾンゾの棍棒（ブトウ）のお仕置きや、オゾンゾに課される仕事でへとへとになるほうがよかった。そのようなわけでピタゴルは一九一六年六月のあの晩にオゾンゾに付いていき、すっかり深まった夜によって呑み込まれた岩と泥の道を、小屋に向かって辿りなおしていると（穴に落ちるように夜は晩になると更ける）、二人はケネット〔ケネパ〕の木の大きな根元の近くに、あの灰色がかって膨らんだ影を認めた。その影は、飢えた野良犬、一日中走り回ってへとへとだが食べものにようやくありつけた野良犬だと最初は思ったが（人間の姿を取り戻すのに苦労している、だれも出会ったことのないたぐいのゾンビでないかぎりは）、それがあの少女だった。いったいどこから自分たちのもとに落ちてきたのかまったく分からない少女。オゾンゾはためらわずにこの娘を頭上に持ち上げて、あたかもこの娘が強情なラバであるかのように、聞きとりにくい音でもぐもぐ話しかけた。「フォ、フォ」と彼はうたい、「ゾン、フォ、ゾ、フォ、ゾン、フォ」とうたった。それは、われわれが解決することのできずにいたあの未知のものの一つだった。すなわち、彼の名前は、このもぐもぐした話し方に由来するのか。それとも、自分の名前をこの話し方で再現しようとしているのか。彼はすぐさまこの子が五歳か五歳ちょっとだと（言うなれば重さで）判断した。「フォ、ゾン、フォ」と彼はうたう。すると、ピタゴルにはちょっと嵩んだ布の包みが、言葉ではなく、からだのバランスか、形の崩れたマドラス布で巻かれた頭のバウンドのようなもので応えるように見えた。オゾンゾは天空（エーテル）を漂っていた。ピタゴルは、オゾンゾが包みを抱えたまま、ラバたちの囲いに通じる踏み跡（トラス）を辿ってゆくのを見ても驚かなかった。彼は何よりもまず、そうのちほど言うのだが、思いがけず見つけたものを自分の本当の家族、すなわち彼らが来るのに感づいて暗闇のなかで動き出した三頭の強情なラバに捧げたかったのだ。再び長話が始まった。オゾンゾはラバたちの鼻先に包みを紹介し、その周りを踊りながら回るのだった。すると突然、彼は柵の上を（ほとんど）飛びこえて、家族がいらいら待っている小屋に一跳びで着地した。エフライズの顔が縮んだ。すると、子どもは一斉に首を垂らした。「フォ、ゾ、フォ、フォ」こう言ったら、もう誰も何もオゾンゾを止められない。この包みはラバの言葉を解するのだ、そう説明し、実演に取りかかった。エフライズは、もぐもぐしたお喋りと身ぶり手ぶりを遮ると、布の包みをはがした。彼らは初めて、いわば閉じた頭というものを見た。目は閉じられ、顔は内の方に引っこんでいた。あたかもこの人（彼女を幼子の無垢と無知のなかに押しこめて見くびるなどという発想は彼らにはなかった）はオゾンゾの腕に高く抱きかかえられてよろめきながら走ってきた道を頭のなかでかたくなに辿りなおそうとしているかのようであり、カカオ林に沿うその上り坂は、闇に包まれた川のように夜の塊のなかを沈みこみ、囲いの手前であまりに荒く屈曲するのだが、その屈曲する場所では、赤い土地は滑らかであり、オゾンゾ的公平とも言うべきもので、ラバたちの踏み跡と家の小径のあいだで分割されていた。エフライズはこの皺の入った額を、この閉じた目を好んだ。子どもはみんなエフライズを見なくても、彼女の尖った顔にただよう笑みの影を感じた。オゾンゾはあまりにびっくりしたために話を継ぐのを咄嗟に止めた。エフライズ・アナテームとオゾンゾがあるテーマをめぐって同意に達したこと自体初めてだった。オゾンゾは、エフライズがこの発見をいくぶんくすねようとしていると考えた。この闖入を彼女が受け入れるにはあまりに早すぎたのだ。エフライズが何かを欲するときには、家の者たちは自分たちにはそれを得る権利がないとたちどころに理解するのだった。彼らのささやかな楽しみといえば、自分たちの生活を支配するこの女の強情に打ち勝ったと感じることだった。それゆえ彼女がこの子をすかさず認知したこと（彼女が子を見て微笑んだと言ってよいこと）は、ともすれば彼らを妥協なき反対に回らせることになりかねなかった。しかし、後退するには遅すぎた。オゾンゾもピタゴルも、こうして小屋に連れ帰るほど（隠しきれない）喜びをもたらすものを、嫌悪するふりなどいまさらできなかったはずだ。オゾンゾは自分の優先権を主張する方途を見つけた。彼は、娘を名づけなくてはならないと突然言いだし、名前を決めた。オゾンゾは、土砂降りの雨の躍動（バラン）を断ちにくる太陽の日差しを夢見て、まさにこう叫ぼうとしたところだった、名前は《アンベリ》〔晴れ間〕だと——しかし突然、彼の脳内で、マニオクとヤム芋を植えるために森のなかで自分が耕したあの丸々とした土地が爆発した。つまり彼はこううたったのだ、子は《アビチュエ》〔常連〕と呼ぶことにする、と。その子は、オゾンゾが人生の中心に運んできた常連客のようであり、日々の茂みのなかに切り出された空き地のようだった。たしかにある時期、われわれはこの娘のことを「アビチュエ」とまったく気にかけずに呼んでいた。オゾンゾは、その満足感を驚くほど素直に示したエフライズに対して、この名前で困らせてやろうとも思っていた。ケネット〔ケネパ〕の木の下でこの実を「発見した」ということについては、笑みひとつ浮かべなかった。というのも常連として彼女はいつでもそこにいたからだ。イ・テ・ラ、セ・ヌ・キ・パ・テカ・ウエ〔彼女はいたのであり、われわれが見ていなかっただけだ。［著者註］〕。結局、われわれは、自分たちの目がたしかにこの夜までは見えていなかったことを認めたのだった。その次の朝のことである。オゾンゾは自分の囲いのなかに四頭目のラバを見つけた。そのラバは、二歳に届くか届かないかくらいで、荷鞍の痕も、脚の傷もなかった。娘はラバに乗ってやってきた旅人なんだと彼は言った。エフライズはラバを解放した。持ち主が返還を求めるのは間違いないからだ。しかしラバは囲いに戻り、持ち主を名乗る者は一人も現れなかった。オゾンゾは、この子がラバの正当な持ち主であり、この子を宿泊させるのと同じ躍動（バラン）で外のラバを囲いに入れてやるしかない、と宣言した。われわれはこううたったものだ。

「アビチュエはラバを一頭飼っている。そのラバは常連じゃない。エフライズは扉を開けたが、レースは始まらなかった。ラバは戻ってきた、ラバは戻ってきた」オゾンゾはこの動物を囲いのなかに正式に迎え入れた。エフライズは、ラバの両耳のあいだをただじっと見つめるだけだったが、そうすることでラバが平らな額に隠したものを見抜こうとしているようだった。大気は緑に染まっていた。潰れたサトウキビの残滓と腐ったカカオに育まれた、新鮮で熱気を帯びたような緑だった。毎日曜日には蒸し煮した肉のにおいや、短靴の新しい皮のにおいがするのだった。われわれはかろうじて肉にありつけたのであり、平日の食事は、野菜をマリネした煮込みだった。われわれは生きていたのか。だれもわれわれの叫びにおののきはしなかった。おそらく至福と呼ばれるような状態で安らいでいた白人（ベケ）も、混血（ムラート）が招待するクラブの暗がりでポンチ酒にまどろむ、この地に来たばかりの官僚も、われわれのはるか遠くに行くばかりか自分たちからも遠く離れてしまった混血（ムラート）も、もちろんおののきはしなかった。邦を動かす継続的な鼓舞はあったものの、それはちょうど葛粉を抽出するためにクズウコン（トロマン）を煮るときの弱火のようであり、おそらくその火はわれわれにはあまりに弱すぎたために、午後の陽気のなかで失速し、何も動かしはしなかった。われわれは、自分たちの貧困にも喜びにも、もう何も考えずに飛びついていた。囲いよりもいっそう孤立していた農園（プランテーション）を去ることを、われわれはまだ学んでいなかった。海から数メートルのところに暮していたのに、自分たちのからだを一度だって海に潜らせることはなかった。ルキュレ生まれの者たちは、無限を踏み越えて、その数メートル先にあるペルー小山（モルヌ）に行ってみようとは一生に一度も思いもしなかった。ラ・パランで草刈りをしていた者たちはル・ヴォークランの山の急流をなす渓谷がどこをどのように流れているのかを言うことができなかった。それでもわれわれは、カーニヴァルの大行進（ヴィデ）に加わるときには、農園から逃げ出すのだった。逃げ出すといっても空間を埋め尽くすという快楽のためだ。というのも、ルールの境界を越えてどこにでもあふれ出ることができる、このあまりに絶対的な瞬間においても、われわれはレースのめまいに一人ひとりで酔うだけで、周囲のわれわれをもはや見ることはないからだ。カーニヴァルは自分たちにとって、陶酔の螺旋のうちで、みずからのうちに引きこもるためにあった。カーニヴァルは仮面という過去の鏡と交流するためにあったのであり、その仮面をかぶると、海の彼方の過去がわれわれを待ちかまえているのだった。カーニヴァルの大行進は、われわれが去ってしまったあの際限のない空間――昔の邦――を走るという幻想のためにあり、その空間は、われわれの自閉の網の目（いったいほかにどのように形容できるのだろうか、領地（アビタシオン）の中庭も、われわれが行き来する小屋の菜園も、はっきりした感情で捉えられないのだ）のもとで、われわれの心中に昔の邦の風を、時おり息苦しくさせるその風を送り続けるのだった。われわれがそれを自分たちの行儀の良い身ぶりと上品なクロスステップのもとに隠すとき、陶酔が終わり、めまいから醒めたわれわれは戻ってくる。小山の中腹の険しい泥の踏み跡（トラス）に。巨大なマンゴーの木にもたれながら一息つく、じっさいは知覚しがたい盛り土に。赤い土から切り出され、巻きつく竹で補強された踏面に。すべては朝、仕事が割り当てられる、現場監督（コマンドゥール）の小屋の前で終わるのだった。なんからの抑圧の反響が炸裂することもなく当たり前のように次第に遠ざかりながらいまにも消え入りつつある、こうした貧苦の焙り火に結びついた生活の進行のうちでは、どんなに信じがたい出会いでも驚くに当たらなかった。オゾンゾはたった一日のうちに一人の少女と一匹のラバ、すなわち囲いへの道を自力で発見したラバと、オゾンゾが通るのを待つためのように、上り坂の下方にあるケネット〔ケネパ〕の木の根元に寝ていた少女を見つけたことに脅えはしなかった。われわれには少女よりもラバのほうがびっくりさせることのように思えた。オゾンゾは少女とラバの戸籍を作成するために必要な手続をとった。ところが町の役人はこの者が自分の身分を認めるのと同じくらい投げやりだった。つまり彼はオゾンゾの話を聞いているふりをして、一切手を動かさなかった。馬に乗った憲兵は、さすらう黒肌の少女のことなどほとんど気にかけなかった。親を名乗る者は一人も現れず、ラバの持ち主も現れなかった。見つかった子は、この子を心配する人が尋ねる、いわゆる出自と呼ばれるようなことについては一言もしゃべらなかった。ただオゾンゾだけが事態を明らかにしようと必死だった。官憲が黙ったままである以上、彼は実践に訴えた。オゾンゾはこの界隈の呪術師(ケンブワゼー)のもとに何度も出かけた。たくさんのウサギと野菜を呪術師に捧げた。しかし子は、オゾンゾが教会の聖母像の足元にくくりつけた袋に配合したどんな無理難題にも抗うのだった。赤唐辛子の種子は、蛇の獣脂、聖水、パルマクリスティ〔トウゴマ〕の葉、マブヤ蜥蜴の腸、雄を知らない雌鶏の血、インディアスのパピルスと調合され、儀式に応じてその都度、配合の比率も変えられた。アビチュエは秘密を抱き続けていた。呪術師は彼女が守護されていると言い放った。そこで呪術師は彼女から皮膚をはいで（いったいどうするのかは分からない）新しい皮を与えることを提案した。われわれはこううたった。「マンゼ・アビチュエ、ディ・ヌ・ラウ・ソティ？　アン・キ・チュ・ブリック、アン・キ・ゾレイ・ミレ？〔あんたはどこから来たんだい？　ロバの尻から来たのかい？　ラバの耳から来たのかい？〔著者註〕〕」というのも、起源の問題にとり憑かれないためにわれわれは、少なくとも、どんな深みからも距離をとり、あらゆる試練も避けることで非常に念入りに自分たちを守ってきたこの遊び——関心があるそぶり——をつうじて、こうした心配に自分たちを——不安を苛ませる渓谷のなかへ——近づける恐れのある話題という話題を情緒的にからかってきたからだ。そんなわけでわれわれは、ロバの尻やラバの耳でさえも、アビチュエがたぶん出てきたところとして、われわれの歌のなかに放りこまないかぎりは、見逃すことはできなかったわけだ。われわれの冷笑的態度はこうした出会いを断じて見誤りはしないのだ。戸籍係は、われわれの理不尽な歌が何かの言い訳であることを疑わず、結局、この子に身元を授けることを決めた。煩わしく感じていたリフレインをやめさせるためでもあったのかもしれない。こうして彼女は一九一一年（見た目で七歳だと判断された）に生まれ、両親は不詳（この子の「発見」から二年間、捜索告知が広く行き渡ったにもかかわらず）であると届けられ、シナ・シメーヌの名で登録されたが、この二つの呼び名のうちのどちらがこの子の苗字に当たるのかは定かではなかった。その結果、この子がオゾンゾの家で暮しているあいだは、シナとシメーヌを切り離して呼ぶことはありえず、神さまの母上をヴィエルジュマリ〔聖母マリア〕、マダム・シェシェットの小売店をオシアンカ、と呼ぶのと一緒で、シナシメーヌと一息で呼ぶのだった。例のラバについては、名づけの来歴をずいぶんあとになってから学んだが、オゾンゾがラバの群れを引き連れて戻るときに（人目を引くように）「マッカダム！　マッカダム！」と呼びかけることはすぐさま知った――するとそのラバが、引き馬のうちでもっとも従順な馬とまさに同じく、速歩でオゾンゾのもとにやって来るのも。エフライズの子どもは、男の子も女の子も、その個性的な名前に嫉妬を覚えたにもかかわらず、シナ・シメーヌを家族の一員に迎え入れた。まるで巨大な首飾りのように首もとを飾るガウンを着て、彼女は寝台の板の上で寝た。夜のあいだ、みんなが同じ寝台で横になるが、だれがどこに寝るという順番もなく、隣になる相手を選べなかった。ピタゴルは、偶然の配置で、シナ・シメーヌのそばで寝ているとき、夜中に目を覚ますことがあった（しかしおそらく目を覚ますのはピタゴルだけだった）。そのとき、ピタゴルは暗がりのなかでこの少女のからだの形をずっと予感し、ケネット

〔ケネパ〕の木の下での最初の驚きをそのつど呼び起こす、この影のふくらみにすっかり満たされていた。こうして彼は夜の瞑想とでもいうものを早い時期に覚えたのであり、いくつもの幻視が、手の届く遠さのなかに見分けられる形から、かき立てられるのだった。ただオゾンゾだけがむっつりしていた。四四歳のオゾンゾは、二年前から彼方の地でおこなわれていたヴィルヘルムと同盟国の戦争のために徴用された上の息子二人に付いていくと、時おりうたうのだった。オゾンゾはヴィルヘルムを、周囲の猛者全員に戦いを挑む、この界隈のごろつきのように想像していたのであり、そのことからこのドイツ皇帝に一種の挑戦的な感嘆の念を抱かないでもなかった。まるでオゾンゾはいつかヴィルヘルムと一騎打ちをしなければならないかのようだった。彼は戦争というものを、普段よりも抑制を欠いた、個人同士の対決の連続のようなものとして思い描いていた。このような想像のなかで間近に感じられていたのは、死ではなく、ただ血だけだった。すなわち、相手に深手を負わせるという楽しみであり、相手を殺すわけではなかった。出立について彼が語ると（彼には招集はかからなかった）、エフライズは自分の腕を弓なりにこわばらせて、ただシナ・シメーヌだけを抱えることで、シナ・シメーヌがその話の理由をもう掴みとっていると示すのだった。なぜならオゾンゾはこの子を、自分の子どもの母と共有しなければならないことに耐えられなかったからだ。実の子どもと共有することも耐えられなかった。オゾンゾにあちこちついて回り、発見に加わったピタゴルでさえ例外ではなかった。オゾンゾはシナ・シメーヌの出自を求めてえんえんと走り続けることにも耐えられなかった。まるで不詳の両親に嫉妬することで嫉妬の炎はさらに燃えあがるかのようであり、他の多くの知らないことに加えて、出自を知らないということを、しかもそれが一向に思い当たらないだけに、受け入れがたくなるかのようだった。シナ・シメーヌの起源を明らかにする必要に苦しんでいたオゾンゾは、そもそも自分の起源もエフライズ・アナテームの起源についても、もはやほとんど知らないということをよくよく考えてみることはなかった。起源の重みは、担うには重すぎるだけだった。こうして、ヴィルヘルムに対抗する戦争に赴かなかった彼は、苦しく不確かな遠い昔の思い出の嵐のなかに子どもを連れて行くことを試みるのだった。それはとりわけ二人きりになるたびにオゾンゾがうたった夜話をつうじておこなわれたのであり、シナ・シメーヌはその夜話に果てしない喜びを感じた。それは最近の発見の細部を知るたびに驚き続ける科学者が得るような喜びだった。オゾンゾは子どものために夜話を、ひどくぎこちないが、こう脚色した。「見たところ、そこにいたのはでっかいお魚さんで、あまりにあまりにでっかいからな、陸地が丸ごと体内に入っちまってたんだ。お魚さんの大きな口には、高台の大邸宅みたいにな、手すりがついてたんだ。おまえさんはそのなかを練り歩き、地面に座ったら、ゲートルをつけてパナマ帽の手入れをすることができるってわけだ。だれが信じたかって。だれも信じやしないよ。前の歯は大理石から切り出され、うしろの歯は鉄よりも頑丈なフェンスみたいに生えていた。いいかい、お魚さんはタバコを食べるんだ。それで巨大な葉巻（シガロ）を吸ったんだが、そいつがあんまり大きいもんだからな、海水がお魚さんのよだれでその後三六年間も煮えてしまったほどだ。お魚さんのお腹については、だれもなーんにも言わなかった。なかに入って出てきたやつはひとりもいなかったからさ。ところが、ある日のこと、おいらは大西洋の涙のなかを転がった。すると、魚の腸に入っちまったんだ。そんなわけでおまえさんにそのでっかいお腹のなかを話せるってわけさ。だれが信じたかって。だれも信じやしないね。腸のなかは真っ暗で、そのなかで真夜中の庇を編めるほどだ。でもね、おいらはお星さまの光の眼鏡をかけてたんだ。その眼鏡には六つの虹がテンプルについていて、右目には右の月、左目には左の太陽という具合に、目のなかにお星さまがあったんだ。そのおかげで、おいらはお魚さんのなかを悠々と見れたわけだ。お魚さんのなかには大きな大きな寝室があって、贅の限りを尽くしていた。たくさんのタフィア酒があり、数えきれないほどの寝間着（ネグリジェ）と立派に整った部屋がいくつもあった。だれが信じたかって。だれも信じやしないさ。それは寝室魚だった。〈寝室〉は寝るためのものでもなければ、寝具を整えるためでも、パジャマを置くためでも、夢に導くためでもなかった。〈寝室〉は、銀器を数えてぜんぶの儲けを整理するためのものだったのさ。海の住民が最初に築くものは銀器を数える部屋なのさ。いいかい、その奥にな、揚げ床が見える。この床の穴はおまえさんを底の底まで突き落とすんだ。そこではな、この松明だって盲目の花のようなもんさ。そこには強制移送（デポルタージュ）組の連中が一人残らず投げ込まれていたんだ。だれが投げ込んだかって。寝室魚が投げ込んだのさ。さあよく聞くんだ、お嬢ちゃん、夜は、嘘があるぞと叫ぶために、腕組みをするかい。夜は叫ばない。魚の腸のなかでは、おまえさんは起きることも、座ることも、歩くこともできず、うんこのなかを転がるのさ。おまえさんは夜を数えてみるけれど、一は二と切り離せないし、二は二億と切り離せない、そんなもんさ。いいかい、二人の兄弟がいた。でも庭園は一つしかない。明日なき状況だろ。それで、その片方が海辺の岩に登って、こううたったんだ。「おーい、寝室魚よ、ド・サン・ド・エ・トンブ・サン・トンブ〔背なき背、墓なき墓〕。おーい、魚よ、タック・タカリック、波から姿を見せておくれ。もう片方を捕まえに来てくれ、こっちは庭園の味を知っちまったんだ。庭園はとっても甘美なんだ、おーい、大西洋横断巨大腸よ。助けに来てくれ、おーい、魚っぽい魚よ」すると寝室魚が目のまえに呼び出された。お湯を沸かす葉巻（シガロ）、天空よりも明るい目、海のすべての洗濯物を叩き洗う板のように海風を立てる尾。だれが信じたかって。だれも信じやしないさ。魚を呼んだ片方の兄弟は、もう片方に無時間花のエッセンスをあらかじめ飲ませてたんだ。飲めばたちどころに目を閉じてしまう代物をさ。こうして片方はもう片方を魚のなかにうまくそっと投げ込んだわけだ。それから片方の兄弟はこう言った。「いい風、いい風。無時間花を飲んだら時間のとなりで起きるのさ。いい風、いい風。時間のとなりは、大洋の墓穴さ」するとこいつは庭園の女を縛った、この女にこいつは身を焦がしていたからだ。しかし寝室魚は高く、さらに高く跳び上がると、こううたった。「無時間花はにおいを残した。おーい、兄弟よ、タック・タカリック、一巡り旅をするぞ。庭園の女は二人の兄弟を離ればなれにした。女の庭園が二人の兄弟をふたたび一緒にしてくれるぞ」そううたいながら、寝室魚は、片方を眠らせた兄弟と縛られた女を口のなかに放りこみ、またうたいながら、眠る兄弟と裏切られた理由を腸のなかに運んだのさ。片方は真っ暗な腹のなか、もう片方は女の近くで泡吹く口のなかさ。さてさて、この兄弟が出発した邦は、いったいどこだったのか。もしもおまえさんが、四九日もの夜のあいだ中、北北西の星アスバロトをまっすぐ目指して海のなかを漕ぐのなら、もしもおまえさんの手が大洋のスコップになるまでオールを漕いだなら、もしもおまえさんが塩水を飲んで、空の熱を食べて、気を失いかけながらも骨にならないなら、もしもおまえさんのハートが最初の若駒の毛を濡らす朝露のように輝きを失わないなら、もしもおまえさんの先祖と子孫がとなりに座っておまえさんのからだを引き止めてくれるなら、もしも毎朝、漕いで漕いで漕ぎ続けて、毎晩、「おーい、寝室魚よ、ド・サン・ド・エ・トンブ・サン・トンブ。おーい、魚よ、タック・タカリック、波から出てこないでおくれ。通しておくれ、おーい、大西洋横断巨大腸よ。帰り道を教えておくれ、おーい、魚っぽい魚よ」とうたうなら、もしもその手がしっかり漕いだようにその声が上手にうたったなら、そうしたら、おまえさんはついに放り出されるのさ、人々がアイチ〔ハイチ〕と呼ぶあの邦にね。だれが信じたかって。だれも信じやしないね。アイチという邦では、黒人（ネーグル）は頭を両手に置いて、手から手へ頭をパスするんだが、なぜか頭は壊れない。アイチという邦では、赤ん坊は土のなかで生まれて、母さんのお腹のなかで、爺さんは記憶に、婆さんは治療に結びつけられるんだ。さあほら、魚が海を呑みこむのが見えるだろう、口のなかの兄弟が女をそばに引き止めながら、魔術師たちを召喚する声が聞こえるだろう。「タング・タング・タング・タング・ロロ。タング・タング・タング・タング・ロロ。動物よ、働き手よ、この魚を止めるために来い。ゾンビ、ゾンバン、口をこじ開け、歯を抜くために浮上せよ。タング・タング・タング・タング・ロロ」深海の魔術師たちはゆらゆら（デカリ）、ユラユラ（デカル）浮上すると、その四角い頭で水のなかにタング・タング・タング・ロロと穴を開け、それから、なかに入ってタング・タング・タング・タング・ロロと手すりを切って、泳ぐ小屋の息の根を止めようとする。ところが寝室魚は葉巻（シガロ）に火をつけるものだから、魔術師たちは焼かれてしまって退散だ。呪いの炎は海水を燃やし、地獄の動物どもは青ざめたり黒ずんだりしながら硫黄の黄色になって苦しむと、ベルゼブブのおならを嗅いだみたいに海底に逃げ戻ったわけさ。こんなわけで、おいらたちはアイチからここの砂浜に辿りついたんだ。だって寝室魚はここの海岸の砂粒のなかに兄と弟と女を塊にして放ったからな。そしてその塊は——だれが信じたかって。だれも信じやしないさ——塊のまま殴り合って、もがき合って、最後には片方の兄弟がもう片方を到着の岩場に縛りつけて庭園の女と丘陵に走って逃げていった。どっちの兄弟が走って逃げたか。そしてどっちの兄弟が縛りつけられたか。だれも知ることはなかったし、知られないままさ。そしてどっちの兄弟が庭園で楽しみ、どっちの兄弟が平地で打ち負かされた土地を食べ、喪失の苦汁を飲んだのか。だれも知ることはなかったし、知られないままさ。この間に、寝室魚は海底に戻った。寝室魚は、溺れ死んじまった連中が一列に並ぶ海の黒のなかを航行する。溺れ死んじまった連中はその首に鉄球の重みをつけている。寝室魚は深淵の黒の色を帯びた。海のなかではおまえさんは寝室魚を見れないんだよ、海は寝室魚の生きた鱗だ。それで、ある日のこと、おいらは海のなかに落ちちまった。月に魅入られてその満ち欠けを見分けようとしたら、足を滑らしちまったんだ。おいらは大洋の第二の涙のなかを転がると、寝室魚に吸いこまれたのさ。しかしおいらの鼻は生まれつき悪賢く、お星さまの光の眼鏡と重なり合ってた。その眼鏡は耳用に六本の虹のテンプルがあって、右目には沈む右の月が、左目には上る左の太陽があるのさ。魚のなかを見るとな、おいらが航行する、夜を横断する深淵のような真っ暗な深海よりも明るかった。それからこううたったんだ、「おーい、寝室魚よ、ド・サン・ド・エ・トンブ・サン・トンブ。おーい、魚よ、タック・タカリック、おいらを腸から出しておくれ。陸地に送っておくれ。庭園においらを植えてくれ。庭園はとっても甘美なんだ、おーい、大西洋横断巨大腸よ。助けに来てくれ、おーい、魚っぽい魚よ」すると寝室魚はおいらを深海の夜のなかに投げ込んだものだから、おいらの鼻が溺死した連中の有毒な海水を吸いこむ前に、魚の尾を掴めたんだな、って、だれが信じたかって。だれも信じやしないよ。お魚さんは尾のたったの一振りで昼も夜も刈ってしまう時間の向こうにおいらを送って、一挙（バラン）にシナ・シメーヌお嬢ちゃんのもとに落っこちて、ほらこうして話しているわけだ」聞き手はこの物語（イストワール）の下に、じっさいの歴史（イストワール）として何が描かれていたのかを見抜いていたのだろうか。もちろん彼女には無理だった。彼女は自分なりに推測できると考えた細部ばかりにこだわっていた。手すりがどんな形状をしているのか、海水は冷たいのかどうか、どれほどの美女だったのか。そしていったいどっちが争いに勝ったのか。どっちの兄弟なのか。口のなかのほうなのか、黒い体内に落ちたほうなのか。オゾンゾは夜話の字句に満足しており、付け足すことを望まなかった。シナ・シメーヌは叫んでまわった。語り部を困らせようとして、オゾンゾがあちこちで「トンブ・サン・トンブ・エ・ド・サン・ド」とうたっていると言いふらしていた。オゾンゾは重々しく、知識がぐらつきえないのとまったく同じように、言葉は変化できないことを彼女に思い起こさせるのだった。二人は言葉で戦っていた。エフライズ・アナテームは二人のこの集いを終わらせ、この子を自分の側につける決意をした。適当な手段はこの子を洗礼に連れて行くことであって、森のなかに切り出された馴染みの場所であってほしいという夢みたいにこの子を扱うのではなく、町の役人のもとに申告しに行くような商品のように公認されたものみたいに扱うのでもなく――あんたは手にもった帽子を回転させながら、これがシナ・シメーヌと呼ばれるようになるのを何時間も待つわけだ――額にも目にも口にも創造主の降臨を身につける神さまの被造物のように扱うことにしたのだ。エフライズが言うには、オゾンゾがシナ・シメーヌとあのラバにそれぞれおこなったミサはどちらもひどいもんだ。じっさい、パパ・ラバは、娘に夜話を聞かせるのとたいていは同じように、動物にも呟いていたのだった。ラバがそう、そう、そうと言うために首を振っているあいだ、われわれがその場に居合わせようとし、オゾンゾが何をそこで話しているのかを必死に知ろうとした回数は数えきれない。このことをよく知る人（アルシンドールという煮込み（フリカッセ）にした鶏の足しか食べなかった人）がわれわれに、ちびっこよ（似たようなことを企てるには子どもの集団のように自由気ままでなければならず、おまけにラバはわれわれが来るのをすかさず察知してその場で跳び上がってオゾンゾに警告していた）、話し手はラバの頭んなかに秘密の名前を彫りこんだんだから、近づいちゃいかんと言い放つ日までは。ああ、子どもであるわれわれは、ラバの秘密の名前を知りたいと望むあまり、痩せ細り、火照るようになっていた。経験者が親切心から警告するには、ラバの名前が口に出される日が来るとすれば、それはオゾンゾ（あるいは動物、どちらか一方）が死ぬときであり、こうして名前を決して口にしない代わりに、ラバは永久に自分の主人に選んだオゾンゾのための良き従僕であり続けるのだ。アルシンドールはそう言いいながらこま（マビアル）のように目まぐるしい早さで回転していたものの、そのあと突然、地面に倒れこむのだった。われわれはシナ・シメーヌに尋ねたが、彼女はラバの名前の神秘には関心を抱いていなかった。エフライズはすべてを洗礼の水のなかで洗うと言い張った。エフライズはシナ・シメーヌのために彼女の顔のヤナギの格子を一本ずつ取り外したことから、彼女は息を吸い、周囲の枝に目を開き、飲み、食べ、片隅に立ったまま、束の間の休息をとることができるのが分かった。すべての人が彼女を好くことを学んだ、すなわち、自分たちが彼女を時間の奥からずっと好いてきたことを知るのを学んだ。それこそがシナ・シメーヌのおこないだった。エフライズは近くに、集落やいわゆる市場町（ブール）の近くに自分が担当するオクラ（ゴンボ）やマシシ〔キュウリに似たカリブ海の野菜〕を売りに行くさい、この子を一緒に連れていった。オゾンゾはタバコ、カカオを担当し、サトウキビの細々とした量とともに蒸留所に届けるのだった。配達するものはせいぜい肥料（グアノ）袋と道具の代わりになれば十分だった。時おり工場の係はオゾンゾに一枚の紙を手渡すことがあった。オゾンゾはいつも何かを借りていたわけだ。野菜に関して、食べるにも、市場で売るにも、必要分以上に栽培しないようにするのが悩みの種だった。この小屋は過剰にとり憑かれていたのだ。そんなわけでエフライズはシナ・シメーヌを連れて行くのだが、道中の印象は、大人のほうが子どもになって、荷物を背負いながらあけすけに泣きわめいたり笑ったりするのに対して、子どものほうが突然、論理的に話したり思慮深い女性のように発言する、というものだ。こんな風にして二人は互いを知りながら行くのだった。二人が頭上にバランスよく載せた、巨大なお盆(トレイ)と無尽蔵のヤナギの篭は、一本の動く道をなしながら、リズムを刻みながら踊り、くるくると回るのだった。そして、長い沈黙によってとぎれながらも、腕の動きをつうじて返答が飛びだすのは、急な坂道を上っているときだったり、人々が売り子の二人に会いにきて、ときに短く、ときに深くこんにちは(ボンジュール)と挨拶しなければならないときだったりした。エフライズはシナ・シメーヌを、気遣いと小さな贈物で満たしていた。贈物は、マドラス地の布切れをカーディングするためのベニノキとインディゴ、パンやお菓子を作るためのフランス産の少量の小麦粉、柄のついた亜鉛製ゴブレットといったものだった。われわれはそのことに、嫉むよりもむしろ驚いていた。われわれには、エフライズが四方を結んだハンカチから硬貨(スー)を取り分けるときのその手の動きは、あらゆるモノの速度を測るさいの参考になった。たとえばだれかのこと、あいつの手の動きは、エフライズの一六スーから取り分けられたオゾンゾの四スーよりも早いのだ、と言う具合に。彼女は砂糖菓子や甘い食べ物を贈ることは一切なかったし、だれも彼女から甘いものをもらうことを期待していなかった。われわれは知っていた、彼女が娘たちに話しかけるのはただ仕事を言いつけるときだけだ、と。しかしその同じエフライズがシナ・シメーヌの洗礼を率先しておこない、その出費を受けもったのだ。教区の助任司祭は、カナダ人の若者で、自分のもとに来る信者たちを——恐れていないとしても——脅えていたようであり、おそらく宣教の地に冒険に来たと思っていたからか、ある日曜の午後、この子がエフライズの嫡子であるかどうかにかかわらず、シナ・シメーヌに洗礼することに同意した。エフライズは満足だった。実の子はどの子も、ある土曜の午後、つまり私生児用の日に略式洗礼を授かったからだ。拾われてきた娘は、もう一つの秘跡として家事を、秘跡の意味がなくなると判断されるまで司っていた。シナ・シメーヌは略式洗礼のもとでしゃちほこばり、代夫と代母に選ばれた二人の隣人がシナ・シメーヌをおびえながら眺めるあいだ――エフライズは、選ばれたことがこの二人にとって良い未来を保証するわけではまったくないことを理解していた――、彼女は質問に自分で答えた。ラテン語での応答を暗記していたのだった。そんなわけでその日は大いなる宴の一日となった。海の向こう岸の戦争は四、五年前に終わっており、結局あのヴィルヘルムは敵ながらあっぱれだったとオゾンゾは評価していた。他の同胞よりも賢くない一人の白人がどれほどの家族が暮らしていたか分からない丘陵の土地を要求していた。彼はおそらく知らなかった、この土地では豊かな作物は決して実らず、この土地を耕すためには四つん這いで踏んばらなければならないということを。丘陵を整備するという考えを振りかざしていたのは、パナマから戻ってきたある若者だった。エフライズはシナ・シメーヌを聖体拝領のために宗教施設に登録させると言い張った。洗礼を受けた娘はラテン語で名前を憶えていたから、われわれは彼女に、川魚やザリガニを捕まえるとその名のラテン語名を朗唱するよう頼むのだった。彼女は池の真ん中の巨大な岩の上に座ると、われわれが巨大な布を流線型に設置しようと水の穴を遮っているあいだ、教会の魔法を唱えるのだった。それはだれも聞いたことがない、われわれの捕獲量を増やす呪文だった。だから住民が覚えさせせられ、耕したり刈ったりするときに大声でわいわいがやがや唱える教理問答の連祷もまた、彼女は完全に暗記していると考えなければならなかった。そういうことだ。しかしシナ・シメーヌは姿を消した。それほど働かずにすんで、喜ぶことが良いことだとされる祝福の時間のように、多くの子が待ちわびていた初聖体拝領の儀式から逃げるためだったのか、それとも、人生の別の斜面を歩まなければならなかったからなのかは、知る由もなかった。彼女は（寝室魚がいつも彼女のためにあちこちを航行する海の、海底からの震えによる呼びかけに応じるかのように）森の未踏の腹のなかに沈潜していった。彼女の最初の名前は、この森のなかでただちに見分けられる空き地への踏み跡（トラス）を示す印だったわけだが、この森のなかにまで彼女を探そうとしたり、彼女の跡を逃げた家畜のように辿ろうと考えた者はだれひとりいなかった（彼女は市場町か、もっと先の都会に逃げたと考えられていた）。みずからの影のなかにそびえ、紫の腐敗物に培われる途方もない羊歯の茂み、地を這う生きもの（ベット＝ロング）がしばしば体を震わせながら細い跡をつける羊歯の茂みのなかに、彼女は通路を切り開いていった。指で触るとぱちぱち音を立てる黒い土で自分の肉体をじかにこね、あらゆるものを捉えようと淡い太陽光を待つ巨大なマトゥトゥー蜘蛛のように頭にロープを巻きつけ、マホガニー（アカジュ）の木がその屋根裏を増やすあの底知れぬ沈黙に声は途切れ、身体は、彼女を浸す緑の茂みの錯綜と少しずつ切り離せなくなり、意識は、彼女が根を下ろす蔓の網の目よりも濃く、混乱していた。微弱なひっかき傷の詰まった渓谷を駆け降りるあいだ、言葉は心臓のなかをひっくり返り、頭のなかでは音の稲妻のように苦もなく叫びを発し、身体にのしかかる暗い棘の森のなかで、前後のバランスが彼女を追い立てるのだった（偉大な夜話が震える聞き手を松明の囲いのうちへ追い立てるように）。それから彼女は恐怖と錯乱にとり憑かれながらあらゆる方向に走るのだった、まさしくこの最初の夜まで。巨大な木であるか闇の岩であるのか分からない森のなかの近くのものに掴まり、嵐をただよう繊維の束のように夜に縛りつけられ、枝のローラーは彼女に向かって打ち寄せていた。波底では、数えきれない虫と獣のかすかなしゃっくりが、波頭からは、虫と獣の果てしない鳴き声が聞こえてきた。彼女はこの漏斗の一番奥底で生きたまま溺れており、窒息しかけていた。そのときだ、彼女が声のうちに最初の割れ目を味わったのは――だれにでも何にでもとくに考えずに発する声ではなく、頭のなかでつぶやく、氾濫する渓谷のざわめきでもって心臓のうしろから反響する波だ――そして彼女は、あたかも自分がこの夜に開かれた黒いヴェランダでしかないかのように、目の前を言葉が行進し、横切ってゆくのを視る。《行け・オドノ・ケモノの美シサ・おれに告ゲタ・少女よ少女よ・おいでおいで・ここ・どこ・生き物がお告げした・こいつのせいで寒い・こいつの腸は未来・少女よ少女よ・おいでおいで・ここここ・面子汚シ・オドノ・ちがう・ちがう・そいつは考えテルゾ・ケモノはどこ》こうして数多くの異なる、相反する言葉たちの障壁を、初めて身中で壊しながら、彼女は夜を耕していた。朝になると（突然、一筋の日光がマホガニーの木々の蒼穹のあいだから差し、水のように散らばるほど明るかった）彼女はこの逃げ隠れた動物のような生活の準備に、葉っぱ、苔、泥を集めながらとりかかった。彼女はべたつく屑のスポンジのなかに沈み、恐ろしい薄紫の牙の中心に現れた緑の新芽を喰い尽くし、青い葉の屈曲の先端から冷たいまま雨水を飲み、縄張りをさまよう若い獣の確信でもって、羊歯の黄土色の葉を扇にしてあおぐのだった。しかし彼女は知っていた、いまの居心地の良さはいずれ終わるものであり、自分はこの木々の下でそれほど長く暮らす術を知らないだろうし、自分の手も自分の精神も、燃える根と蔓に関するこうしたさまざまなことを十分に扱う術を知らないだろう、と。こうして正午になり、太陽が（この洗礼の奥地には姿を現すことなく鉛のように垂れる）燃える滴で彼女のこわばった身体を照らすと、彼女は突如、逃亡奴隷（ネーグル・マロン）のことを考え、探し出すことにした。土で灰色になったその顔はカーニヴァルの仮面のように見えた。彼女は方角を決めて向かおうとした。彼女の考える逃亡奴隷は怯えきって、道に迷ってしまった人々であり、群れを去って、どこに踏み跡（トラス）があるのか、どこに休息の始まりがあるのかを知らずに前後をさまよう獣だった。でもそいつはあんたの頭に手を置いてじっと見つめる、あんたを産んだ母さんの兄弟でもあるんだ。彼女は逃亡奴隷に一人も出会わなかった。逃亡奴隷という種族はずいぶん前に消滅し、もはやわれわれの頭脳の森のなかにしか見出せなくなっていた。そんなことで諦めるシナ・シメーヌではなかった。あたりを巡ったり戻ったりしながら彼女は、何か巨大なものに躓きそうになった。それは自分を見つめていた。一頭の野生の羊。羊は、灰色の毛玉を鐘の形にぶら下げながら、身体を静かに揺すっていた。硬い肉は毛玉のあいだから突き出ていた。額は、蔓と根っこにぶつかりすぎて、円状の角を冠しているようだった。この四本足のカーニヴァルが立ち去ると、仮面を被ったカーニヴァルはそのあとを追った。羊と彼女はそのなかに入り込むことなど十中八九できない森の深奥を通り、緑の蠅がその鐘の音を鳴らす、光の柱が差しこむ明るい木々を抜け、棘地獄の叢林（ラジエ）を横切り（時おり森の深みから切り出された空き地――アビチュエ――のなかを猛スピードで走り）、そしてサトウキビ畑に穿たれた踏み跡に出ると、叢林、森を再び見出し――頑固な獣と走る子は、壺の巨大な取っ手に全身でしがみつくほかないかのように、森の奥のもう一つの斜面を上り続けて――八方塞がりの静かな夜のように丸みを帯びたあの場所にやって来ると、羊はそこでふいに姿をくらまし、娘は目の前に見たのだ、この葉の深みの内部に流れる暑い空気の震えから滲み出てくる男を。彼女はこの男に、初めて、あの名を授けた。パパ、彼女はうたった。パパ・ロングエ、男は言った。こうして二人は長い話を紡ぎ始めた。二人は本当の言葉をだんだん忘れてゆく多くの子孫をつうじて世代から世代へ話を繰り広げ、そうすることで、日々の倦怠と無知の飢えに失調していた二人は、少なくとも知ろうとしたのだ。生活と平凡な日常から切り離された、もはや何にも動じないおのれの確固とした部分に屹立するための自分たちの夢からも頭からも、あまりに急速に消えていったこの場所の空気をなぜ自分たちは吸い込んでいるのかを。渓谷になって流れ落ちる多くの叫びと涙に満ちた（さらには、涙さえもうでない目から芽吹いて、一滴の血さえも残っていない肉と骨を根無し草にさせる、貧困と恐怖に満ちた）この世界全体で、人をすくませ慄かせる、切り刻まれた血と恐怖だけでなく（かつてはそうだった）、ずっと昔から積もってきた事柄、過ぎ去る日々のだんだんと青ざめる利便性のうちで見事に干からびてゆく数多くの事柄を積み重ねるために、ある場所（この場所）が見出されることがどうして必要であるのかを。ここでは、あんたは場所の空気に魅了され、進んで若さを失って、これをまるで機械みたいに噛みくだく。ここでは、あんたの魂が周囲の土地と一緒に逃げ去るのにさえ気づかない。ここでは、あんたの色（肌の上の蝿の粘土、浴槽の緑の泡、顔の上の屋根の真昼の藁に突き刺さる、海岸から迷い込んだ砂、あんたがいびつな四角形の部屋の柵に腕を伸ばし、雑魚寝する姉妹といとこと一緒に夜を寝て過ごすときの、手の上の月の赤いフランネル）は消えてなくなり、だからこの場所で、肌の上に何も映さず、月も太陽も映さず、あんたは朝になると目を覚ます。そう、この場所では、世界を引き裂き、傷によって世界に話しかける何ものも炸裂しないが、すべてはそこから流れ出るのだ、海から遠く離れてぼろぼろと崩れる軽石がうちに含んだ海水を滴らせるのと同じく。こうして二人（何世代も前から、こうして言葉を忍耐強く満たすほかは何も試みず、その言葉が溢れる希望に支えられることさえなかった大人と、森のなかにからだを引きずってきたのちに、何もしない大人たちの諦めを受け入れて過ごすことになる子ども）はこの世界全体、自分たちが念入りに切り離されていると感じる一方で、その動きによって周囲を食らう炎を時おり和らげてくれる、この世界全体とは何かと自問し始めた。すなわち、ラクダの足跡、工場の酸化物、都会の交差点、地中のダイヤモンドの臓物、一面の空に舞う鉱物の雪、電車の到着音、石の巡礼、ウバンギというところの泥土、中国の爆竹、火打ち石、つまり二人にはそれらの知識はないが、鍋のなかのチチリ魚スープと同じくらい強く二人のうちで生きていた〈あれこれ〉すべてを想像しながら。そして間違えながらも、波の高さすれすれを飛ぶマルフィニ鳥のように精確に詳しく。《アイス》とは水が肉を耕す岩を生み出すときであり、《ワイン》とはミサが真昼の炎天下でおこなわれてあんたを狂わせるときであり、《夏》とはあんたがあまりに寒すぎて肌が炎を吹くときであり、《巨大ベルタ砲》とは声が未来に穴を開けるときだと考えながら。《皇帝》とはごろつきども全員の親玉であり、《イタリア人》とはマンドリンのなかをうしろから漕ぐ水夫であり、《戦争》とはハートをくりぬく台風(サイクロン)であり、《大西洋横断》とはあんたと同じ歩調で歩く川の岸であり、《北極》とは表向きの透明なメダルであり（そういうわけであんたは《南極》が何かも知っている）、《パリ》とはきれいに切り分けられたココナッツケーキであり、《オラウータン》とは葉のなかを飛ぶシラミ獲りの熊手であり、《サイ》とは脚で地震を起こすベルゼブブであり、《イギリス人》とはセント＝ルシア海峡の反対岸にいる、と考えながら。こうして二人は熱風に包まれたアカシアの木々のざわめきのように話し合った。自分の名前はシナ・シメーヌで、何の変哲もない、ラバをもつオゾンゾをもっていると彼女が話せば、自分の息子は巨大な砲弾を育てて、アルデンヌにある水の穴のなかを漕いでいると彼は言う。「アルデンヌって何？」と彼女、「その土地は一面灰色で、このあたりは真っ赤だ」と彼、「言葉は争い合うほど急いでいく」と彼女、「わが子らはいくつもの道の枝に言葉を結びつけにいく」と彼、「フぁランスから来る言葉は、ここの言葉のなかに入ってあたしの頭からここの言葉を遠ざけようとする」と彼女、「口のなかの言葉は消え行く定め、やがて紙の上に翻訳された言葉としてしか見られなくなる」と彼、「洗礼はすべて口のなかの言葉でおこなわれる」と彼女、「洗礼とは急成長する子どものための四つ角（キャトル・シュマン）〔二つの主要な道の交差点［著者註］〕だ」と彼、「オゾンゾのラバの名前は」と彼女、「時間の行列のなかでは夜は一日ずつ名前をもっている」と彼、「ラバの名前」と彼女、「だめ、だめ、名前は海の向こう岸に置いておくのだ」と彼、「寝室魚は海を渡った」と彼女、「おまえさんが知らないことはおまえさんよりも大きいのだ」と彼、「でもやっぱり、辿るべき道を知らないであちこちさまよう子どもには、話して名づけて叫んで呼びとめる必要があるでしょ」と彼女、「さあ、お嬢ちゃん、ダシーヌ芋をひと塊食べるにはちょうど良い時間だ」と彼。シナ・シメーヌは小屋に居残った、男が彼女を木の板の上に座らせ、半分底の抜けた小さな樽を彼女の膝の上に置き、扉のうしろに去り、彼女に言葉を待つよう求める、あの晩まで。シナ・シメーヌは身を任せ、世界から聞こえてくる奇妙な物音を恐れはしなかった。小屋は夜に包まれた夜の玉だった。意地っ張りの子は震えたりしなかった。一番良いのは脳内が一切動じないことだ、そう彼女は確信していた。彼女はだんだんこの木の板の上でひと塊の岩と化していった。言葉が現れ始めていた。彼女はおだやかに笑った。小屋の入り口で、その言葉を生みだし、沸きたつ川のように自分に向けて言葉を追い立てるのが、パパ・ロングエだと理解したからである。《ニ・タマナン・ジ・コノン・ニ・ジ・セリ・ディシ・カン、ニ・タムナン・バジ・コノン・ニ・タムナン・ケコジ・コノン〔アフリカの邦のさまざまな言語のうちの一つの痕跡であり、おそらくは元の形をとどめていない。その意味を解明するにはおよばない。［著者註］〕》シナ・シメーヌは「はるか遠くからやって来た言葉だ」と考えた。「寝室魚のなかにいた言葉だ」と考えた。「だから、フぁランスからの言葉じゃない、庭園が二人の兄弟を追い立てたアイチからの言葉だ」と考えた。彼女は言葉が小屋のなかを行進していると感じたが、両目は黒い穴倉をただただ見るばかりだった。彼女は縮こまり、夜の声を聞きとろうとした。そういうわけで、彼女はこの声の秘密を発見したのであり、この秘密を自分の娘のせめてだれか一人には教えることになるのだった。夜のざわめきは人里離れた森のなかのざわめきと同じくらい激しかった。《チェ・ミン・ベ・ジリ・ラ・レレ、ア・ラ・レレ・レレ・イ・コ・ク、ア・ラ・レレ・コミ・トゥヌン・ゲセラン》言葉は彼女のうしろ、奥の壁の石灰を塗った格子のなかで深まっていた。彼女はパパ・ロングエの所で自分の時間を最初から取り戻す（生き続ける）ことを微動だにせず選んだ。自分が翌日には出発するのは明らかだったのだから。彼女はそこで何年もの時間を吸い込んだ。彼女はこの壊れた樽のことを、小屋の片隅から反対の隅へ、パパ・ロングエが決まったように見えたやり方にしたがってこの樽を動かす習慣があったことを思い起こした。シナ・シメーヌは樽のことを、自分がその樽の古い木材を手に抱えていると感じることができないまま、はるか遠くの戦利品のように考えていた。彼女は相談に来る人々の行列を再び視た。そして、彼らの信心深さ、彼らの底なしで計り知れない要求を笑った。「サミュエル神父の洗礼より確かなものは何もないのに」と彼女は考えていた。彼女のうしろに積み上げられた言葉は動き、戦いを再開していた。戦いは小屋の一夜を超えた、遠い時代におこなわれていた。〈シャウトの隊長〉や〈言葉のキャプテン〉の称号を手にしたとはだれもどこでも宣言できない戦い。それはシナ・シメーヌの声に生じた第二の割れ目だった。「エフライズは何一つ理解できなかったはず」と彼女は考えた。まさにこのときロングエは大声で言った、この子は何も恐れないのか、と。彼女は倒れこみ、言葉が彼女を包みこみ、ロングエは小屋に戻ってこう言った、いま、彼女は脱皮したのだ、と。翌日、彼女は立ち去った。男はあの同じ木の板の上に座り、もの静かに、彼女が出発するのを見つめていた。彼は、われわれは自分たちが何者であるのかを知らないと一言だけ述べると、手を高地の方に向けてふった。この日のうちに、シナ・シメーヌはオゾンゾの家に戻った。オゾンゾの家は本当にすぐそこであり、道に迷うことなく下山した。オゾンゾは、彼女をどれほど探したのかを、アイチ国の大主人《バロン＝サムディ》のジャケットのなかにまで探しに行ったことをひとしきり語った。しかしシナ・シメーヌは神秘と呪詛については彼が語ることよりもよく知っていたかもしれない。彼が神々について繰り広げる言葉の行列については、彼女はそのあとをほとんどついてゆくことができなかった。「聖体拝領の輪のように小屋の周りを巡っている」《ダンバラ神》、「えいや、と一振りするだけで三〇〇〇もの首を切り落とした」《オグン神》、「方角を六四も創った」《レグバ神》、「屋敷の玄関の階段に小麦粉を使って描く」あらゆる精霊たち〔いずれもブードゥー教の儀式に召喚される精霊の名〕。おれはアイチだって旅したことがあると、葉っぱの詰まった法螺話をオゾンゾは吹いた。せいぜいのところ、オゾンゾは公認の呪術師——〈海の彼方〉に何があるのかを見たこともなければ、パパ・ロングエからいつかおまえの頭は前後反対につくことになるだろうと予言されているような偽物——のもとを訪れた程度だった。せいぜいのところ、いまでもなおマッカンダル（mackandales とも macandals とも maquendales とも、あんたが万年筆の使い方を知っていれば、手の導きのままに書くのに応じて）と呼ばれることがある、あの呪い（パケ＝シャルジェ）の包みを一つか二つ結わえた程度だった。マッカンダルはあの〈ハイチ薬草達人〉の名であり、火刑台の上で、処刑の見物客——したがって彼の力の証言——がいたのと同じ数だけの動物に変身した。しかしもちろんオゾンゾはその名を発音することはなかった。話題がその箇所に辿りつくと、彼はゾ・ホ・ゾン・ホ・ゾという音をもごもごとわずかに口にするばかりだが、シナ・シメーヌは理解している様子だった。われわれはあの発見の日の晩に戻ったような気がしていたし、ピタゴルはそのせいで目がくらんでいたようだった。エフライズ・アナテームはシナ・シメーヌが痩せぎすになったとうたった。森を迂回しながらカカオの木々の近くを下るときに挨拶を交わし合うのは楽しかった。「やあ、こんにちは――元気かい――快適だよ、ありがとう」この暑さは、気がかりがあんたがたを乾いた泥の下着で包むみたいに、おだやかだった。われわれはたまに動くのを止めるのだった、何がそうさせているのかを知らずに。われわれは、見ることもできず、およそ想像することさえできないあの遠方から来る船の深く、重い汽笛の音のことを黙々と考えていた。ついにシナ・シメーヌはピタゴルと一緒になった。ピタゴルは彼女に語った、オゾンゾの夜話はもっと古い時代の物語を粉飾したものだ、と。アイチは最初の土地じゃない、と。彼が言うには、この最初の土地ではだれもがみなオドノだった。シナ・シメーヌは何の土地なのかと尋ねた。彼はギニア・コンゴと答えた。シナ・シメーヌがどのオドノなのかと尋ねると、彼は自分の知らないオドノだと答えた。彼らはたいてい、カカオの木々の下に行って秘め事を隠したりしなかった――オゾンゾはそのことで悲しんだ。エフライズは事態をしっかり掴んでおり、あとは孫息子を待つばかりだときっぱり言った。シナ・シメーヌが言うには、娘よ、黒肌(ネグレス)の女のなかの女になるわね。そうだ、マリ、黒肌の女のマリよ。ピタゴルが言うには、息子がいいんだよ、エフライズは女の子ばかり宿してきたからさ。「エフライズのなかだけでもう女がいすぎる」エフライズは笑いながら、あんたたちは女と縁を切ったことがないじゃないかと言った。シナ・シメーヌとピタゴルは丘陵の上に小屋を構えることにした。人手を借りて、小屋を建て、周囲の草木を刈り取ることができた。見たところ、アビチュエはおよそ一五歳の年齢だった。ある日のこと、われわれと、この二人もまた一緒に、オゾンゾの家の前に集まっていた。そのときのからかいが傑作で(アルシンドールは家の主人と一緒にはしゃいでおり、話相手にこう言うのだった。オゾンゾには語って聞かせる話がもうないんだろう、ズボンをもう紐で止めないでラバの腹帯をヘソに縫いつけているのさ、やつはこの新しい止め方を選んだというわけだ、このラバの背に荷鞍を一度もつけようとしなかったために使い物にならなかった腹帯を有効利用するためにね。おれアルシンドールはというと、上等な囲いに飼われた目立たないラバでいるのは悪くない、一日中とくに何もせず、することと言えば耳に心地良い言葉を聞くことだけ、その言葉を言うことはできないが、ラバとオゾンゾが一緒にいるのをよく目撃しており、やがてアビチュエが本当に丸いお腹の女になることで、オゾンゾは、エフライズがクリスチャン以上にクリスチャンだと言われてきたのを信じるのは止めにしたわけさ。それで、アルシンドールは毎度見たり聞いたり(もはやどっちか分からない)しているのさ、笑うか、せめて微笑むか、あるいは先週の土曜はしかめ面をしたりしてね。そんなわけでアルシンドールは倒産した不動産の部屋みたいにすっかり差し押さえられたままなのさ)、パパ・ラバは、この喜びを大いに祝うという以外にはとくにはっきりした理由もなく、突然叫んだ。《マッカンダル、マッカンダル!》例のラバが大股で走ってくると、この場を通り過ぎるときにオゾンゾの胸か、あるいはおそらくその首を突き破っていった。こうして秘密の名前が現れた。エフライズ・アナテームはこの動物の両目のあいだを見つめたのち、身をかがめ、自由な通路をそのままにしておく別れの挨拶をした。ラバは永久に去った。だれもが泣かずに、一人ひとりが集中していた。界隈をさすらうごろつき連中がオゾンゾの通夜を午前一〇時まで執り行った。「いまではすっかり継ぎはぎ野郎(ネーグル)だ」と彼らは笑いながら言っていた。埋葬の日、手にビールを持ってハンモックから下りてきたアルシンドールは、釘独楽のようにくるくる回転しながら助任司祭の足元に、酔っぱらった用務員のように身を投げた。「名前を与えたやつのことを口にしちゃいけない、名前を与えたやつのことを口にしちゃいけない！」そう彼は叫んでいた。それが何年のことであったのか、それすらもう分からない。

信じれば救われる話

オーギュステュス・スラは夜中でも目を利かせることができた。われわれはオーギュステュスのまなざしのなかにいた、土地もまるごとひっくるめて。定まりつつ定まらない彼の目は、感知できないものを掴みとろうとする、しぶとい忍耐力を備えていた。その目は、言うなればカーニヴァルのように、二人の青白い男が交互に通るのを、一方が他方のあとを追い、どちらも同じ方角に向かって同じ失敗に出くわすのを、観察していた。彼らは、夢を追い求めていた。そこにわれわれが見てとるのはまさしく白人の娘であり、あまりに鷹揚であまりに甘美であるためにかえって彼らを怖がらせていた。彼らは疲れ切っていた。主人のために道なき道を切り開き、彼らが満たされたり絶望したりして戻ってくる約束の場所まで引っ立てられる馬たちもまた。ことの真相を十中八九つかむことができそうなのはオーギュステュスだけだった。われわれ――表面の部分――はこの三角関係をいつでもからかわずにはいられなかった。まさにわれわれ――オーギュステュスの目のなかで打ちひしがれた――はこの不幸を推測するためにいた。オーギュステュスが考えもつかない仕方でこの争いの一切を復元させるのに成功したのと同じく、われわれもこの争いの内幕を知っていた。しかし、言葉のあぶくのうちに、われわれはこの知ることのもたらす気がかりをうっちゃるのだった。その若い女だけが、オーギュステュスの能力を自分なりに見抜いていた。奴隷として生まれたかもしれない一人の男（ネーグル）が、サトウキビを刈る畑の果てから、あるいは、工場を目指して運転するサトウキビ荷車の天辺から、彼には当然にも異質であるばかりか想像もつかないようなそれ（スラ）を掴むことができそうだということを。愛されないことの恐れで苦しみ、そのためにだれも愛することができないという、ある白人（ベケ）の娘の生の狂乱を。二人にはよく分かっていたが、何か秘められた力によって、オーギュステュスが「わたしの魂」（若い女がそう呼ぶだろうもの）をじっくり眺めるようになるなどとは考えられなかった。オーギュステュスは一度もこの白人（ベケ）の娘を高嶺の花のように見なしたことはなかった。彼女にしてもそうだ。二人の関係は魂にも肉体にも属してはいなかった。ただ単に二人はどちらも自分の世界のうちで一人ぼっちだと感じていたのだ。オーギュステュスは、われわれからきまって逃れるものを視てきたからであり（われわれは彼の視線の向きを辿って、呆気にとられながら知ってしまうのだ、モノがわれわれに話しかけることに）、娘は、自分以外の人間が生きる喜びで満ち足りている世界では何よりも狂気じみたことを求めていたからだ。しかしオーギュステュスは物おじせずに微笑みかけ、すると彼女は「どんなよこしまな魂胆で猿みたいににこにこするんだい」と毎日同じ文句を繰り返すので、オーギュステュスはこんな風に言い返す。あんたはお仲間の白人のもとから遠く離れたところを飛んでいると思っているが、本当は、酸っぱくなったタマリンドの実が手に届くところにいるだけさ。あんたは自分の梁（やな）のなかで釣りをしているが、あんたの川は底なしで岸もないのさ。娘は腹が痛くなるほど大笑いした。オーギュステュスはあいかわらず物静かに微笑んでいた。彼は言う、愛なんて白人たちの病気だ、と。彼女は答える、愛なんて存在しない、あるのはただ、永久に入り混じる勝者と敗者のためのダミエ〔ダンスによる決闘〕の大試合だけ、と。もちろんお喋りも軽やかだった。相手の言うことを決して真に受けないという意志を共有していたのではないかと思うほど、言葉は表面を漂っていた。「哲学者ぶるのはよして、中身のある話をしましょう」と彼女が提案すると、今度はオーギュステュスのほうが、とてつもない仕事をやっつけるようわれわれに求めながら、こう言うのだった。「気をつけるこった（アタンシヨン）、知ってるだろ（ゾット・サヴ・ムシユ）、ゴントランさんは哲学者の仕事がしたいんだよ（ゴントラン・ヴレ・アン・ラヴァイ・フィロゾフ）」しかしオーギュステュスは、彼女との付き合いを少しずつ止めていった。それがユロージュ・アルフォンジーヌの娘アドリーヌのせいではないことは、お見通しだった。ユロージュとオーギュステュスとの関係は、ずいぶん前から途絶えていた。ユロージュがどのようにしてサトウキビ畑で指図をする立場にまで成り上がったのか、われわれは理解できずにいた。オーギュステュスには分かっていた。ユロージュは腹のなかに自分を白くする機械をもっていたのであり、だれかがやつと敵対したり、周囲の連中がこれ見よがしに秩序を軽くかき乱すたびに、白くなっていったのだった。ユロージュには、喋ることなく怒りにまかせて拳をふるうという、秩序を布く才能があった。その身体のうちに、いつでも爆発への準備が整った、ぎこちない動作を抱えていたのだ。ユロージュの両の目は、言葉が自分に向けられるたびに青ざめるのだった。「奴隷生まれ」と耳にすれば、やつの怒りは、自分と地獄を共有する者たちに対して向けられるのだった。こうしてユロージュは黒人最初の奴隷監督（コマンドゥール）になったのであり、マニオク、塩漬け肉、黒砂糖など一日分の食料を、くぼんだ菱形やひっくり返ったピラミッドの形のような巨大な天秤皿を用いて分配する役目を請け負った。奴隷制廃止の噂が伝わり、労働者のうちで不穏な動きが起こり始めると、ユロージュ・アルフォンジーヌは森に姿をくらました。やつが恐れをなしたとはだれひとり考えなかった。数年にわたり、奴隷小屋の連中にわずかばかりの食料を分配してきたやつのことだ。一人分の割当をわざわざちょろまかし、列をなす男たち一人ひとりをきまっていらいらした様子で眺めて。われわれの考えでは、やつはこのように自分たちには真似できない動作に訴えていた。ユロージュは同胞を蔑んでいたのだ。そんなわけでやつには白人のために命令するという習慣が生じたわけだ。奴隷制廃止以前からやつは奴隷監督として小売店を営んでいた。だから自由、すなわち忍耐と家族愛と主人への畏敬に訴える宣言文が貼られたのはこの小屋だった。けれどもユロージュはこの宣言文の朗読を聴くために小屋の前に集うわれわれと一緒にいることはなかった。彼は「有色のユロージュ」と呼ばれていた。なぜならわれわれは、彼の奴隷監督の職務を、自由になった、より正しくは、奴隷制から自由にされた、有色自由人というあの黒人（ネーグル）の身分に結びつけていたからだ。この手合は人々を所有してこっぴどく扱い、「権利の平等」や「政治的代表」などというわれわれには思い描くことさえできず笑いの種でしかないものの、理解を超えたメカニズムでわれわれをやがて呑み込んでしまうモノを求めて殺し合っていたわけだが、この時のユロージュはこうした茶番を拒否したわけだった。こうして拒否をしたために、やつは、奴隷監督の地位を築いてきたこの数年のあいだは探索する気などさらさらなかったあの森のなかへ逃亡奴隷（ネーグル・マロン）よりもこっぴどく締め出されたのだ。それから、やつは名無しの伴侶の女と、娘のアドリーヌ・アルフォンジーヌを連れ立って森から出てきた。それから、この奴隷制廃止の話に一切同意しないことを言い触らそうと、だれひとり解放の日付を正確には知らず、どれが新しい日なのかをぜんぜん言えないにもかかわらず、ユロージュは、われわれが信じきっていたこの宣言の《前日》にアドリーヌは生まれたのだと、方々に触れ回った。それから、われわれは領地を去った。その一部が召し上げられ、われわれに分配されることになったが、分配されるたびに、主人はほとんど無料(ただ)同然で買い戻していった。権利として得た莫大な賠償金をため込んだ主人は地所を取り戻し、サトウキビ畑でのわれわれの代替に、邦のなかにヒンドゥーの積荷を入れることにした。ユロージュは主人を懸命に助けた。うそだろ、おれたちゃ新しい取り分に値しようと戦わなかったじゃないか、そうやつは言っていた。労働者連中が武器を一切もたないで市民軍の部隊を包囲したために軍隊が派遣されたことや、火山のふもとの向こうの大都会が黒人(ネーグル)の巨大な一陣の風で吹き飛ばされてしまったことなどを聞かされても、さらには不具になった人たちを示しても、ユロージュはかたくなに、うそだろ(セ・パ・ヴレ)、うそだろ(セ・パ・ヴレ)と繰り返すだけだった。奴隷監督の小屋は大コンゴ地区にある領地(アビタシオン)の中心地だった。小ギニアが位置するのは沈む太陽の方角で、オーギュステュス・スラは一連の出来事の二年後にこの場所で生まれた。ユロージュはオーギュステュスの話になると蔑んでこう言うのだった、あいつは〈廃止(イシュ・ラボリション)〉の落とし子〔奴隷制廃止後に生まれた子［著者註］〕だ、と。しかしこの時期、こんな些細な敵意では、アドリーヌとオーギュステュスが親しく付き合うことを妨げられはしなかった。われわれはオーギュステュスの祖先がだれかを知っており、遠くを視るためのその両目は先祖譲りだった。だからわれわれは、奴隷監督の娘が呪術師の孫の心を盗んだのだと、悠然と言ってのけるのだった。こうしてオーギュステュスは白人(ベケ)の娘と会うのを止めた。われわれはようやく安らぎのようなものを得た。彼女は大邸宅のなかに姿を消し、女中も御者も彼女がその後どうなったのか、二人の求婚者が（馬が山道（トラス）を全速力で駆けるのもあれから見なくなった）決着をつけるのにカードゲームとピストルのどちらを選んだのかをわれわれに伝えることはなかった。どうやら彼女は、ある夕べ、打ちひしがれた家族全員を前にして「家来は日食を指示し、皇帝はこの世の終わりを命じた」と言い放つと、あばら屋のなかに閉じこもったようだった。すべては以前のように再開した、われわれが前か後ろかを選ぶことができるとすればの話だが。ひょっとすれば同じようにわれわれは、見分けがたいほど渾然一体となった〈前後〉がなすこの塊を、たとえばアドリーヌの母さんでもあるユロージュの連れの話に耳をそばだてるだけで、絶えず理解していたのだ。ずっと前からわれわれは彼女がひたすら喋り続けるのを聞いてきたのであり、彼女は自分から質問を投げかけておきながらそれに答える隙すら与えず、飽きもせずに言葉をたんまりと投げるのだった。こんなわけでわれわれは彼女に名前を尋ねる時間すら一度だって持とうとは思わなかったのだ。名前がない（われわれにとって、ない）ことで彼女は人格を欠いた虚無状態に陥ったりはしなかった。その反対で、名前の不在は彼女を夜の十全の密度でもって満たしていた（そのようにわれわれの目には映った）。彼女は万人にとって価値のある真実を教えてくれたのかもしれない。ようするにわれわれが、白人（ベケ）の娘であれば対話と呼んだだろう物知りたちの会話にはなびかずに、たったの一息（バラン）で間断なく続く唯一のおしゃべり――そのおしゃべりの織物が時おりちぎれると美しかった――のなかを駆け抜け、われわれが愛する言葉、黄色いサフラン、青いインディゴ、新鮮なベニノキのような真紅の赤などで粉々になった言葉を織り込んで一つにつなげるということを。それから、われわれは気づいた、この名無しの人物（言ってみれば、この人物が話し続けるあいだ、われわれがどうにか上りきれるはずの沈黙の小渓谷を見つけて、名前を尋ねるチャンスを得るなどということは無理な話だった）がアドリーヌの誕生以来、何を言うときであれ、過去の時制で話していたことに。水がほしかったんだろ、目の前に突っ立つ彼女は、つるにかけた大きめの木製杓子を大樽の上で揺らしながら、そう尋ねるのだった。それからあんたに水をさし出しながら、とめどなくこう言い続けるのだ、水はラム酒よりも《甘かった》んだよ、もっと正確には《甘かったことがあった》んだよ、とか、あんたはいまずいぶん喉を《潤したことがあった》んだね、等々。言葉のマドラスは過去形で織られていた。昨日かほんの少しあとに用意されたポンプが作動するようなこの果てしない長話について、われわれはちんぷんかんぷんだった。現在という瞬間に繋がれたこれらの過去形から（過去形が単独でも組み合せても使用できることをわれわれはまだ学んでいなかった）われわれが知ったのは、この名無しの女の素性を探ろうとしても無駄だということだ。つまりは、夜の外れに現れるのを宿命づけられた、そういう女たちがいて、その女たちがあんたにかつての言葉を使って現在のことを説明するあいだは果てしなく聞いていなければならないということだ。ただオーギュステュスだけがこの旋回する時間のなかに躊躇なく入り、ユロージュのなかで強まる命令への情念をすっかり見抜くのだった。二人のあいだには何かが起きていた。大コンゴ地区には、あまりに流れが早いので青く見える川があった。その川には二種類のたらいが設えられていた。一方はラバ、馬、雄牛、瘤牛といった家畜用、他方は洗濯用と飲料用だった。小ギニア地区は、そのすぐそばにあるものの干からびており、辺りには淀んだ池があるばかりで、その池でごぼごぼと汲んだ、硫黄色に泡立つ汚水でひょうたん椀を満たすためには、カエルと巨大なマングローブ林を押しのけなければならなかった。ユロージュはアドリーヌに言った、流れる水よりも淀んだ水のほうを選ぶなんてどうかしている、と。しかしオーギュステュスはすでにプロポーズを果たしており、本来必要な段取りすべてを、たった一度で済ませていたわけで（われわれはその一部始終を知っていた、どうやら周囲のタマリンドの木々の葉から見られていたようだ）、こんな風になされたのだった。彼は彼女の正面に座っていた。両目を伏せていたが、その理由は、直角の鉈のように目の前のものを見すえる、あの動じない一瞥に出くわすのをわれわれ全員がご免こうむりたかったのを知っていたからだ。それから彼は、周囲の二、三本の木にも聞こえるよう気を利かせて、ずいぶんと大きな声で話すのだった。いわく「荷車を運転する男はな、荷車が空っぽだと、犬を轢くんだ。そいつは犬を轢くために荷車を走らせる。なぜかはそいつも知らない。でも、なぜかといえば、ずいぶん前から犬はおれたちを捕らえようと森を走ってきたからだ。森で生まれた女はサトウキビ畑に下りてきた。自分の力を男に与えるためだ。兄弟のうちの片っぽがもう片っぽを何かべつのものに変えちまえたのは、そいつが恋人の恵みを得たからだ。片っぽを売ったほうもまた大洋の下の穴倉の寸法を測ることになった。売られたほうは沼の水を飲んだ。そいつは自分に語りかける声を聞く。「行け、オドノ、おまえの根っこは塩水の反対岸から伸びるためにあるのだ」。そいつは自分に語りかける声を聞く。「行け、オドノ、裏切ったやつはやがて同じ船に売られるぞ」。彼は自分に語りかける声を聞く。「巨大船で死ぬな、巨大船は一番でかい魚だ、そいつはおまえの子孫を産んだぞ。それからおれたちは三匹のマングースのあとを追ってここの森を歩き回った。犬はおれたちを迷わせるためにアカシアの木々の上を飛び回っていた。女は男に力を授けた。船のように男と女は吐息をついた。その船は同時に魚でもあり、同時に寝室でもあったが、男と女は、寝室と呼ばれるものが小屋のなかで大きくなるのをまだ一度も見たことがなかった。海の表面は二つに割れ、川水に流れ出た。おれたちはここに降ろされ、それで海の表面を壊した。それでお嬢さん（マドモワゼル）とおれは、川にいるわけだ」二人が互いをもう探ることをせずにどのように座ったままでいたのか、アドリーヌはどのようにこの話を見抜き、申し出を受入れたのか、そうしたことが話題になった。白人（ベケ）の領地は新たに拡張し、サトウキビ畑のあいだのぬかるんだ河床は荷車用の通路にたやすく変わり、気性の荒い雄牛の巨大な群れがボゴタか、あるいはわれわれの知らない邦から運ばれるようになり、オーギュステュスはわれわれのうちのどこのだれかと同じように、土曜の給料日にはユロージュの小屋の前で笑い、取りたてて何もなく過ぎる日々の梁のなかにわれわれと一緒に落ちたりして、暮らしていた。アドリーヌ・アルフォンジーヌは市場町をなしていたところのくぼ地に集っていたクーリ〔インドから契約移民としてやって来た人々〕のもとに足しげく通っていた。彼女はクーリの儀式に受入れられた。断食で清められた司祭がどうやって剣の刃の上を歩くのか、それから、その同じ剣で、一太刀で——うまくいかなかった場合は清めが不完全だったということだ——犠牲に捧げられる羊たちの頭を切るまでを、彼女はわれわれに語って聞かせるのだった。われわれは彼女をマンゼ・クーリ〔「マンゼ」はフランス語の「マドモワゼル」にあたる、若い女性や未婚女性への敬称〕と呼び、時にはマンゼ・コロンボ〔カレー風クレオール料理〕と呼んだりした。オーギュステュスは笑ってこう言い張った、儀式をよく眺めたことなんてないだろ、と。たしかにわれわれは礼拝堂できちんとひざまずくし、くつわよりも意識が遠くなる獣脂の大ろうそくを両腕で抱え、祭式者か首席司祭の声に応じて立ち上がったり、膝をついたりするわけだが、儀式がいったい何なのかを知らないでいた。彼は言った、オドノはおまえたちと一緒にはいないぞ、と。きっと何かの力を、がけ崩れにも負けない巨木や川を意味しているはずだとわれわれが勘ぐっていたこの語を彼が口にするたびに、アドリーヌはじっと動かず、彼を重々しく見つめるのだった。儀式がどんな風に運ぶのかをおまえたち知らないだろ。最後まで（氾濫する渓谷から彼が姿を消し、迷子になった二匹の羊を両肩に抱えながら河床を渡るときまで）オーギュステュスはわれわれを責め続けた。信じれば救われるわけでもない。膝が悪くなってもそれは魂の外。マン・ソッソは神さま（ボン・デュー）を食べなかった。それで、われわれが騒ぎを起こして、このマン・ソッソの話を（またもや、またもや）語ってくれるようけしかけると、彼は、身ぶりや、リズムに乗った音や沈黙などを駆使しながら、われわれの前でこの話をたっぷり聞かせてくれるのだった。マン・ソッソが大コンゴを去ったのは、ヴィルヘルム一世に敬意を表して起こしたあの火事の直後さ。ヴィルヘルム一世は、噂じゃ、パリを占拠して黒人を解放しようとしてたらしい。マン・ソッソは領地を荒らす多くの輩を怖がってたんだ。白人（ベケ）の子をたくさん育てて世話をしてきたし、マン・ソッソには、ヴェランダの下のロッキングチェアに座る年老いた役立たずを当てにするなんぞできなかった。そうさ、サトウキビを刈る男どもが畑で白人の管理官（ジェルール）を切り刻んで塩漬け肉にしちまうのも、農園主を鋤（すき）につなげるのも、肥料袋（グアノ）の保管納屋を燃やすのも、市場町（ブール）に繰り出して混血連中（ムラート）に「ギニア万歳！　コンゴ万歳！」と無理やり叫ばせるのも、マン・ソッソはこの目で見てたのさ。マン・ソッソはこの流れ者どもが耐えがたく、別の市場町に引きこもることにした。そこはな、必死になって地に足がつかなくなるまで歩かなくちゃ、そもそも辿りつくことすらできっこない場所だ。彼女はそこで、言ってみりゃ人様（ひとさま）に親切にされて、中庭の一番奥にある、しっかり踏み固められた黒い土地の平らな区画の、木箱の木でできた小さな納屋で暮らしたのさ、毎朝の読唱ミサ、日曜の大ミサ、晩課、黙想、聖櫃から聖櫃への行列、そういったことで心を満たしてな。そんなマン・ソッソの悩みの種は、大ミサの寄進のさいにお布施がまったくできないことだったんだ。修道会のシスターの一人が信者の目の前を通るたびにな、濃い青色のビロードのお布施箱のなかに硬貨が落ちる音が聞こえるんだ。マン・ソッソは不安な気持ちでシスターの歩みを目で追っていると、硬貨の音がだんだん近づき、心中ではそれが轟音となって聞こえてきてな、ビロードのお布施箱を掲げる手が伸びて自分の列に差し出される番がくると、マン・ソッソは頭をうやうやしく下げるというわけさ。たまには案内係がシスターの代わりをするんだが、そいつは三歩進むごとに礼拝堂の敷石の上に矛槍を打ち鳴らしやがる。白人に慣れていたマン・ソッソは、この魔王みたいな黒いやつ（ネーグル）が金色の熊手の上から重々しく投げかける、そんな気がする視線よりも、修道女が口元をぎゅっと締める仕草のほうがはるかに好きだったんだ。それから、聖卓に近づいて生き神を授かるというおいしい瞬間がやってくる。そんなわけでマン・ソッソは、お布施の悩みが通り過ぎれば、聖体拝領ですっかり有頂天になるわけさ。さて、自分で聖体パンをこねている司祭さまは、口にこそ出さなかったが、マン・ソッソは自分の貴重な小麦を多めに食べてるんじゃないかといぶかってた。それで、司祭さまは聖なる食事のときにはマン・ソッソを少しだけ押しのけていたみたいなんだな。ところが、ある日のこと、彼女のもとを短期間訪れた甥っ子が（一か八かで言えば、これはオーギュスティュスだったかもしれない、マン・ソッソはじっさいには自分のことをソステニ・スラと呼んでいたのだ。だがオーギュスティュスはこの点については一切教えてくれなかった）マン・ソッソに、五スー硬貨を一枚、授けた（施した、捧げた、お布施に託した、その他あらゆる奇跡を表す言い方をすればいい）。次のお布施のときこそ、これまでの忍従の数々を埋め合わせる、あの最初の動作の恍惚を味わえるだろうと考えて有頂天になると、マン・ソッソは近くの小売店に一スー分の買い物をしに行った。店主は彼女のことを知らなかったし、どんな硬貨が出回っているのかをマン・ソッソも一切知らなかったものだから、お釣りに、一スー分の硬貨二枚と、銅か真鍮でできたあの大きな二スー硬貨一枚が渡された。ほら、もう使われちゃいないが、ずっしりしてるものだから、妙にリッチな気分になっちまう、あの硬貨さ。ソッソはとっておきの服を着て、大きな二スー硬貨を選ぶと、マドラスのロングドレス（これだけが唯一の財産だ）の片隅に忍ばせ、例のビロードのお布施箱がやって来るのを待ちわびたんだ。シスターは、マン・ソッソの伸びた手と、その恍惚の笑みが手を伸ばし続ける様子を彼女の番まであと三列のところで見たときには、すでに口元をぎゅっと締める心積もりでいた。大きな二スー硬貨がお布施箱のなかに落ちると、会衆を跳び上がらせる太鼓の音が響きわたり、マン・ソッソの心中では天使の綿でできた鈴がちりんと鳴った。黒ずんだお布施箱がお天道さまの青色のように彼女には見えた。マン・ソッソは傲慢の罪から逃れようと座席に戻って膝をついた。司祭さまはこのおこないに気づいていたので、聖具室に戻り、寄付金を円筒に満たしながら、使い物にならないあの大きな硬貨が出てきたとき、なんの躊躇もなしに「マン・ソッソはわたしを古代遺跡の司祭に任命してくれた」とシスターに言ったわけだ。それから、また別の日曜のこと、手元にあった二スーのうちの一スーを寄付してから、マン・ソッソは聖卓に晴れやかな魂を差し出すと、司祭さまは例のでっかい硬貨を入れて作った特別な聖体パンを彼女に選んだ。ミサの二時間後、晩課の準備をするために戻ってきた司祭さまはマン・ソッソを見つけた。彼女はあいからわず座席で膝まずいたまま、なかなか食べられない聖体パンを、気をつけながら呑み込もうとしていたところだった。「モン・ペ、マン・パ・サヴ・サ・キ・リヴェ、ニ・アン・ペシエ・マン・パ・コンフエセ、イ・ラ・アン・ゴジュ・ムエン、ボンヂェ・ア・パ・レ・デサン〔神父さま、何が起きたのかわかりません、告白しなかった罪があり、それがわたしの喉元にあって、神さまが降りてこようとされないのです。〔著者註〕〕」とマン・ソッソ、「愛しいソッソよ、大市場には四つの厳かな門があって（イ・ティ・ニ・カト・ポット・ソレネル・オ・グラン・マルシェ）、わたしは門にそれを通させることができなかったんだ、だからそれはおまえの喉元を降りようとしても無理なのだよ」と司祭さま。この日、マン・ソッソは神さま（ボン・デュー）を食べなかったというわけさ。オーギュステュスはこう付け加えた。「儀式のことなんておまえらはこれっぽっちも知らないのさ。おれはいつか子に会うために行くんだ、儀式をやがて知る娘にね。ご夫人は理解しに行くのさ、大地がどうやって深い海と結びついたのか、この空間でおれたちに話しかける邦々がどこに住んでいるのか、どうしておれたちは破局の上を歩いているのか、いつになったら、何年のどのときになったら、おれたちはおれたちの年号を数え始めるために出かけるのか」みんなは笑い、リズムをつけながらうたうのだった。「どこ、いつ、どうやって、どうして！」そして儀式についてはある日のこと、われわれはオーギュステュスが白人（ベケ）の娘を解放したんだとうわさした。彼女は年でもないのにすっかり老け込んでいた。こうしてオーギュステュスは彼女に再会した。小ギニアの沼の一つのなかにガウンを着て突っ立っている彼女の姿が目撃された。彼女は、白い鳩の羽をつかまえて、鳩をからだにこすりつけていた。オーギュステュスは沼の縁から彼女の言葉を聞きとり、身ぶりを監督していた。オーギュステュス、白人（ベケ）の娘に「また」会ったの？「大目に見てくれよ、苦しみは辿るべきの道を進まないんだ」しかし、アドリーヌはこう考えるようになった、オーギュステュスがこんな風に自分の技を冗談めかしたり自分の能力を晒すようになる――オーギュステュスはたぶんこれがわれわれに教える最良の方法だと考えていたからだろうし、こうすることでもっとも辛い苦しみをたぶん隠そうとしていたからだろう――につれて、彼は自分を貶めて、オドノを裏切っているのだ、と。オドノ、どのオドノだい？　アドリーヌはおそらくそのことをユロージュの連れと過去形で話していた。それに、森の闇から生み出されたかのような女たち、神力を行使する権利など一切もっていないが、周囲を無視することで、どんなことにでも耐えてしまう女たちが現れたことについても。それから、やがてオゾンゾと呼ばれるものとなるあの球を産んだとき、アドリーヌは、晴れがましい笑いと自然を凌ぐ輝きに満ちあふれ、これまでに見せたことのない最初で最後の歓喜の声を張り上げて、周囲という周囲にこううたった。「オーギュステュス、オーギュステュス、ラ・デサンダント・セ・アン・ギャソン、イ・ロン・コン・アン・クイ・カコ〔生まれてきた子は女の子じゃなく男の子だ、茶色いひょうたんでできたお椀みたいにまんまるだ［著者註］〕」オーギュステュスはこれから数年のあいだに、周囲のどこかで、同じ時間にこの球を補完するものが生まれると答えた。それから、女の子が生まれるだろう、と。それで（なぜなら当時われわれはうかがい知れないものを見抜く方法を見つけたという噂だった）われわれはこの補完するものがあの《痩せた顔》、エフライズ・アナテームだと知っていた。オドノ、どのオドノだい？　そのこと（スラ）は一度きりのある昼間に、奴隷制廃止の日だというあのいつかは分からない日と、噴火が揺るがしたあの別の灰の日とのあいだにゆっくりと起きたようだった。一八四八年の奴隷解放と呼ばれたものと一九〇二年の破局なるものとのあいだに。これらの日付は何も意味しなかった。アドリーヌはこの廃止の日に森のなかで産声をあげた。ピタゴル・スラは火山の炎とともにこの未来の（そして死の）日に姿を現すことになる。しかし工場のボイラーは微動だにしなかった。サトウキビBH12はいつでも最大の収穫率を誇った。ユロージュはあいかわらず現場監督（コマンドゥール）だった。ユロージュは老いることもなく、灰色の髪の下に衰えを見せるだけにとどめていた。彼はいまや大白人（グラン・ベケ）と混血（ムラート）を対立させる選挙戦に夢中だった。混血（ムラート）はユロージュが賞賛の的になるのを放っておいた。いまや黒人こそが、サロンの家具、言語、振る舞い、肌の色、食べ方といったあらゆることを飾り立ててたんだ。ユロージュよ、ユロージュよ、あんたはいまでもこんな見せかけを信じているのか。ユロージュは市場町のある邸宅の前を行きつ戻りつしていた。男は邸宅の内側を覗きこみ、組み合わされた四隅に金箔の花綱模様があしらわれた巨大な鏡の輝きを認めて身震いしていたのだ。名無しの女は、それぞれの鏡はかつて水面《だった》、そしてこの鏡はかつて一番深いもの《だった》と言った。その邸宅にいた混血(ムラート)たちはユロージュのこのきまぐれを知っていたので、サロンの扉は開けっぱなしにして、何度となく彼が通るのを、見ないふりをしていた。そこがやつの日曜日の散歩道だった。やつの〈サヴァンナ〉、やつの〈埠頭〉、やつの〈火炎樹(フランボワイヤン)通り〉がそこにあった。有色のユロージュ。この巡礼から気をそらせることのできる唯一の儀式は、葬儀だった。葬儀用に、ユロージュは白いアラパカのスーツ、それに踵のとがった靴、高級店の帽子、蝶ネクタイを着こむのだった。例の工場の白人(ベケ)が、何にでも興味を抱くアメリカ人の訪問客を引き連れて、そんな葬儀の一つでユロージュと出くわした。この白人(ベケ)は自分のところで働く連中の最期に立ち合うのが好きで、この興味をそそる出来事にアメリカ人を誘ったというわけだ。白人(ベケ)は言った、「ユロージュ、じつに素敵じゃないか、そのスーツ、その帽子、こんな立派なものを取っておいたんだな」そう喋りながら得々として訪問客の方を向いた。するとユロージュは、白人(ベケ)も旅行客も見ることのできない、ずっと遠くにある何かを眺めながらゆっくりと答えるのだが、あるときから自分の言動に取りいれていたその緩やかさは、けっきょくのところ、しゃべり立てようとする気持ちを抑えるためだった。「アー、ムッシュ・エジェーヌ、ウ・ニ・レゾン・フェ・ムエン・コンプリマン、シャポ・タア、デピ・サンカンタン・マン・カ・トラヴァイ・バウ、セ・セル・ビテン・マン・リヴェ・メテ・デュ・コテ」それから、興奮したメリケンがぼそぼそと「何て言ってる、何て言ってるんだ」と尋ねると、人の良い農園主は訳すのだった。「こいつが言うには、自分は五〇年も前からあんたのために働いている、この帽子は自分が取っておくことのできたなけなしなんでさ」彼らはじつに繊細な言動にすっかり感心し、アメリカ人は巨大な革張りの手帖にメモを取るのだった。彼らは身じろぎ一つしないユロージュをぐるりと眺めつつ、ほかにも発見をしようと観察を続けていた。オドノ、どのオドノだい？　あの市場町の連中は奴隷の生まれなんかじゃなくて、ひょっとしたらどこかのカリブ族の王子か、身分を隠してやってきたブルターニュの公爵に生まれたってことか。やつらはやがて政治家になるってことか。オーギュステュスが言うには、夜のなかで目が利いても、サロンの覗き方を知らなければ何の意味もないだろ。アドリーヌとその母さんである名無しの女だけが、われわれが何を知るのかを待ち望んでいた。それからある日のこと、ばつが悪いことに、彼らは一人のこらず、またたく間に大きくなった台風（サイクロン）によってあの市場町に閉じこめられた。夜が岩のように降りかかってきた、午前一〇時ごろだ。コンゴ地区にしてもギニア地区にしても戻るのは無理だったので、いまでは教会と言ってよい大礼拝堂に彼らは避難した。風が荷車のように家々を運ぶにつれて、住民はこの避難所に殺到した。鏡の持ち主は一番最後になってようやく財産を諦めた。その家の婆さんは出発前に、自分のベッドを整え、例の金箔をあしらった鏡を二つのマットレスのあいだに入念にしまいこんだ。子どもはみんな、屋根や木々が空を舞うのを見ようと、始終、頭を外に出したがった。鏡の邸宅の子どもたちが突然叫んだ。「おばあちゃん、おばあちゃん、おばあちゃんのベッドが空を飛んでるよ」午後五時ごろだったが、なかば夜の状態で、雷がやすり屑のようにぴかぴか光っていた。そして、太鼓のリズムに合わせてしなる竹のように、風が激しく吹き込んでくる教会の壊れたステンドグラスから、彼らはみなじっさいに、ベッドが舞い、凧のように、昇っては降り、回っては向きを変え、彼方に遠のいてゆくさまを見た。市場町の住民が言うには、この邸宅の屋根がワルツを踊ったということは、ぜんぶの屋根がその周りでロンドを踊ってるってことだ。彼らは教会の天井に目を向け、天井が天へ召されないよう、一丸となって祈った。翌日、朝と呼べたかもしれないころ、風と雨が一挙に去り、列をなす人々が祈りをやめて瓦礫と泥のなかを走り、被害状況をこの目で確かめに行ったが、一部の人々は、市場町の人もコンゴ・ギニア地区の人も、示し合わせたように憲兵隊兵舎の正面階段に、あの空を飛んだベッドの周りに集った。ベッドにはわずかばかり濡れただけの羽毛布団がしっかり被さっていたのであり、まるで水滴の猛攻と水の蔓をすり抜けたベッドがここになめらかに着地したかのようだった。婆さんが一枚目のマットレスを持ちあげると、彼らは、家族のあいだでサロンの鏡と呼ばれていたあの金色の大きな鏡を陽射しのもとに持ち出した（「彼ら」とは、この水の灰によってばらばらになり、それぞれが自分の受けた損害のなかにおそらく閉じこめられ——子どもたちは渦巻く泥、壊れた屋根、臓腑をえぐられた家畜におびえながらも、そのなかを尻込みもせずうろついていた——抜け出す術を知らない終わりなき小屋のなかに閉じこめられるように、台風（サイクロン）という非日常のなかに閉じこめられたわれわれのことだ。と同時に、われわれは、この苦境にともに奮起することで距離を縮めていた。オーギュステュスに認められなかった数々の儀式の代わりに、この風が包みこんだ唯一の儀式で近づき合っていた。と同時に、オーギュステュスの目と同じく夜に現れることができ、われわれが来る日も来る日も見ることを学ばずにいたものを見せてくれる、この巨大な台風の目に唖然としていた）。傷一つつかなかった鏡はつらつとした陽射しによって、濡れながら燃えていた。名無しの女はうたった。メリケンのために訳すならこんな内容だった。「あんたはかつて鏡をベッドから取り出した。水面が壊れることはなかった。水面は嵐が去った今日のお昼に輝いていたのだった」オーギュステュスは、欄干の一つにからだをもたせて、名無しの女を眺めながら、「でもさ、でもさ」と繰り返した。アドリーヌ・アルフォンジーヌは賛美歌のように「水面はかつて今日のお昼に輝いたのだった。水面はかつて壊れなかったのだった」と言葉を継いだ。台風（いわゆる「奇跡の鏡」）が去ったあと、アドリーヌが生活に無頓着になったように見えたのは、当然といえば当然だった。彼女はすでにあまりに多くの水のなかに風を見すぎていた。彼女には小ギニアで暮らすことがもはや耐えがたかった。自分の生活を占めてきたあの沼とあの川から、水かさがましたり氾濫する音がいつでも聞こえてくるような気がしてきたからだ。アドリーヌは立ち去ってしまった何かを引きとどめようとしていた。まさに、遠くに転がってゆく球のようなわが子が一日に百回も転がらないよう結わえておくように。その子を抱えるのは無理だった。マンゼ・クーリはインド人の友人たちのもとに逃避した。一方、オーギュステュスはこのことを悪い兆しとはとらえなかった。コロンボという、アドリーヌがうまく仕上げた、必要な材料は豚肉だけというオリエント風の料理を食べるのを学んだ。オーギュステュスには、あんな風に一太刀で首を切られてしまう羊のことがあまりに不憫に思えた。クーリは新鮮な肉を売ってくれた。ある日、球はラバの囲い柵まで転がって、柵からラバの群れをまるごと外に出してしまった。するとラバの群れは行儀よく球のうしろをついていった。この子は動物に命じていた。彼はもっとも大きいラバに乗って先導し、ラバの群れに、もっとも険しい小山（モルヌ）までの山道（トラス）を駆けさせた。こうしてラバは逃亡奴隷になって逃げた。どうしたらそんなことができるのか、われわれには分からなかった。われわれにとってラバの競争は無上の喜びであり、一番夢中になる賭事だった。元気の良いラバは前に進むのを拒み、頭の良いラバは反対方向に走り出し、おとなしいラバは騎手を振り落とした。アドリーヌの子はラバたちを惹きつけ、この小山に二日間とどめていたのだが、この間、周囲は悲嘆の声に包まれた。アドリーヌは、まずはわが子を案じ、それから白人（ベケ）の復讐を恐れて、平常心を失っていた。オーギュステュスはじっと待っていた。近所の住人は笑いをこらえながら、信じればぜったいに救われるさ、と彼に助言するのだった。ある晩、子は小屋に戻った。ボールみたいな腹をし、すっかりまんまるの頭に、輪のような足をして、鼻水を垂らしていた。それから、囲い柵に急いでみると、ラバは一頭のこらず健康な状態で、おとなしく、少し太っているほどだった。オーギュステュスは白人（ベケ）に家畜の元気な様子を示したし、収穫は二週前から終わっていたので、商売に大きな損失を出すことはなかった。領主は罰として盗人に、一ヶ月間、同じ家畜の世話をするよう求めた。子はこうして職を得たわけである。現場監督のユロージュは自分のラバをこの子に託した。毎朝、少年はユロージュに鐙（あぶみ）を準備すると、ユロージュは「オーイ」と大きな掛け声を発してまたがり、ラバのほほえましい速歩で出発するのだが、足はいまにも地面につきそうだった。マンゼ・コロンボはラバ飼い（ミュレタージュ）のわが子に耐えることができなかった。すべての女たちは自分の男から逃げ、彼女はわが球から遠くに逃げた。再びヒンドゥー教徒のもとに戻った。それから彼女は小山を下りて市場町に向かった。道路の盛り土運びを得意とする、荷運び女の班に加わって働いている彼女の姿が目撃された。それだけでなく、おそらく彼女はコーヒーや砂糖の巨大な袋を運んで遠くの波止場まで行き、実直な働きアリのように、果てしない列をなして、重みでたわむ、鋲を打っただけの板の橋を上っては下りているのだとわれわれは思った。彼女は木炭を闇取引し、それから、おそらくその償いに、路上で牛乳を売った。もしかしたらオーギュステュスの家畜から絞った牛乳を。オーギュステュスは彼女のもとを訪ねていた。自分のラバを入り口のちょうど正面に繋ぐことが、自分がやって来たことの合図だった。彼の脚は、管理官（ジェルール）がふくらはぎのあたりをボタンでとめる、あのエナメル革の固い脚当てに守られていた。しかしオーギュステュスは深靴（ボテウイーヌ）を履いておらず、裸足だった。ズボンと脚当てがまっすぐ伸びているのはくるぶしまでで、まるでその下の足はみずから切り落としたかのようだった。だからアドリーヌは自分の男と別れてはいなかった。われわれは別居していても仲むつまじい二人のことをうたっていた。同じくわれわれは、世紀末が間近だと言われていたことについてもうたっていた。われわれは世紀が何であり、何と関係があるのかなど知らなかったけれども、それが何か時を刻むものであり、収穫の回数では数えられない数字であることはたしかに感じとっていた。だからこの終わりには一種の悲しみがつきまといながらも、えもいわれぬ喜びと、終わった先への期待感に満たされてもいた。われわれはこううたっていた。「世紀の終わりは終わりだ、貧乏だ、世紀とおれたちはすっからかん。一つの世紀が死んで、それで埋葬される、黒人（ネーグル）は一つの世紀、それですっかり別人になるのさ」これがわれわれの時間の刻み方だった。アドリーヌもまた終わりに向かっているようだった。彼女は次第に衰えゆく世紀を凌いでおり、崩れ落ちた自分自身の緑地で満たされる世紀だった。彼女は、炎と三つまた（マドジュンベ）をくらったこの邦の緑地のように、崩れ落ちるのだった。この邦は、陽射しを浴びてきらめく花が壁を突き抜けて咲き誇るがままに任せる正午の小屋のように、明るくなっていた。われわれは森の文明から平原（サヴァンナ）の文明に移行していた。少なくともそう呼ばれるだろうものに。われわれが少しだけ大きな時間のうちに少しだけ大きな土地をもったのだとすれば。われわれがこのひょうたん椀ほどの島のなかにいて、身動きせずに、海上を自在に漕げる術を見つけられなかったとすれば。こうしてこれらの日々のうちで空気はより乾燥し、より社交的になったようだった。サトウキビを絞ったヴズーと温かいジュースのにおいが邸宅の部屋を浸していた。うまく生き延びることのできたわれわれのうちで、そうした邸宅に住むようになった一部の者たちは、白木の食卓には、ありあまるほどの大きな斜め縞模様のレースを、その上には年代物の鉄壺を、その上にはヒナゲシの花といったように秩序立てることを初めて学ぶのだった。ロッキングチェアは大邸宅のヴェランダにしかもはや見つけられず、路上の赤くて黄色い泥に面した手の込んだバルコニーのうちに見られるばかりだった。商人は道端に陣取って、お盆（トレイ）の上にマリネード〔肉・魚をマリネするための漬け汁〕やロッチョ〔砂糖で煮詰めたココナッツ菓子〕を並べて売っていたが、一スー稼ぐためにはどれほど売らなければならなかったことか。若い男女はこの新しい生活に目をくらませるどころではなかった。裏庭では果てしない夜通しの集いが組織されていた。農園（プランテーション）の夜話（コント）は、夜ごとに遠くまで広まる余地があったので、市場町に下りてきていた。大半の娘は自分の未来を守ることを考えはしなかった。若者はそこにつけこんでいた。有力な混血（ムラート）や白人（ベケ）のもとで安定した生活を送っていた女たちは、より一層派手好きになった。それぞれがなんとかやっていた。男と女という二つのカテゴリーに分けられたのち、われわれは始めていた、強情なクーリと一緒に小山（モルヌ）に残る者たちと、良きにつけ悪しきにつけ市場町に散らばっていった者たちという、新しい分類に気づかぬまましたがって。アドリーヌはマンゼ・コロンボの名にはもはや値せず、そのせがれは小山でラバ語を意のままに操っていた。オゾンゾ（だからその名は、ある日彼がラバにブヒブヒと話しかけていた鳴き声に由来するはずだった、あるいはわれわれは彼の幼年期の思い出を忘れてしまい、自分たちの頭から彼の最初の名前を消し去ってしまったのかもしれなかった）とはまだ呼ばれてなかったアドリーヌのせがれはキジバトを狩ったり、罠を仕掛けて紫色の大きなとかげ(アノリ)（その種族は時間の経過とともに退化したはずであり、最後には、もはやハエ一匹すら威嚇できない青緑色のあのきゃしゃなとかげまがい(レザルドン)を生み出すことしかできなくなった）を捕まえたりしたのだ、ゼフィラン・ベリューズを連れ立って。ゼフィランは、サン＝イヴのせがれであり、だから、三本の黒檀の木のあいだで錆びた鉈(なた)の一太刀でリベルテ・ロングエの息の根を刈りとったことで記憶されている、あのアンヌ・ベリューズの孫にあたった。子どもたち（どこにいても「うるさいガキども」と呼ばれ、ありとあらゆるものを野卑な言葉でからかっていた、われわれ）がどこかの領地(アビタシオン)から別の領地へ自由に走り回れるなんて不思議なことだった。《サングリ領地》〔初代ベリューズを購入した農園主サングリの領地〕の小屋で寝ている子どもたちが、仲間と一緒に汗水たらすのを喜んで、《アカジュ農園》〔初代ロングエを購入した農園主ラロッシュの領地。アカジュはマホガニーの別名〕の子どもの仕事に加わるということがあったのだ。子どもたちは世紀末のことなど気にかけていなかった。未来のオゾンゾはまもなく小ギニアを去った。彼はもっと上の方に広がる巨大な森のなかに分け入っていった。月が上るころにラバを森に呼んで隠すためだとまことしやかに言われた。そんなのは法螺話だった。彼にはラバを盗む必要はなかっただろうし、彼が口さえ開けば、耕作用、荷運び用、最高に熱狂するギャンブル・レース用など、必要な分だけのラバをすぐに産ませることができるのをわれわれは知っていた。オーギュステュスはこうして独りぼっちになり、周りにはだれひとりいなくなった。われわれは最初に彼の両目をよく見てみた。われわれはオーギュステュスの両目が午前の水のように澄んでいるのか、半分消えかかった星よりも深いのかをはっきりと語る術は持たなかった。彼が言うには、おれは一つの通路で、一つの川なのだ。おれの人生はそんなふうに決められているのさ。周囲の世界をぜんぶ知っている彼が、どうして両肩に二匹の羊を抱えてあの氾濫した川を懸命に渡ろうとしたのか、だれもまともに考えなかった。その死体を見つけたとき、二匹の羊がオーギュステュスの身体に巻きつき、その髪は羊のそれのように羊の肌の色をしていた。たしかに彼は、反対側の川岸からこちら側での功徳により報いを受けた幸福な人々の仲間入りを果たしたのだった。「オーギュステュスは自分と一緒に食いものまで持ち去った、オーギュステュスは永遠に食べ続けるぞ、オーギュステュスは羊をぜったい食わなかったんだから」信じれば必ずや救われる。アドリーヌは三倍に膨れ上がった死体に向かってこう嘆いた。「オーギュステュス、オーギュステュス、言ってたよね（ウ・テ・ディ・ムエン）、《それは同じ川だ》って」どうやってかは知らないが、それからすぐに彼女は、われわれのきめの粗い綿布や薄物の綿布の裁縫に非常に役立ったにちがいない、あのペダル付き機械の最初期のを一台、購入した。シリア人は田舎を歩き回り始めていた。シリア人はその地形をすみずみまで覚え、毎月集金して戻るために、商品をなけなしで手放さなければならないときには大胆にも強盗まで働いていた。アドリーヌはこの機械を入手した。それはアドリーヌの小屋の記念碑だった。通りの一番向こうからは、わびしい界隈で、彼女が一日中走らせる機械音がタガタガと聞こえてきた。この音がわれわれを引きつけ、アドリーヌの独り言がわれわれを引きとどめるのだった。彼女が説明するには、世界中あらゆるところに、木箱の木でできた藁葺きの小屋が立ち並ぶ通りが伸びている。板を敷いた歩道には、疥癬を病んだり、足が膨らんだり、手や歯がなくなった、不自由な人間がいる。世界中あらゆるところで、ペダルを踏む女のもとにはガキどもががやがや集ってきて、これはどんな世界だいと尋ねたり、想像して、ってせがむんだ。彼女は質問をしながら答えた（そのかすれた声は機械の大きな車輪と同じスピードで回りながら、粗い生地を縫う針の果てしないクリックのリズムに乗り、この猛スピードのリズムに乗るあまり、その声は一個の果てしないメロディーのように思われ、われわれはここに、カッシアの木の下、言葉の夜でわれわれを包みこんできた老いた語り部たちの手法を認めるのだった)。「その邦がどんなだったかといえば水面が砕けていてマントゥトゥー蟹と死の熱病が詰まった穴が黒人（ネグロ）を呑みこみ管理官（ジェルール）がタフィア酒をそこに投げこむがそれはあんたたちをくたばらせるためでその甘い水を飲めば死に襲われるほどだから農園用の肥料（グアノ）袋がそれでできたわけだがさてそのころリファンおじさんがののしりながら出発したんだがその言葉をあたしは口にしたくないしここで死ぬのはごめんだからそのころリファンおじさんは岩を割っちまうダイナマイトよりも細くていいかいおじちゃんは向こうに行って水面に入って水面を粉々に壊して熱や蛇や黒人の群れを反対岸まで引きずってゆくと反対岸では旅立ったすべてのここの連中つまり水中では一万本の糸で手を塞がない代わりに水中で永久に寝る連中がいまや三階建ての邸宅に住んで本物の椅子に座っているわけでだからリファンおじさんは二年ごとに船に乗ってここに来ておじさんのパートナー死神さんが反対側の裏側に去ったかこっちの岸でだれかを抱擁したのか確認するんだが世界中どこでだってそれは同じシャムで計り知れない苦痛ださあこの邦をあててごらん」われわれは一声に答えた。パナマ！　われわれの答えなど待っていなかったとばかりに彼女は言葉をペダルの急速度（バラン）で縫いつけながら話し続けるのだった。ああ、子どものわれわれは知っていたのだ、彼女があの氾濫する川のこと、果てしない儀式のために犠牲になったあの二匹の羊のことを事細かに話し続けていたことを。彼女がオーギュステュスが裏切ったとか自分を貶めたとはもう考えていなかったことを。われわれは彼女がこうして黒や白の糸巻きに沿って道を辿っているのを見ても悲しくもなければびっくりすることもなかった。彼女はその道を独りぼっちで下り、人生をかたくなに干あがらせ、まったく光の差さない部屋の奥にいた。壁板をつうじて陽射しが差しこむこともなく、聖母とキリストの十字架像の前で灯す獣脂のくすんだ輝きで彼女が照らされることもなかった。何かを掴みとりじっとしたままでいることについては彼女は良いお手本を知っていた。彼女がその手本を最後の最後まで真似なかったとすれば、それは周囲のどこかで、ラバ飼いが続いていると感じていたからだった。自分から生まれた球が彼女をこの苦しみの岸になおも繋ぎ止めていた。われわれは彼女が突然ペダルも車輪も止めて、根絶できない角張った力に遮られるのを見ても驚きはしなかった。われわれ（彼女の右手で口をぽかんと空けて突っ立っているが彼女には見えていない）には気にも留めず、だが、両の目であの沼とあの川をしっかりと見据えながら、彼女がこう自問しているのを聞いても。「オドノ、どのオドノだい？」

苗字というものが手に入れるものだとしたら、アナトリ・スラは苗字を手に入れた最初の人だったのかもしれない。苗字を得ることができたのは、一度たりとも抑えることのできなかった、あの動かずにはいられない欲求のためだった。われわれはそうだと知っていた。アナトリ・スラはわれわれの味覚であり触覚だったから、アナトリに前を歩いてもらうことでわれわれは確かめたかったのだ、自分たちがここで暮していること、それに何かを欲しており、そうしたものを手にすることができるのだということを。アナトリはこの関係を上手に活かしていた。アナトリは、農園主（コロン）が言うように、冒険（アヴァンチュール）に出かけていた。つまり領地（アビタシオン）の境界をうろつきながら、自分は新しい土地を探しているんだと口にしていた。どんな土地か。実っていない土地さ、そうアナトリは言っていた。そう言って待ちながら、彼は周りに集まってくるすべての女たちから、これまた上手に恵みを得るのだった。アナトリが何歳から始めたのかはもう覚えていなかった。ずっと前から始めていたというわけだ。おれは女のケツから生まれたんだぜと冒瀆の言葉を吐くと、女たちは、立ち去れくそったれ魔王（サタン）！　と言い返す。するとアナトリは笑うのだった。だからまだ一二歳にもなっていなかったころから、アナトリのやつ、どこに行った、と、いつでもどこでもお尋ね者だった。すると、仕草とためいきを交ぜながらこういう答えがただちに返ってくる。あっちこっちさ。彼がどんなところでどんな事情でお目当て（ようは、どこのだれと）と会っているのかはだれひとりはっきり言うことはできなかったが、この果てしない事態は何かと聞かれればだれもが説明してくれた。父だろうが母だろうが内縁の夫だろうが、だれであれこの独りぼっちの風来坊を助けるのを諦めていた。コントロールするのが難しい相手だった。心を入れ替えさせるなんて夢だった。やがて女たちが、しかも、年齢の垣根も身分の垣根も越えて、すべての女たちがアナトリを探し始めた。なぜなら小屋のなかでのささやき声が夜から夜へとこう伝えていたからだ。アナトリはあんなに若いのに関係した女一人ひとりに何かの物語を話して聞かせており、アナトリが前もって言うには、おれが相手にお勤めを果たせなくなる日までは物語の結末はお預けだ、とのことだった。男たちが「あっちこっちはエンドレスだ」といくら警告しても、女たちはだれしもこのアナトリ歌の出だしとその続きを知りたがった。女たちは寄り合いを作ると、そこで初めて、それぞれアナトリから聞いた話の一部を知るのだった。サポジラの木の下で休憩する老いた伐採夫たちは笑いながら「その言葉のせいでおれたちの母ちゃんは堕ちたんだぜ」と説教を垂れると、女たちは「アナトリはアダムじゃない、アナトリの話は教会の話じゃないね」とかます。女たちは、そこには違いがあるのだと分からせるのだった。彼女たちは、寄り集まると、アナトリの才能や欠点や情熱的な激しさといったことは打ち明けずに、アナトりから聞いた夜話の一部を順番にこと細かくしゃべっていた。そのさいアナトリのお気に入りがいったいだれなのかを知ろうとして議論することなどなかった。こんな問いはどうでもよかった。女たちが口論していたのは、自分こそがこの永遠に完結しない物語のもっとも重要で、もっとも大きな比重を占めており、したがってもっとも内密な打ち明けだと想定されるエピソードをアナトリと共有している、という純然たる真実を守るためだった。当時はこのような秘密の集いができた。だから女たちは、アナトリが日中近づいてくるたび、立ち去れくそったれ魔王（サタン）！　と叫ぶ必要があった。――これ（スシ）は、雄の奴隷に嫉妬して、自分の権利を心配する農園主をなだめるためだった。農園主は何かの罠だと当然いぶかってはいたものの、そこにとてつもない破局が隠されているとは思いもよらなかった（そう思ったころにはもう手遅れだっただろう）。農園主は戯れに「アナトリのやつはまたどこに行った」と時どき尋ねるのだ。だからだれかが振り返って戯れに、あっち、こっちさと答えるのだ。だから女たちの寄り合いはアナトリ以外の男たちを締め出していたわけだが、男たちはそのことに同意していた。われわれは二つに分かれていた。夜話を復元する一方と、夜話を見抜こうと努める他方に。女たちはまるまる言葉であり、男たちはまるまる耳だった。しかしこの耳は何も聞いていなかった。それで真ん中にいるアナトリは、われわれの前を歩くわれわれであり、われわれであるがわれわれとは別だった。コメントもプライドもなく、男たちの戦術を極限まで推し進める以外のことを、アナトリはしただろうか。女たちがぶつくさ言うには、このやり方のほうが自分たちによく、サトウキビ畑の区画という区画でどうせあくせく働かなければならないなら、それと同じだけ、せめて恋の歌の一部を覚えて、それをほかの一部と継ぎ合わせるほうがよかった。女たちはアナトリのこの炸裂した話をこまごまと話したり元の形に戻そうとしたりしていた。それから、だれかが何かにまだびっくりするなら、まさに度肝を抜くようなカーニヴァルが目に入ってきた。エルマンシアという名の混血女（ムラータ）がサトウキビ畑に戻るのを選んだ。彼女はこうして辿るべき道を外れ、いらだってばかりの農園主のもとから逃れようとしていた。彼女はブラシがけや給仕の仕事をして大邸宅に住むことができただろう。おまけに主人はエルマンシアを探し出そうとしていた。主人が畑の角に姿を現すと、横並びの列をなして働く女たちは特別なリズムで鍬（くわ）を上げるのだった。それを合図にエルマンシアは自分のいる列を変えたり、カカオの茂みに隠れようと努める。もちろんだれひとり、彼女の複雑な駆け引きを理解していなかった。管理官と奴隷監督の注意から逃れなければならなかったし、一人ひとりがこうして保護することのリスクを負わなければならなかった。それ（スラ）はすべて避けがたいことを避けるためだった。エルマンシアは自分が重要なのだと過信していたか、あるいは、おそらくアナトリに近づくか、せめて彼の注意を引こうと望んでいた。しかしアナトリは夜話の保持者たちに優劣をつけない。エルマンシアはそのことを不満に思っていた。ある日、カカオの木陰に隠れるひまがなかった彼女は、あの前代未聞のことをしでかすことにしたのであり、そこに残って万事休すのときを静かに待つ代わりに、言うなれば農園主が怒りで震えていたまさにそのときに、アナトリの物語の一部を語ることにした。こうして彼女は、団らんする女たち全員が男たちに告白するのを拒んでいた話を農園主に打ち明けたのだ。主人はこの打ち明け話を聞いても最初何のことか分からなかった。しかし、この話を分かち持つ他の女たちもまた、主人（やつ）に「あっち、こっち」追いかけ回されるにつれて、自分の知っているエピソードを語ることにしたために、やつはこのエピソードのミンチにすっかり毒され、素性も名前も前途も知らない話の登場人物たちに激しくいらだった。だからエルマンシアの術策は度肝を抜いたのだ。彼女がやつに打ち明けたからでなく、こうやってさまざまな話を彼女が広め始めたからであり、どのみち、こうした話は白人の不妊の（ブワレング）〔発育不全の［著者註］〕耳には届かないだろうと踏んでいた。ところが、やつは気が狂ったみたいにそれを見抜いたと言える。その妻もまた。妻は決して姿を見せず、日曜のミサのときの、六頭の馬を繋いだ四輪馬車のなか、教会の座席、再び四輪馬車のなかでしか見ることはなかったものの、人々はあの女のことをほぼすべて知っていた。夫が畑の巡回から戻ってくるたびにどうやって風呂に入るよう求めるのか（「においますよ、あなた」）。エルマンシアへの気まぐれに、しかも、果てしないリストのうちの数字の一つでしかないような相手への気まぐれにどうやって堪忍袋の緒を切らすのか。どうやって彼女は文字を書くことができるふり（そもそも文字を書けるのか）をしていたのか、自分の新しい家族の「歴史」について。あの女の家系は、名家として植民地総督や地方長官にいくども抵抗し、ジャコバン派に苦しめられていた時期のイギリス軍の占領に対しては、ほとんど孤立した状態で反対してきた云々という噂だった。じっさいは眉唾ものでしかないその話を、人々は小屋のなかでほとんど話題にしなかったが、同じように、植民地総督の交代や、粗糖や精製糖への課税令や、イギリス海軍とのいざこざのことも話さなかった（こうしたことをあの女はおそらく〈歴　史〉（イストワール）と呼んだのであり、彼女は夫が雇う新しい人員と一緒にフランスからやって来る、異端の本や風刺文のなかに〈歴史〉のぼやけたにおいをかいでいた）。農園主（コロン）は、物　語（イストワール）のきれはしを次から次へと女たちに浴びせられて参っており（人々がすぐ気づいたのは、女たちが自分たちのうちで、物語のパートをまだ話していない者をあてがうよう、うまく立ち回ることで、農園主は知らず知らずにアナトリの跡を継ぎ、結局はアナトリを真似するしかなかったことだ）、妻（サトウキビ畑では「女農園主（コロンヌ）」

と呼ばれていた）にこのけったいな夜話のかけらを打ち明けないでいることができなかった。「陰謀よ」と第一声。「ほら、お父さまの時代に井戸に毒を盛られたでしょう」「おやじはこれ(スシ)には何の関係もない」とやつは言い返した。じっさいのところ、やつは家族の過去が明るみになるのを望まなかったのであり、先祖たちをほのめかすどんな言葉もやつを傷つけるのだった。さて、妻はこの話にだんだん感染していった。彼女は小屋と畑から吹いてくるこの言葉の風にすっかり取り乱した。最新の打ち明け話をどんな状況で「入手」したのか、彼女が尋ねなくなるのはもう時間の問題だった。もはや「黒肌女(ネグレス)のあのにおい」をこきおろすのも、「お風呂の黒ずんだ水を見ないよう」寝室に引きこもるのもやめ、物語のちぐはぐな面々を、日中の記録係の名のもとに綿密に記録した。だからけっきょくのところ、あの女は文字が書けたのだ。それぞれのエピソードは帯状に切った紙に綴られた。それから、彼女は帯紙を自然色の布をカバーにした記録帳のなかにでんぷん糊で貼り付けていった。その文体は、コーヒーの木々の下で集めた成分と混じりながらもあの女のものだった（だから女たちの沈黙から引っぱり出された、二つにも十一にも思われる物語の断片、ある日、古びた下着の山から甥の息子が見つけ出すその断片は女農園主の錯乱に負っている。彼女は無名の筆耕であり我流で訳していた）。「アメリーヌより、一月一五日――彼は始終あたりを見回した。朝の深みは彼の肌のなかで渦巻いていた。大きな山猿がよく実った野菜を襲撃したあとに逃げ隠れる、あの山々の先の道のことが彼は気がかりだった。彼が×××（よめない）の凍った水のなかに入ると、足は水底の泥に覆われた。沈黙を探るために、彼は毎朝そこに来ていた。マスケット銃の大きな眼はすでに彼に狙いを定めており、船刀はすでに彼の肉のうちを駆けめぐっていた」この前か後か、あるいは記録帳の二ページ目にはこうあった。「メスメーヌより、今月五日の夜――彼女は太陽が真上まで上るとうたうのが習慣で、一日も欠かさなかった。二人の兄弟が、影が一つのからだになるまで、近づいてきた。彼らはどちらも彼女に一方の手を差しだすのだった。歌が三人を駆けめぐっていた。彼女は二人をまっすぐ見つめると、右手か左手のどちらかを選ぶのを恐れているか拒むのだった。不動の太陽はこの歌のなかで響いていた」「こんなのぜんぶ、何の意味もないわ」、そう女農園主は叫んだ。「わたしたちの黒ん坊（ネーグル）はこんな風には話さない、無駄話をしないでちょうだい」夫は打ちひしがれ、黙っていた。興奮した妻はみずから綴った言葉のキャンバスに立ち返り、物語の順序と謎を解く鍵を探そうとした。彼女は、この秘密を引っぱり出すため、黒肌の女たちに鞭打ちを課そうと考えた。しかし鞭からは、まったく何も得られなかった。このようにこれらの粉々の物語（イストワール）は彼女の書見台の〈歴史（イストワール）〉をすっかり追い出していた。彼女は、夫が十中八九間違って聞いたか報告したものを、今度はみずから粉飾していた（あるいは改ざんしていた）ことに感づいていなかった。彼女は、毎夜、厚い帯紙の端を糊付けしては前日の順をばらすのに夢中になり、この熱が高じて、教区の司祭がうやうやしく忠告し、キリスト教への関心と隣人愛の実践を取り戻すよう勧告しても、これをぶしつけにはねのけるまでになった。アナトリはそんなことおかまいなしに冒険に出かけていた、そう、つまりは領地（アビタシオン）の隅々を転々としていたのであり、監視の用心深い目に注意を払いつつ、自分の勤めに取りかかった。アナトリは、やがて厚手の記録帳のなかで美しく書かれた（カリグラフィエ）紙の切れ端となる、この言葉の切れ端たちを蒔く手段を見つけていたわけだ。したがって当地の女主人はアナトリの性生活を書きとめていたのであり、アナトリの性生活に前もって映し出されていたのは、放蕩三昧の主人の姿だ。語り部が領地の大勢の女たちを味わい尽くすはるか前に、エルマンシアは自分が身重になっているのに気づいた。農園主は子作りができたと喜び、屋敷の召使いにとっておいたが、この子がそろそろ一五歳にさしかかるころには、彼が物語の種まき人の息子でしかありえないことはだれの目にも明らかだった。「あっちこっちは肥沃な土地に辿りついた」「エルマンシアの夜話のパートは立派な胎盤だった」人々は群れをなして教会に行くと、神父さまが両腕を宙に差し出しながら「そして〈御ことば〉は〈肉〉になられた」とうたうのを、ひそかに感情を高ぶらせながら聞いたのだった。それによってエルマンシアは自分のお腹を聖体のように抱えるようになった。彼女は主人に振りまいた愛想によっておそらく許可を得て、太鼓の祝宴を開いた。人々はタフィア酒を浴びるように飲んだ。彼女はダンスには加われないと身ぶりで示し、みなが見ているまえで、並々とついだ、どでかいひょうたん椀で何杯も飲むと、急性の痙攣に襲われた。アナトリはこの祝宴に姿を現さなかった。だが、そのことを気にする者はだれもいなかった。人々は彼のことを、彼の物語がどのように続いているのかを話した。彼女たちは、自分たちの夜話のパートもまた肥沃になるのだと聖エクスペディトゥスに誓った。アナトリの策略は、それぞれの女に、改めて付き合う前に、分かち持っている言葉を自分に語って聞かせるよう頼むことにあった。そうしなければ、アナトリはばらばらにして女たちに割り当てたたくさんの話を思い出すことができなかっただろう。アナトリは、自分の要求を受け入れさせるために、記憶は愛の営みの母なんだときっぱりと言った。エルマンシアの子どもは、男の子で、分かち持たれたとも、さまざまな面にばらされたともいえるこの言葉の最初の果実だった。農園主はエルマンシアに、領地（アビタシオン）の記録帳に書きこむ名前を選ばせるという好意を示した。彼女はこの赤ん坊にスシ（これ）と名乗らせることに決めた。農園主の妻は、この子作り女たちは予測がつかないし、おまけに無知蒙昧だとわめいた。エルマンシアがこうして自身の秘められた優位を示して宣言するとは、彼女には思いもよらなかっただろう。そしてアナトリのことをだれかが探しているときに彼がどこにいるのかを示す「あっち（パルシ）・こっち（パルラ）」と、彼がおこなっていたことを仄めかす「あれ（スシ）・これ（スラ）」を彼女が結びつけるとも。それからずいぶんのちに、彼がアナトリ・スラと名乗るのを選んだときでさえ、戸籍係は彼がどこからこんな名前を思いついたのかを見抜けなかった。とはいえ、彼がわが子によって洗礼を授かり、彼の血を受け継ぐ者に自分の姓を負った最初の人だと言うことができる。至極当然のこととして、この時期、女たちの一団が、老いも若きも――アルテミーズ、フュルヴィア、セレスティーヌ、そしておそらくソステニ〔マン・ソッツ〕も――、彼にならってスラと名乗ることを選んだ。この最初の出産ラッシュのために、女たちはアナトリを聖なる包（バガージュ）みで自分のもとに捕まえておかなければならないと思った。ただこの呪術（ケンブワ）だけが、アナトリが物語を話して聞かせる回数だけ子作りの力を与えるだろうと彼女たちは見込んでいたわけだ。しかしアナトリは彼女たちにこんな骨折りは無駄だよと警告した。自分は何だってできる。頼むだけでいいんだ。彼は呪術ならなんでも知ってるという証拠を与え、呪術師になろうとする女たち一人ひとりに、呪術のかけ方を警告として精製してみせた。男を捕まえるには――「一、満月から引き抜いた、ポム＝リアーヌ〔パッションフルーツ〕のタフィア酒に浸してから左腕にはさんだ三本の毛」「二、二匹の子羊をもつ雌山羊のミルクを少し交ぜた、生理のあとすぐの用足し水」「三、一週間肌身離さず下着に一緒に入れたザノリ〔マルティニック特有の小トカゲ〕の尻尾とマブヤ〔アガマ科の小トカゲ〕の尻尾」女たちは大笑いした。下着を身に着けるのは白人だけだからだ。彼女たちは、語り部（イストリウール）との関係を公表するため、果てしない祝祭を始めることにした。そのうちの一人は数日間足の自由がきかず、どこに行くときもがに股だった。「なんでそんなになったんだ」と尋ねられると、伏し目にしてこう答えるのだった。「アナトリ・キ・フェ・ムエン・サ〔文字通りには、「わたしにそれをしたのはアナトリよ」［著者註］〕」クレマンシアはサトウキビを束ねる仕事の最中に作業を中断し、かぎ裂き棒をロープのようにぶら下げて、鞭打ちを喰らう危険を冒して、「あんたが種付けして粉々にしたんだよ（アー・ウ・ピレ・ムエン、ウ・クラゼ・ムエン）、アナトリ」とうめくのだった。エルマンシアはそれでも自分が優位にいるのを見せつけるのだった。彼女は息子を集う女たちに見せ、ほら鶏小屋で声をあげた最初の雄鶏だよ（ミ・プリミエ・コック・キ・ココリケ・ナン・プライエ）、と叫ぶのだった。アナトリの子孫は美しくなり、農園主は、彼のいらだちの種である帯紙の貼りつけ作業に女農園主をうっちゃったまま、こうした能力と実り豊かな交わりを数多く得るよう、腰を振り続けていた。どうしてやつの種の産物がごくわずかにしか混血（ムラート）化しないのかとあえて尋ねる者たちがいた。やつが言うには、このことには出身地という込みいった理由があった。コンゴとギニア出身はほかの出身よりも混交に抗うのだ。しかも二回に一度は、白人が生まれたり、黒人が生まれたりする。一方が緑の目をした金髪の子（ブロンダイヨン）で、他方が夜の目をした黒髪の子、という双子が出てきたこともあった。重要なのは自分の家畜がどんどん増えることだ。こうしたことは、もっとも気をもませる噂がヴェランダを駆けめぐるご時世には、放っておかれやしない。アルビオンのあの忌々しいせがれども（彼は苦い喜びを込めてアルビオンの息子たちを「白子（アルビノ）」と呼んでいた）は隷属システムを無理やり放棄させ、正当な権利をもつ領主たちを破産させると言い張っている。やつらは義憤に駆られる奴隷制廃止推進派、そうさ、推進派（マボリ）連中に財政支援をしているのさ。すでにやつらはマストまで武装したフリゲート艦を使って奴隷貿易の締めつけをやった。やつらがこの地に上陸するのは間違いなく時間の問題だ。きっと一八五〇年にはやつらは唾だらけの馬鹿でかいパイプの煙でくさくなるのを見るだろう。やつらを受入れる準備をしよう。このように、農園主は、たいした危険もないのに、自分の家族がみずから羽織ってきたヒロイズムというつかみどころのない悪臭を再びかき立てていた。たくさんの奴隷を所有していた場合は、そのことにより市民軍の少佐や大佐に昇格したのだ。そんな大佐は地図で作戦を検討し、下船したばかりの海軍中尉のように敵兵に打って出ないものだ。同じように、サヴァンナで女農園主は、陰で女大佐と呼ばれるようになった。もちろんこのすべてが笑いの種だった。人々はイギリスの悪党連中と同じく一八五〇年をからかっていた。いわゆる女大佐が「年代記」と呼んでいたもの、アナトリの襲撃を受けて彼女の頭からずいぶん抜けてしまい、いまや夫の青白い愛国主義を育んでいたものは、いったいどこにあるんだ、と。それは、ユーカリの林から花を咲かせないし、川の岩と岩のあいだを泡を立てながら流れないし、灰色の固い残骸が混ざった赤泥にはまった二輪荷車の車輪を滑らせないし、ココ＝メルロをためこむ物資補給係の腕を止めないし、食料用の天秤皿に何も乗せないし、土を食べてお腹をふくらました子どもを治さないし、次から次に扶養を宿すお腹を抱える妊娠中の女の苦しみを和らげないし、この心労のバランスを取ることもない。それは、青みがかった泡を立てる白い海のなかに永久に沈んだ、消え去った邦を時どきスケッチする稲妻なのだ。エルマンシアの主張では、息子のスシは軍楽隊の太鼓叩きになるはずだったが、その才能はどちらの親ゆずりであるのかは分からなかった。だがこれは、彼女がこんな風にハレルヤ！　と叫び声をあげる最後の機会の一つとなった。というのも、この当時、リベルテ・ロングエが現れ、語り部アナトリを彼の物語の源泉まで連れていってしまったからだ。物語はすっかり止まった。リベルテ・ロングエはばらばらになっていたものを長い時間をかけて復元した。知ることなく諦めていたわれわれというものをわれわれに与えてくれたのだ。夜話を見抜こうと試みた片方は、夜話を語ろうと試みたもう片方と一緒になった。われわれは、メルキオール・ロングエの娘であるリベルテとずっと前から交流していた。だが、遠くから。だからわれわれは彼女がどこから来ているのかは話題にしなかった。メルキオール・ロングエのことは、彼が《アカジュ》領地(アビタシオン)のほとんど公認の逃亡奴隷であるということはだれもが知っており、小山(モルヌ)の森深くに住み、周囲に影を落としていた。鍬仕事の男は鶴嘴(つるはし)をリズミカルに動かせず、畑の歌い手は仕事を早めるための三拍子のリズムをつけられず、配給係の女は、伐採夫たちが布で覆ったひょうたん椀の水をすするあいだ、小山(モルヌ)に目をやることはできず、サトウキビを束ねる女は一抱えのサトウキビを抱えて歩くことはできなくなるのだ、メルキオールからの呼びかけを遅かれ早かれ頭のなかで聞きとってしまうのだから。それは、動作を止め、目の奥深くにざわめく邦をざっと描いたかと思うと、たちどころに消してしまう稲妻だ。われわれはリベルテが名前ではなく思い出だと気づいていた。リベルテ・ロングエの思い出だと。このメルキオールの弟は、笑うオオムカデであり、風と葉から霊感を授かる者であり――その名は名ではなく、「自由(リベルテ)」というプログラムだったのであり、解放してやると公言しながら隷属させる輩たち自身の言語のうちから得た名だった――、《サングリ》農園(プランテーション)のお気に入り、アンヌ・ベリューズによって、錆びついたあの鉈の一撃をくらって向こうの三本の黒檀の木のあいだで息の根をとめられたのんき者だった。われわれはメルキオールが娘の生をいわば弟の生のやり直しとして定めたことに気づいていた。じっさい、一見するとこの定めはたいへん成功していた。われわれの観察では、娘リベルテのからだのタフな集中力は、弟リベルテが見せていたどことなく脅えた様子と対照をなしていた（したがって考え方も違っていた）。彼は娘の体内に流れる逃亡奴隷(ネーグル・マロン)の血を強めていいわけだが、われわれには逃亡奴隷の血のことなど一切分からなかった。どうすれば大勢の奴隷たちのなかで一人の逃亡奴隷を見分けられるのか。メルキオールが言うには、逃亡奴隷はみんな特有のにおいをもっている。ヴズーと血の汗が混じったいやなにおいが充満するなかではどうやってかぎ分けるのか。泥にまみれて引きつった足の親指は、乾いた土の上にのばした足の親指とちっとも似てない。しかし、当時、われわれはあの巨大な木の陰が行き渡るのをあちこちで認めていたのであり、そのメルキオールという木は、〈否定する者（ネガトゥール）〉、すなわち《ローズ＝マリ号》〔ロングエ家とベリューズ家の始祖となる者たちを乗せた奴隷船〕から下船した最初の人にして、この奴隷船が吐き出した者たちのなかで逃亡をはかった最初の人の息子だった。そのためか、リベルテ・ロングエはどこか別の世界から来ているように見えていた。われわれは彼女がアナトリの物語を完了させる点のように突如姿を現すのを見て度肝を抜いていた。アナトリは彼女の年齢のほとんど二倍だったが、こう言ってよければ、彼女の前では子どものころに戻っていた。これはやつらが奴隷制を廃止すると宣言した年のおよそ一年前のことであり、オーギュステュスが生まれる三年前のことだった。だから、いいか、リベルテ・ロングエは記憶で、いま話しているのは彼女のほうだ。この当時、話題だったのはメルキオールの娘リベルテ（みんなにとって彼女は「メルキオールのリベルテ」だった）のほうで、メルキオールが二人の戸籍係の前に立ち、自分がロングエと名乗るのを（その理由を明かさずに）決めたと落ち着いて宣言するのはまだ先だったからだ。だからまさにメルキオールのリベルテこそが、アナトリが一度も知らなかった少年の心のうちに彼を沈めたのだ。そして、女の尻のあいだに再び連れてゆき、汚れない大きく開いたものの裂け目に置き去りにしたのだ。エルマンシアは怒りを爆発させた。奴隷小屋の界隈に通じる岩の道で。どうして彼女がこの場所を選んだのかは理解できた。その交差路からメルキオールとリベルテの方へ上ってゆく山道（トラス）に入れた。エルマンシアは朝から晩までえんえんとわめき続け（もちろん、日曜のことであり、管理官の連中は市場町の混血女（ムラータ）の家で酔っぱらい――畑で強姦する黒肌（ネグレス）の女の代わりだった――、女大佐は記録帳の前で寝入りながら時どきげっぷし、夫は燕尾服と羽根つき帽子をまとってサトウキビ畑よりも高い場所を得意げにぶらついていたときだ）、周囲を憤怒の吠え声で燃やしていた。彼女は猛り狂う雄牛のように埃のなかを転げ回り、数時間にわたって自分を打ちつけ、夜の竿を引っこ抜き、月の物を吸い取ってくれるトウモロコシの毛の茂みさえも引き抜き、さらに二時間か三時間、それらを踏みつけるものだから、彼女の尻と脚は血だらけだった。だから、彼女はうなりにうなって、木々と空を燃やすのを一度たりとも止めなかった（動いているものや周囲のものはすべて太陽の沼にはまって身動きがとれなかった）。死ぬまで決闘だとリベルテを挑発しながら。アナトリに魔王のよだれをお見舞いしたよ。スシが〈言葉〉の正真正銘の所有者なんだからね。沼地のヒルは一匹残らずリベルテの首飾りになってダンスするわ。いったい何なの、この流産女は。まだ脚を直角に開けられないガキのくせに種馬に見せつけようって。あいつの母親が三本足のラバとっかえひっかえやりまくっているあいだ、あいつの父親とかいうやつはきっと、自分に都合のいい別なことをしてぶらぶらとバランスをとっているのさ。やつの母親のおイモ（マンコ）のにおいは強烈すぎて、ガキは生まれるときに鼻をつまんだんだ。だからリベルテの鼻は、ル・ディアマンを通るときに見えるラルシェ小山（モルヌ）の斜面みたいに両端がぺっちゃんこになってるんだ。云々。午後になると、汗、土、月経の血が彼女に厚手の固い服を仕立てていた。彼女は灼熱のなかで湯気を立てて怒っていた。太陽が沈むころ、彼女はこの場所を占拠するのをふいに断念して、姿をくらました。翌日、彼女は自分のからだと自分の振舞いからすべてを消した。リベルテも、アナトリも、メルキオールへのいかれた挑発も、なにもかもだ。まるで彼女はこの新しい事態を笑って気にかけないかのようだった。それから、アナトリと「まだたったの一度しか話したことがなかった」リベルテは（われわれにはよく分かっていた、この日曜の朝から晩までのあいだずっと彼女が、エルマンシアが腹の底から爆発させたあの呪いの轟音が自分に向けて上ってくるのを聞きながら、小屋の仕事を物静かにおこない、その間、メルキオールは突っ立って彼女を眺めていたのを）、この同じ翌日、小ギニアの沼地にわざと戻ることにして、そこで改めて物語の語り手に出会って、彼がこのじっさいにあったことの断片をどこから手に入れたのかを聞きだそうとした。度肝を抜いたアナトリが思い出すには、彼は自分の母さんの母さんであるユドクシの口から聞いたということだ。リベルテは最初と最後を、すべての組み合わせをつまびらかに明らかにしたかった。アナトリはその辺は何も知らないと打ち明けた。沼地のカエルたちは青い葉っぱに乗っかって毅然としていた。リベルテは、メルキオールに教えてもらった、あの言葉の切れ端（ニ・タムナン・ケコジ・コノン）を諳んじた。それはばらばらになった言語の痕跡（トラス）であり、より正確には、《ローズ＝マリ号》の船倉のなかに寄せ集められ、ここの風と混ざって消えてしまった、さまざまな言語の散り散りの痕跡（トラス）だった。アナトリは一切思い出せなかった。リベルテは、彼がばらばらにして多いに利用してきた物語、彼女が継ぎはぎして修繕した物語の出だしとその続きを彼に示した。しかし出だしは、だれにも見とおせない底なしの穴のなかに落っこちていた。アナトリは怒り、叫んだ。女たちを口説いているほうがいい。闇なんてこわくない。自分の《前》に闇が映されるかぎりは、と。リベルテは答えた。記憶は、丸くなって開かれたまま保たれてるときには、よりいっそう熱い。闇は、あんたのうしろに〈過去の大監督〉のようにいると感じられるときには、からだを養う、と。本当のところ、彼ら二人は何をしていたのだろうか、思いきっていったい何を。二人の周りには、言葉以外のどんな物体も生えてこなかったから、彼らは言葉を用いて見つけることにしたのだ、美しさのかけらを。そして、そのかけらをこね上げたり交換したりしたのだ。一人ひとりが求めうるこうした美しさのかけらを、われわれは邦のあちこちに自分たちのからだと叫びでもって穿ってきたのであり、ありとあらゆる悲惨と試練を越えて美しさがわれわれを結びつけるのを、知らず知らずのうちに望んでいたのだ。あらゆる期待に反してではなく、それと見分けられたり察しがつくあらゆる希望の埒外で望んでいたのだ。おれは土地を探している、実っていない土地を。アナトリの言葉はこの意味に集約された。リベルテはこう応じた。どんな土地も、一度だって、実ったためしがない。土地は、それがほかの土地とくっつくときには、あらゆる土地を貫く熱気のほとばしりが奥底から突き上がるのを感じるのよ、と。彼女はアナトリを連れ立ち、そして、いまや影の差さない黄色く濁った水の沼地は再び動き始めた。彼らは要塞化した陣地に向かって上っていった。最近まで新たに連れて来られたアフリカ人が閉じこめられていた場所だ。彼女は、あらゆる生活から隔絶した、反抗者たちを服従させるのにかつて使われ、いまでは半分埋まったあの古い独房の一つに彼を入れさせた。彼らは四つん這いになってこの独房の深淵のなかを潜った。こうしてリベルテは彼に明かした。ユドクシの物語は表裏がある。あたしたちは一つの物語ともう一つの物語を見分けることができないから、これを完成させられないままだ。まず初めに、最初の〈否定する者〉、メルキオールをもうけた人として知られる男の身の上に起こったことがあった。それから、時間と言われるもののなかではずっとずっと前に、もう一人の〈否定する者〉の身の上に起きたことがあったのだけれど、二人はあまりに似ているし違ってもいるので、彼が最初の人だったとさえ言うことはできない。メルキオールの父はすぐにこのもう一人の〈否定する者〉の物語を知って、山道(トラス)のあらゆる分岐に彼のにおいを嗅ぎとったけれど、自分が同じ道を繰り返し辿るべきかどうかを決められはしなかった。この結果、オドノ、オドノと口にするとき、あたしたちは二人のうちどちらの名前を呼んでいるのか見抜けない。過去も未来もぜんぶがこの独房の丸みのうちにある。だから夜の底のなかにある過去のことは、名前や時期を特定しないで、じっくり考えるほうがよい、と。それから彼女は自分が学んだことを打ち明けた。それは二人の兄弟、ないしはそのように互いを見なす者たちが恋敵の関係にあって争うという話だった。裏切り者が教えた村への道。捕囚、怪物に変身した丸木舟、そして会計部屋とその下に地獄を抱えて大海原を泳ぐ魚。氷のように無限に広がり、自分の姿をまじまじと見るには壊さなければならない海。鉄球があんたをそこに植えてしまった海底。そして、ここへの到着、敵対関係の形成、つまり、はるか昔の戦争の反映でしかない彼らの新たな争い、あるいはおそらく回復不能の兄弟愛の鍛錬。それから、猟犬に追いかけられるレース、そして最後に、何年にもわたって谷間を広げてきたあの日中の長い夜、彼ら二人が自分たちの知らない子孫をつうじて彷徨っていたその谷間、彼らは全部で二人かもしれないし四人かもしれず（なぜならメルキオールの父親は自分が最初の人だと豪語したことはなかったはずであるし、同じく現在のわれわれはこの時間の穴を、その深さを計測する道具を一切もたず、眩暈に負けずに見つめなければならないからだ）、いずれにしても、向こうの昔の邦で、だれかれなしに捕まえるあのハンターたちに生け捕られた者たちだった。アナトリは頭を脚のあいだにうずめてため息をついていた。リベルテは自分たちの子孫を作るためこの場所に戻ろうと申し出た。みんな覚えていない、みんな覚えていないさ、とアナトリはささやいた。リベルテは言った。女たちは忘れない。人は女たちが生まれてくるのをかろうじて目撃するけれど、いずれにしろ死ぬところを見ることはぜったいないし、彼女たちが何によって死ぬのかを本当はだれも知らない、女たちの死はひょうたんのように踏み跡（トラス）の枝にひっかかった真ん丸の時間のなかで言い渡されるようなものなの——でも、女たちは忘れない、と。それから、二人はようやくこの過去の穴（少なくともあと一度はこの穴にいることになる）から出ると、砕けた岩に照りつける陽射しにたじろいだ。このあふれ出した穴から、織り交ぜられた記憶と忘却が大挙をなしてわれわれに押し寄せてきたのであり、その下で、われわれは、切れ切れになった物語がどんなものかを知らないけれど、これを必死に復元しようとするのだ。われわれのさまざまな物語は時間のなかを飛び跳ね、われわれの多様な風景は絡まり合い、われわれの言葉は混じり合いぶつかり合い、われわれの頭はからっぽか、詰まりすぎているかのどちらかなのだ。リベルテはアナトリをメルキオールが暮らす小屋に連れて行き、アナトリはそこで一時期を過ごした。時代は混迷し、〈廃止〉は沸騰を引き起こし、大佐は畑にいたままだ。アナトリの失踪は記録さえされず、逃亡奴隷と記される栄誉にはあずからなかった。やがて人々は、奴隷監督ユロージュが言い当てたように、この解放の報に裏切られることになった。何も変わらなかった。けっきょく、羽飾りとピストルを捨てて、土地をただ同然で集めることに躍起になったのは、農園主以外の何者でもなく、そうして得た土地に対して人々にたくさんの地代を払わせたのだった。やつは山地にも、それに類するものにも関心を示さなかった。そういうわけでメルキオールは厄介事に苛まれずにそこで暮していた。リベルテは小高い山（モルヌ）を下りて、小ギニアに住み着いた。二年後、オーギュステュスが生まれた。リベルテが彼のもとへ連れていったとき、メルキオールはこの子を長いこと見つめたあとで、こう言った。おまえは生涯に二人の男をもち、一人は干あがった水を知ることになり、もう一人はあふれ出る水を知ることになるだろう、と。リベルテは言われたことを理解したようだった。彼女はどうしてメルキオールがもっと遠い未来のことを見とおさないのかと尋ねた。彼は答えた。遠い未来は狂気と忘却に接している、と。こうしてリベルテは人生の道筋に身を委ねることにした。彼女はオーギュステュスがスラと名乗ることを受入れた。それによりエルマンシアが周囲に再び姿を現した。彼女は、オーギュステュスが洗礼盤に入れられるのを受入れた。それでメルキオールは優しく微笑んだ。彼女は、アナトリが再び領地（アビタシオン）の隅々に冒険に出かけるのを受入れた。夫の子どもたちを迎え入れ、世話をして育てもした。メルキオールとリベルテの力をこれまで恐れていた女たちは、再びアナトリと交際を始めた。じっさいすっかり止まってしまったあの物語の断片を手に入れるためでなく、パフォーマンスに加わる喜びを得るために。というのも、アナトリは小屋の前に座って、乗ってきたラバを小屋の前で自由にさせる訪問客たち（ラバの多くは沼地のなかに入りカエルたちの良き隣人になる）を迎え、少量の赤いラム酒と一切れのやわらかいキャッサバを振舞いながら、三五人（ちがうねあんた、神さまの本当の数字は三六だ）にもおよぶ男女の子どものことを喜んで詳述していたからだ。訪問客のお世辞はリベルテにまでおよび、こんな男と暮していることを祝われるのだった。エルマンシアは方々で自分はリベルテの姉だと説明していた。小屋に入るのを許されているし、どんなにラム酒とタバコの葉っぱを消費してもけっしてその量が数えられることはないのだ、と。だから、メルキオールとその娘がこの日曜の集いのあとに彼女を悪霊（スクーニヤン）に変えてしまわないことが不思議だった。アナトリはどんな心配にも呑み込まれなかった。オーギュステュスとユロージュの娘アドリーヌが出会ったときさえも、ついに一言も言わなかった。リベルテは（あの冒険（アヴァンチュール）の日々はすでにだいぶ遠のいていたために感覚は鈍っているけれど、生涯にわたって生きている彼女のいまもなお若々しい、優しい笑みで）二人の仲を承諾しながらこう述べた。アドリーヌはオーギュステュスを選んでよかった、オーギュステュス、アドリーヌ、なぜならアドリーヌはアナトリが一度も上らなかった森のなかで生まれたのだし、あんたも少なくとも、わんさと周りに押しかける自分の姉妹たちとは一人も付き合ったことがないのはたしかだから、と。リベルテは、あんたは森よりも深い、過去の穴のなかで生まれたんだ、とオーギュステュスに言った。彼はこの通告の意味を理解していた。オーギュステュスが生まれるとき、メルキオールは彼を見つめていた。リベルテはその最初の日に彼の頭の穴のなかに息を吹きかけた。それから三歳になると、リベルテはライムと強烈な香草をこすりつけたオーギュステュスを外に晒し（何かに繋いで）、一時間、灼熱の陽射しで煮た。これを最後に、陽射しからオーギュステュスを守るためだった。リベルテは吐き気をもよおす緑のシロップを彼の喉に押しこむと、その頭は万力に締め続けられながら彼の臀部のあいだにはさまって、尻の穴からは巨大な虫が、口と鼻からは小さな虫が出てきたが、リベルテはその虫も緑のシロップの一撃でしとめたわけだった。エルマンシアはリベルテのレシピを方々で触れ回った。この諦めた女は、アナトリを燃える穴のなかに下りて行かせた女と同じなのだろうか。同じだった。それにアナトリも、いまでは萎えはじめた力を維持しようと固い木の皮を煎じたものを飲むために小屋に隠れているものの、同じだった。彼の熱いミルクは獣脂入りで、彼の牛の種子は唐辛子で味付けされていた。しかし、小屋のなかではどんなもめ事にも出くわさなかったので、アナトリは大邸宅の隣で退屈していた。老いた農園主は、好戦的な狂気からすっかり醒めており、家族会議によって財政面でのあらゆる権限を奪われてしまった。女大佐は、立派な小型ハサミで夢中に切った、色とりどりの黄ばんだ紙の束の上で死んでしまった。以前は詩で化粧をしていた娘は、いまではパルニー〔エヴァリスト・ド・パルニー（一七五三—一八一四）。一九世紀初頭のフランスで絶大な人気を勝ち得ていた詩人〕を模倣していた。パルニーの作品は時間をかけながらも彼女のもとまで届いていたのだった。われわれは花瓶を磨きながらパルニーの詩を朗唱していたものだ。そのころ、彼女は、馬の三倍速のギャロップですっかり混乱しながら、あばら屋を飽くことなく探索し続けていた。旧式の蒸留所はほとんどが工場になっていた。精糖工場〔粗糖を白砂糖にまで精製する工場〕ができるという噂が立ったが、植民地総督はそれを中止させた。精糖工場はフランスで精糖していた。老農園主はそのことによって、もうできることは何もないという恐れを深めた。やつは出会う女を抱くという絶対的な権利をもう行使できなかった。そしてこのちっぽけな帰結が〈廃止〉についてやつをもっとも怒らせたものだった。本当のところ、やつがいくら口説いても危険はなかったし、女たちも、まったく同じく、やつをもう恐れたりしていなかった。しかしやつは自分の権限が制限されたとかたくなに思い込んでいた。だからものすごい数の犬を育て、あちこちに連れ回し、その実らない交尾の試みを目撃させるのだった。われわれは毎度犬を殺してしまうが、やつはすぐに替えを連れてくるのだった。われわれは数年前からあらゆる種類の犬と親しむようになった。やつはまた、フルーレ〔フェンシングの剣〕のように細く平らな、ヒンドゥーの少女にも怒りの炎を燃やした。彼女たちは最初の積荷として、父や兄弟と一緒に、やつの農園の運営会議によって住むことが命じられたのだった。アナトリにはクーリの女に興味をもつ時間はなかったとはいえ（これはあまりに最近で、それぞれのコミュニティのあいだでは溝はあまりに深まっていたし、クーリの男はしっかり築いた家族を連れて来ていたわけだから、招きを受けるにはコケコッコーと鶏が鳴く前でなければならなかった）、アナトリが自分の意のままにできる奴隷だったころから一度も疑ってこなかった老農園主は、こう決めつけた。あのアナトリのやつこそ、忌まわしい〈廃止〉の一番こらえがたいカスだ、と。子どもの数を誇るアナトリの自慢話がやつをより一層激昂させた。やがてこの黒ん坊（ネーグル）どもは家族を築こうと、家系を保とうと望むようになるだろう。農園主はケリをつけることに決めた。リベルテは山道でやつと出くわす手筈を整えた。彼女が山道で突っ立ったまま身動き一つしないでやつを眺めると、やつは、リベルテを見ないふりをしながら、二、三匹のモロス犬〔巨大な猟犬〕を引き連れて通り過ぎていった。メルキオールが断言するには、だれであれ、たとえメルキオールでも、未来を覆すことはできないだろう。アナトリは老け始めても制御不能のままだ。アナトリ、ユロージュ、農園主の三人は、果てしないチームをなしているようだった。一人目はサトウキビを刈り、二人目はそれを縛り、三人目はそれを荷車に積み上げるという終わりのないチームを（ユロージュとアナトリは、生きているあいだは、入念に、互いに近寄らないようにしていた）。われわれはこの三人をつうじて時間を見ていなかった。時間はサトウキビ畑の火事の口のように垂直に上ると、九月の台風（サイクロン）の目のようにわれわれの上に一挙に降りかかってきた。このあふれ出した穴は空間を覆ってしまい、それから、この三人がよく見えるよう、バランスよくわれわれを保っているように思えるのだった。そのようなわけで老農園主は犬の群れを一堂に集めた。犬たちは臨戦態勢だった。やつは号令をかけた。アナトリは列をなして外に出るところを襲われ、涸れきった井戸に投げ込まれた。そこは、かつて農園主が（〈廃止〉以後）自分の女たちの兄弟や内縁の夫を二、三人突き落としたところだった。われわれはこう言ったものだ。骨と縄のばらばらになった繊維の上に、折れた首のまま倒れたアナトリは自分が旅立った場所から戻ってくるぞ、でもアナトリの見開いた唯一の目、その左目は戻ってくるたびに満月を突き刺して、雲を泣かせるんだ、と。「あっちこっち（パルシ・パルラ）はいまや〈ここそこ一緒（イシラメーム）〉になったぞ」「涸れた水は涸れた水がなりつつある状態を認めたぞ」しかしわれわれは、農園主のやつがこの時期に死ぬことも予想していた。リベルテ・ロングエがそのことを十分警告していたのだ。やつはその警告を知っていた。というのも、やつは大邸宅に立てこもっていたからだ。あばら屋のほうはすでに占拠されていた。やつは食事をくんくんかぎ、グラスにつがれたものを飲むのを拒んだ。摘まれたばかりのフルーツだけを食べ、手を使って飲んだ。アナトリの死から三日後、頭はふくれ、からだはふくれ、やつは痙攣に襲われた。やつはつぶやいた。「リベルテ〔自由〕は井戸に下りた、リベルテは井戸から出てきた」そして息絶えた。やつの近親、家族会議、運営会議の者たちは、このような話は何も知らなかったので、その今際の言葉を、生涯をイギリス軍の脅威に対しておこなったように見える戦いに帰した。すなわち、遅ればせながらこれがやつの不屈の愛国者としての名声を不動のものにしたのだった。通夜に、ユロージュは顕示された遺体のところまで足取り重く赴くと（彼のための特別なはからいで、遺体は屋敷の玄関広間の正面に立てかけられた、屋敷の奥までは入ってはならなかったし、ユロージュは忠誠を尽くした奴隷監督だったからだ）、彼は重々しく故人を偲び、シュロの葉と聖水で十字を切った。われわれの何人かは、開かれた棺を前にして、彼がこうささやいたのを理解することができた。「アペザン・イ・モ、マン・ペ・モ・サン・リグレ〔ご主人さまが死んだなら、心置きなく死ねるな。［著者註］〕」あたかもわれわれは、自分たちが言葉でもって農園主の尽き果てた肉体を燃やすことができると納得するためには、この死体を見る必要があったかのように。あたかもわれわれは、心のなかで毎回農園主を殺すのを儀式にしているかのように。農園主の娘はあばら屋から出て丘陵を下りると、この玄関広間を、きれいに整えられた遺体のそばをほとんど立ち止まらずに横切った。しかし彼女がこううたうのをだれひとり聞かずにはいられなかった。「希望の庭園にいつあなたは戻るのでしょう、わたしの鏡から逃れる甘やかな小夜鳴き鳥さん」それから彼女は木製の階段を上っていった。その時(彼女は風の翼のように姿を消した)参列者は、彼女が埃とクモの糸で灰色になったレースのベールしか身にまとっていなかったことに気づいた。われわれは、そう、われわれはリベルテ・ロングエ(だからわれわれはあえてリベルテ・スラと呼ぶこともアナトリのリベルテとさえ呼ぶこともまったくなかった)が、農園主が土に帰ったまさにそのころ、癲癇(マルカディ)に襲われたのを知っている。つまり、彼女は小ギニアの小屋の前の岩でできたステップに座ったまま、もう動くことはなかった。何をしても無駄だった。彼女を小屋のなかに運んだあと、寝床に横たわらせることができなかった。彼女は部屋の真ん中に座らされた。目は見開いたままだった。彼女はオドノが水浴びをしていたあの沼地の隣からか、いつの日かオーギュステュスを運び去ることになるあの氾濫する水のなかのどちらかで、ひっくり返るのを選んだのだった。エルマンシアは座ったリベルテの前で、何日にもわたって昼も夜も泣いた。われわれを一つに集めたのはリベルテ、だがわれわれはそうだと宣言できなかった。何年のことだったでしょうか、主よ、何年のことだったでしょうか。彼女をカンフルでこすったり、濡れたコロソル〔バンレイシ〕の枝を打ちつけたり、聖水をかけたり、火にかけて赤くなった銀のスプーンで足の裏を燃やしてもみた。彼女はもうぴくりとも動かず、死ぬまで目を閉じなかった。リベルテの死を看取ったのは、同じく瀕死の状態にあったメルキオールであり、彼女がかつて駆け下りたことのある多くの空間に訃報は広まってゆき、ただ彼女のまなざしだけが、われわれには見えない奥底を見とおしていた。

時の中心

燃えた土地の記憶

われわれは「おしよせる記憶と忘却」に無理やり連れていかれる。騒ぎ立てる音（シャリヴァリ）は進むにしたがって激しくなり、気づけばある場所に放り出されて、こっけいなほどうろたえている。記憶と忘却のはざまで。そこには、われわれにはちっとも分からない、あの言葉のうねりがある。それは、頭のうしろを痛めつけるが、時おり、われわれを陰り一つない喜びで満たす晴れ間をのぞかせる（たとえば〈鉈（クトラ）〉がわれわれをかくまうものだということを発見するときがそうだ。昼と夜の連続を立ち切るこの刃によって、あんたは自分が生き延びれると思えるんだ）言葉の音の雨あられだ。それから、われわれが目を向けるだけで、いつかそこを上るなどという大それた考えを抱くことのなかった、あの深い森がある。心をかき乱されずにこの見知らぬ言葉で満たされたわれわれは、その言葉を、ケネット〔ケネパ〕の実をつける木々の下で、手に届かないはるか昔の証言のように一見集めているようでいて、じつはカマニオク

〔マニオク（キャッサバ）の品種〕をむさぼるか、ウイクーとかマビ〔ともに芋（サツマイモの一種）を原料とする飲料。先住民の言葉に由来〕とかを飲みまくっているのだ。ここが時の中心だ。その場所がどこなのかは分からないが、アナトリの母親を赤土か黒土でこしらえた場所だ。彼女のことはかろうじて覚えてる、物語の語り部である息子の自慢話にこっちが驚かされたってことを。時間の台風（サイクロン）は時間の底に縫いつけられている。だからその場所で、何かが起こった。それは、われわれが怒りながら自分たちの頭より遠くに放り投げても、胸のなかに落っこちてくるものであり、その叫びでわれわれをすさませるものだ。さあ、いまこそ知るべきときがやって来た。ここから先は、この谷間をメロディーに乗って下り続けることはできないということを。この時間の穴の縁に辿りついたからには、岩から岩へ飛び移りながらもっとスピードをあげて駆けおりるということを。われわれはリベルテの視線のなかにいるのか。名無しの女のように過去形で話すのか。アドリーヌと同じ仕草で機械（ミシン）の車輪を止めるのか。あるいはむしろ、蔓の厚く高い壁を前にしてぽかんと口を開けながら、通れそうな穴を探すのだろうか。踏み跡（トラス）を探しながら。われわれは砂浜に点々と生えるハシラサボテンとも、鼻が曲がるにおいを発するマングローブ林とも、善と切り離せない悪のごとく海辺のオリーブの木々と接するマンチニールの木々〔猛毒の樹〕ともおさらばし、トランペット木〔ヤツデクワ。トランペットのような形をした高木〕とひょうたんが点在する斜面を登り（下の方では、青白い緑色をしたグアバの実が波立ち、空間を刺す棘だらけのカンペッシュ木〔ロッグウッド〕の茂みが震えている、風に揺られて広がるサトウキビの扇のことは忘れよう）、インド・タマリンドの木と癒瘡木（ガイヤック）の下を歩いていると、われわれは鉄木〔幹が鉄のように固い木々の呼称〕とマホガニーがなす底なしの夜のなかにすでに足を踏みいれているが、その夜の上ではアコマ樹〔希少種の高木。先住民の言葉に由来〕の不滅の躍動が輝いている。《われわれはこの時間のなかを岩から岩へ飛び移る！》折り重なる影のあいだを、Ａａ（アーアー）は確信をもって仲間たちを率いていた。身ぶりで指令を出したり、いくつかのグループを配置につかせるため、彼はなるべく風がとおる通り路を利用していた。彼は追っ手を滝まで引きつけていた。その滝で攻撃をしかける手はずだった。白人たちは知らずにいた、盗まれた鉈のほかにも、弓と矢をこしらえられていたことを。弓と矢の使い方を彼に教えたのはカリブ族〔カリブ海の第二の先住民で、戦いを得意とする〕の最後の生き残りである人々だった。彼はアラワク族〔カリブ海の最初の先住民〕の忍耐力とカリブ族の情熱を受け継いでいた。追っ手をおびき寄せようと、彼は、黒檀の木かキナノキの下で乾いた音を鳴らす竹やぶに隠れて、自分の名前を間をおいて呼んだ。アア・アー。仲間たちでさえ、彼が叫びをあげているときにはうずくまった。ハンターのなかで猟犬を引き連れる奴隷たちは棒立ちになり、目は泳いでいた。殺し道具を備えた年季奉公人たち〔奴隷制以前に契約移民として来た白人〕は、犬を傷つけないよう気をつけて奴隷を鞭打ちにしなければならなかった。アア・アー。叫びは、男が白人の言語の最初の単語だと考えて選んだこの名前を引き延ばしていた。空威張りの年季奉公人たちは勇気を奮い立たせようと男をバカにして、彼をＢｂ（べべ）〔フランス語で「赤ん坊（bébé）」と同音〕と呼ぶことにしていた。しかし年季奉公人たちは彼ら特有の情熱の分だけ猟犬を引き連れる者たちの背に鞭を打ちつけるのだった。Ａａは先住民（インディオ）の長老たちとの友情を強めながらその名を轟かせていた。長老たちは、奴隷制を受け入れた者たちだとして黒人を心から軽蔑していた。大きな海に隔てられているせいで大多数は抵抗することができないのだと彼は長老たちに説明した。少数は戦うことのできることをいまなら彼らに示せるだろう。われわれは他の山地を知らないし、いかだの漕ぎ方も知らない。われわれは自分たちの神々を向こうに置いてきた。老人たちは言った、身を投げるための断崖はある。彼は答えた、おれはこの土地に自分を植えたい。滝の水は、息苦しく、密林のハエにうなされたあとでは、あまりにひんやりとしていたため、仲間たちは水のなかに飛び込もうとした。彼は、仲間たちに向けて大げさに脅かす身ぶりをして、非情にも彼らを遠ざけた。追っ手も同じくらい苦しめられており、抵抗する力は残っていないだろう。そう、彼は見込んでいた。彼は罠の準備をした。モロス犬〔大型番犬〕は牙をむきながらぐいぐいと奴隷たちを引っぱっていった。年季奉公人たちは最初に水のなかに飛びこもうと走っていた。Ａａは合図を出した。《われわれはこの岩から向こうに跳ぶ！》

「燃やし屋（カルシネ）」は羊歯の巨大な壁のなかを、毎年およそ六歩ずつ先に、進んでいた。領地（アビタシオン）が拡大して彼に追いつこうとすればするほど、彼は自分の小屋を、草木を燃やして切り開いた土地の境界に作り直すのだった。彼の火は、耕作地用に木々を切り倒す連中の火よりも前に放たれていた。そういうとき、彼は自分で燃やした土地の境界にうずくまったまま、この連中がいつものように彼が線引きした境界を踏み越えないことを確認するのだった。「燃やし屋（カルシネ）」は、来る年も来る年も、耕作地を逃れていた。下草を刈る連中は、あいつはのうたりん（テーベー）〔軽度のぼけ［著者註］〕だと言い放っていたが、ここからが自分のものだと彼がはっきり決めた場所の手前で、下草刈りを止めるのだった。燃やされた岩、裂けながらもしぶとく残る根っこが二つの黒い染みのように点在していた。アリの群れのような働き手の行列は、この無人のちっぽけな丸い丘である小山（モルヌ）の横幅いっぱいに広がりながら、この黒い染みと一緒になるのだった。ここそこに、煙をあげる幹があった。それら幹は、他の木々よりもはるかに強情に、なおもそびえ立っていた。木陰の下でのカルシネのせせら笑いが聞こえてきた。彼のお気に入りは、枝が果てしない柱を築き、その柱のような枝を伐採するには斧を持ち出さなければならない、呪われたイチジク（フィゲ・モディ）の木であり、嫌いなものは、一度の放火で燃え、その巨大な幹もろとも焼けてなくなる、カイミットの木の赤と緑の巨大なブーケだった。この時代が終わるころ、現場監督は燃やし屋が火をつけるのをうかがっていた。彼のもとに辿りつくにはどの規模の作業が必要であるのかを予測するためである。彼は小山の奥深くへとリズミカルに進んでいった。昨年彼が建てた小屋の残骸が発見された。一番最初に小屋を燃やしてしまうのがカルシネの習慣だった。だから彼は作業を始める前に燃料を与えてくれていたわけだ。カルシネが打ち捨てた小屋に最初に辿りつくことは喜びをもたらした。狂人の火によってこうやってつけられた境界よりもさらに遠くに行くよう、植民者が命じたことは一度もなかった。彼は狂人ではなく、精神を確保していた。抜根作業、耕地作りといったことを彼はすべて見張っていた。声を出す役はこううたっていた。「カルシネの木は一休みの木、カルシネがとりかかれば仕事は終わり」女たちは、並び立つ木々に向かって誘惑のダンスを含羞なしに踊り、カルシネがどこにうずくまっているのかを知ろうとした。斜面がいよいよ激しく険しくなったか、領主が自分の領地はもう十分にならされたと手下に告げたとき、カルシネは自分の人生の残りを過ごすためこの最後の外れに小屋を建て、静まり返った明け方にこう言い放った。獣は止められた、いまからこの先ずっと、森の煙は二本足の獣の動きを止めたのだ、と。《われわれは別の岩に跳ぶ！》小山の天辺を目指して上ると、もうそこは踵をつける平らな部分はこれっぽっちもない場所だから、足は逆さまだ。だれからも忘れ去られた男は両腕で顔を支えている。その肉体のうちでは不可能がいくつも揺れている（もがいている場所が世界のどこなのか分からないし、自分でつくった道具の形を手で確認しようとしても見つからないんだ。それが落とし穴なのか、強烈な陽光なのかさえ分からない。一定のリズムで動く機械装置の音が聞こえるだけだ。機械を動かしている力はもちろん掴まえられない）。忘れ去られた男（思い出すのだ）は領地の外れで一年前から始まった建設のせいで頭がおかしくなってしまった。男は、荷運び、製材、仕上げの仕事など何でもおこなって、よく働いていた。完成をじりじりと待っていたのだ。建設がうまくいった最初にして最後となる数日のあいだ、彼はどれほど報われたと思ったことか。この間に、彼は黒っぽい赤砂糖の樽（ブコー）が搬入されるのを見て、それが白い透明な粉に変わるところに立ち合った。その変化を観察するのは初めてのことで、話によればこれが白砂糖だった。それから、兵隊がやって来て、太鼓叩きが入口で宣言文を読みあげた。すると、一週間ほどの作業で、彼らは機械の部品を一つ残らず解体してしまった。連中は隊列をなして出ていった。ずた袋に詰まった砂糖は白と赤が混じり合っており、彼はこの解体された機械の真ん中で取り残され、完全に取り乱していた。彼は、こうして破壊された精糖所のオーナーである植民者よりも、この事件に心を痛めた。忘れ去られた男はいまや持たざる男であり、機械は彼の夢だったが、踏みにじられてしまった。森の高みは怒りに駆られるこの男を引き寄せた。小山（モルヌ）の天辺で、男は怒りに燃え盛り、叫ぶ。《われわれはこの岩から跳ぶ》あの忘れがたい最初の卒業試験のことを懲りもせずにまた話せば、すっかり興奮した乳母が言うには、あんたならきっと現場監督（コマンドゥール）になれるしいまなら会計官（エコノーム）にもなれる、会計官になるには卒業証書がないとね、他の子にかまっちゃいけないよ、他の子には悪いが飯の種ってのは自分で稼ぐんだ。受験生が大靴を履いてヘルメットを被って試験に行くと、どこに行く気なのか分からないへんてこな格好を見て気分を害する試験官は鼻をハンカチで押さえているんだ、たぶん、疑わしいにおいから距離をとろうとしてね。もうかれこれこの話をして二〇一回目だ。いいかい、いいかい、「《粗いままの》砂糖を精製するには何がいる」という質問に一堂静まり返るなか山奥からやってきた田舎かっぺ（ゴルボ）が、息をするのも忘れたか、少なくともそんな様子で「黒いのがいる、《動物の》」と答える。

もちろんやっこさんは証書をもらえず試験官はこいつを他の連中のあいだに押し込んだが、それ以来だれもが自分のからだだけを気づかって走るようになり、救援とは全員ではなく救いうる連中のためにあるわけだ。《この岩から跳ぼう！》人々はいつかこう思うことだろう、上あごにまだ七本の歯があって、下あごにはきっと九本くらい残っていたら、御の字だと。そして、立派なご先祖さまの饗宴を思い出しながら、自分たちのこの弱々しいあごを、軽い嫌悪の面持ちでひきつらせるだろう。そのときにはもしかして、かつてわれわれはたらふく食べていたんじゃないかと想像させる、あの驚異的な野菜の数々に対して、宗教的情熱に囚われるやつが出てくるかもしれない。そいつは腕輪型ノートのなかに極秘の、おそらく禁じられたリストを潜ませている。口をその甘柔（モルール）らかさで満たす、ずっりした灰茶色のダシーヌ芋、反対に固い歯ごたえの（白豆ソースで食べる）キャベツ、さまざまなヤム芋、熱々で食べるのはポルトガル芋、細かくほぐすのはササ芋、サン＝マルタン芋はもちもち、パカラ芋はふんわり。パンノミは、若いときには青く、皮が剥がれると黄色く芳香を発する。クシュクシュ芋については、おいしいものに当たるのは稀だから、あえて数に入れることはない。われわれの遠い子孫は、われわれがこうしたものすべてを四分の一のパンと交換していたことを予想するだろうか。われわれが、生地用のマニオク粉を窯に入れる一方で、暑気に溶けた塩バターを詰め込んだ双頭のパンと、水分を分泌する脂の乗ったソーセージを夢見ているのを予想するのだろうか。フランス産の粉はわれわれの夢にちりばめられていた。われわれは一本の歯だけを使っていた、パン用の歯を。《われわれは跳んで岩を砕く、われわれは時間の岩の破壊者だ》底なしの穴に迷い込んだ男は自分の子孫を嫉んでくたくただ。男は、自分自身の血を知る権利があるとつぶやく。女は、夜が深まるのを感じる。それがやって来るというのは悲惨のどん底にいるということだ。木々の根元に囲まれて二人きりだ。そこは、かろうじて小屋が建っている突端の土地。正午を告げる陽射しは深みのなかに射しこまない。光の入る余地は一切ない。葉っぱの湿り気のなかにも、言葉の厚みのなかにもない。頭に閃光が走ることもないし、邦には、じっさいには消されているのだから、影もない。あるのは落胆ばかりであり、あまりに単調であるために落胆もまた軽くなる。感じとれない分だけずっしり重い。男はこうやって課された営みに自分が切り詰められていくのを非人間的だと思う。どんな植民者でもよいが、植民者は奴隷の女をはらませると、生まれた混血（ムラータ）の娘が今度は子作りができる一三歳になるのを待つ。そうしてわが娘を快楽のためにはらませる。男は逃亡奴隷になる。他のどんな抑圧よりも前からおこなわれているこの抑圧に耐えられなくなって。彼には二人の娘がおり、彼もまた長女と一緒に暮らしている。彼の権利だ。すでに皺の寄っていた女は見ないふりをしている。彼女は、自分が男を鉈の一振りで殺せるのかどうかを、あるいは、自分が夜の片隅に縮こまって脅えないでいられるのかを知らない。男は次女を知ろうとし始める。思いつくあらゆる植民者の手から娘を守ろうとし始める。正午の太陽の爆発はこの夜に射しこまない。娘は身動き一つせず、泣きも叫びもしない。彼女は暮すこと、歩くこと、働くことを続ける。燃やされる恐れのある森は彼女の言葉で満たされる。やがて彼女はわれわれにとって名無しの女に、すなわちアドリーヌ・アルフォンジーヌの母さんになるのであり、名無しの女の連れ合いになる奴隷監督（コマンドゥール）のユロージュといえば、〈廃止〉のさいに（この空っぽの儀式を受け入れないために）森を上り、再び森を下りて、下での人生が続くかぎり、一人の白人（ベケ）に仕えたのだ。《われわれは時間の岩を粉々に砕く》

昼間と真夜中の動物譚

《粉々になった岩のなかをわれわれは漂流する》時間を覆っているのは、哀れなのか滑稽なのか分からない動物の群れ、われわれのお供だ。たとえばアリ。「アリよりも早く走れないなら、アリはあんたの踵に噛みつく」アリがあんたの踵を噛んだとだれかに言われるとしたら、それはあんたがもう力尽きる寸前だってことだ。あんたは生きている連中の世界を去り、視界から沈んで消える土地に最後の接吻（あいさつ）をしたってことだ。アリは終わりの番人だ。生涯にわたってスシ（あれ）・スラ（これ）がしたことと言えばアリへの狂気を育むことだけだった。われわれが見ていたのは、彼が牛を囲う柵に寄りかかって物思いにふけり、その右手に赤アリ、あの何より猛悪なアリをひしめかせているさまだ。スシは、肘のやや手前あたりの腕のところに何やら白い円を描いており、狂った大群はこの境界よりも上にはぜったいに登れないでいた。それは彼の手と手首を覆う雑巾のように見えた。人々はかろうじて彼に視線を向けてこう言ったものだ。

「スシ、あんたはアリをまだ食べきってないのか」彼はアリを食べなかった、そう、アリに話しかけていたのだ。赤いののなかに迷子の狂いアリを見つけたときは彼も驚いて、どうやったのかは知らないが、そいつを捕まえるとこの迷い狂いの巣穴からおそらくそう遠くないところに放した。この赤いのは凶暴で、軍隊みたいに歩き、地面を片づけると、突然、万力を広げて、ちっちゃなエサをぐいぐい締めつける。アリのあいだで共有されているのは、戦利品の質に関しちゃどうでもいいってことだ。スシ・スラは出頭したときにこの件を説明した。狂いアリには秩序も方法も、少なくとも一見したところないんだ。そいつはみなさんに何の期待も持たせちゃくれない。手や腕の上に乗せたいなんて思わない、だってすぐに落っこちるんだよ。噛むことだってありえないから、信頼おけないね。すると裁判官は、そんなことは尋ねていない、被告は暴動扇動の嫌疑にかけられている云々、それから二つの演説（裁判官は鎮圧を任せられており、この件を早々と片づけ、詳細には踏みこまないと決めていた）が交互におこなわれ、息の詰まるその部屋では、ゴキブリ（ラヴェット）が白昼堂々とカーニヴァルのように走り回っていた。じっさいは夜が来ていると思い込んで。書記官は情け容赦なく扇を振り降ろしてゴキブリを潰すのだが、ココヤシの葉を編んだその扇のことを、書記官は（アルジェ〔アルジェリアの中心都市〕での経験を鼻にかけて）「ハエ叩き総督（ベイ）」と呼んでいた。埃が鼻をつまらせていた。汗が目を燃やしていた。「驚いてはなりませんが個人スシ・スラが反乱に加わって平穏な地方を火と血の海にしたのは明白です、《悪》いけど噛みつきアリ裁判官カミツキアリ殿よく視察してみるんだね羽なしは飛んでるやつを口に放りこむちっちゃな戦利品をいつももっててよ裁ばかんソラトビアリ殿そいつはみんなの面倒を見る神父さまが細工を施したレースですぜ《そ》れから確かなこととして当該個人はみずからの意志で他人の領地に襲撃をしかけました

《他》人そいつは混血（ムラート）だ混血アリだないいか横側から見てみるとよ沈む太陽みたいに真っ赤に燃えてるんだよだって混血アリは悪魔アリとも言うじゃないかなあそうだろ《よ》って被告を南米ギアナ流刑地〔フランス領。政治犯・重犯罪者が悪魔島の監獄に送られた〕への追放刑に処す、残りの人生、刑に服しなさい、はい次、《裁》判官殿ほんとありがとう南米ギアナだって一番進化したアリがいるところじゃないかありがとうほんとありがとう」はい次、はい次、というわけでみんな全員南米ギアナの監獄に放り込まれたのさ！　さて〈これ（スシ）〉のあとは（われわれはいつでもこう付け加えていた、「〈あれ（スラ）〉があった」、〈あれ〉が〈これ〉に由来することで、この言葉は疑問の余地なく確かなものとなった）、魅惑された獣の話だ。石化の中心だ。ココニョン〔Cocognon〕というやつが隣に住んでるアリヴォン〔Alivon〕と喧嘩を始めたんだ。みんなはこう言ったもんだ。「オン〔on〕」の音のせいだ、と。どちらの名前も同じ一カ所に「オン」が詰まっていたのさ。しかしアリヴォンは地を這う生きもの（ベット＝ロング）の親玉を魅惑して、小屋のなかに閉じこめたんだ。彼は妻にこう解説した。獣は囚われの身だ。この獣を尻尾で縛ってある。頭がこの尻尾の先っちょにあるかぎりは恐れることは何もない、と。妻は夜中に三度も四度も目を覚まし、ピンクがかった黄色の二つの鋭い目に睨まれて耐えがたかった。蛇の親玉は寝入っている者たちを眺めようと体をまっすぐ伸ばし、隅っこでぎらぎらとその目を燃やしていたのだ。彼女は小屋を去った。アリヴォンは、森のなかを、地を這う生きものを尻尾から掴んで連れ歩きながら、こう叫ぶのだった。「さあさあ、われらが敵（かたき）さまのお出ましだ」じっさいにはだれも心配しちゃいなかった。多くの人はこの界隈のお祭り用に蛇を集めていたからだ。なかには蛇にキスするやつだっていた。タフィア酒の飲みすぎが幸いして、きっと自分のお気に入りの蛇はそいつのにおいをかぎ分けることができなかったってわけだ。ココニョンはあたかも日頃の習慣であるかのようにいつでも鉈を持って移動していた。アリヴォンがこう言って威嚇していたからだ。獣をあんたの首の回りに巻きつけて口にやつの口を押しつけてやる、と。それから間もなくして二人は出会った、運命ってやつだ。話によると、二人は円をなしながら長くてゆったりしたダンスを踊りながら、どうでもよいことを罵りあっていたそうだ。同じく、蛇は、ココニョンの方とアリヴォンの方に向けて順繰りに頭を動かしていたそうだ。突然アリヴォンは蛇に「やっちまえ！」と命じて敵目がけて放り投げた。しかしその鉈で仕留めて首をすっぱり切り落としたのはココニョンの方だった。首は宙を舞って今度はアリヴォンの首に突き刺さり、ありったけの毒を放出した。アリヴォンはあまりの衝撃で立ったまま死んじまったらしい。このことはパパ・ロングエがのちに予言する内容でもあるようだ。呪術師(ケンブワゼー)だとうそぶく輩は、だれであれある日《首が前後反対》になっている、と。ココニョンは森を下りて「自分にはこの首が尻尾から解放されたがってるのが分かってた」と言ったんだ。ちょうど同じころ（時間が同じだとまだ知ることができるなら。あんたに意のままに巻きつく山地の時間があり、あんたを溝という溝のなかに引っ立てる平地の時間がある。他にも、頭のなかを雷のように落ちてくる向こう岸の時間や、思いがけないさまざまな時間だってある）、犬の王は群れを引き連れて小山(モルヌ)から小山(モルヌ)へと駆けめぐっていた。黒人(ネーグル)を狩り出してきた全種類の猟犬の血を引く犬。選りすぐりの種族の犬だ。この犬が逃げてきたのは、どの憲兵隊(いぬ)なのか、あるいは、調教されたどの猟犬団なのか分からなかった。そいつは、犬たちが獲物を追っかけるように、自分のあとを追いかけるクレオール犬の群れを率いていた。そいつはまるで悪名高い船長か最前線の将軍のように軍隊を組織していた。鉄犬〔鉄色の肌をした毛無し犬〕は偵察隊として派遣され、一人歩きする人間を挑発したり誘導したりする。戦闘員の犬は、森の外れに潜んで待ち伏せる。王は雌や若いのを自分の回りに寄せて守っている。ときにはこのボス犬がグループから飛び出してとどめの一撃を喰らわせることもあった。ときには人が群れから脱出するのに成功することもあるが、からだはすっかりずたぼろだ。脱出できなければ骨と引き裂かれた肉の山だけが明け方に発見されるというわけだ。話によると、犠牲者を選ぶのに先んじて派遣されるあの毛無し犬〈犬鉄〉はけっして戦わないらしい。同じく、この一団は物音一つ立てない、言い争わないし、吠えないそうだ。この解決に乗り出したのはサン＝イヴ・ベリューズ爺だった（この爺さんは、長兄ゼフィランのあとに、四人の息子、サン＝テメ、サン＝タンジュ、サント＝リュス、それにもう「聖人（サン）」は十分（アッセ）だということでサン＝タッセに加えて、半ダースの娘をこしらえた）。爺さんが観察したところ、この軍隊は、活動するときには、喉を潤してぶらつくのに〈黒岩〉の泉近くに再結集する習慣があった。爺さんは犬に効く強烈な毒薬をこしらえ、二つの巨大な岩から、紐で縛った毒薬入りの袋の包みを泉のなかに投げこんだ。犬の王は黒人（ネーグル）の知恵に十分な警戒を払わなかった。そいつは手下と一緒に水を飲んだ。翌日、水の近くに犬たちが積み重なっているのが発見された。まるで冷えた体を温めあおうと互いに襲いかかったかのようだった。王は、死体の山の上で、子どもたちを抱えていた。どうやら公共機関の役人がばらまく毒入りソーセージから子どもたちを遠ざけて守ろうとしたようだった。遅きに失した。クレオール犬は森の秘密についてボスに警告しておくべきだった。サン＝イヴ・ベリューズは、これ以上ないほど注意を払いながら、包みを泉から引き上げた。それから何日ものあいだは、毒まみれの水から子山羊を遠ざけるため、子山羊を追っかけ回さなければならなかった。そのころ、サン＝イヴ・ベリューズの五番目の息子であるサン＝タッセは、牛の群れのリーダーとして雇われて、そこからそれなりに遠い、カーズ・

ピロットの山地にいた。親父の手柄が推薦の代わりになったのだ。日中の一番狂った時間は午後五時にやって来るのだった。その時刻になると、サン＝タッセは山頂で大きなシーツを揺らすのだ。すると、牛の群れはサン＝タッセに向かって猛烈に突進してくる。この群れの先頭に立つのは二匹の雄牛、「中国人（シノワ）」と「兵隊（ソルダ）」だ。一般に、突進する雄牛にぶつかると、柵から二メートル近くまでふっ飛ばされる。そんなわけで地を這う生きものや犬と同じくらい雄牛は話題にのぼったものだ。牛飼いはこの群れの大将同士のいがみ合う喧嘩に少しずつ仲裁に入るようになった。シノワとソルダは、氏族（クラン）の基準に従い、雌を分け合っていた。サン＝タッセは、サヴァンナの縁に生い茂るティ＝ボーム〔「アロマティカス」の名で知られるハーブ〕のなかに横たわりながら、この二頭を観察していた。二頭の獣の長（パパ）はにらみ合いながら円を描いていた。間合いが決まったように見えたまさにそのとき、二頭は円の真ん中に突進して対決を始めるのだった。毎回、血まみれのラギア〔ダンス式の戦い〕を踊っていた。その度に、管理官はサン＝タッセに戦いを終わらせるように命じた。でもどうやって？　牛の群れのリーダーは、試合を煽ることはせずに、行き届いた公平性でもって、この二頭を順々にサポートし、エールの言葉を囁くのだった。エールはもちろんだれにも聞きとれなかった。彼はそれぞれを追い立てて、首をしっかり固定するためのくびきに繋げるのだが、二頭のライバルはこの同じくびきに繋げられてもまだ戦い、相手を殺そうとするのだった。ある晩のこと、サン＝タッセは飛び起きて囲い地に向かって走った。シノワとソルダは満月のもとで戦っていた。一見するとこの喧嘩に最後の決着をつけようと決めているようで、人の視線など気にも留めていなかった。サン＝タッセは、真のボスを決めるこの戦いをおそるおそる見物した。シノワは黄色がかった茶色で、くすんだ炎の縞模様をつけていた。ソルダは闇に浮かぶ青のように全身真っ黒で、額には赤い染みがあった。輪舞は数時間続いていた。そして、月が空の中央に来て、いくばくかの雲が水平線の上で光る星々の輝きを弱めなくなったまさにそのとき、ソルダはその角をシノワの脇腹に突き刺した。ほかの獣は身動き一つしなかった。三者は石のように固まったままだった。果てしなく独り言をつぶやくサン＝タッセも、前脚でひざまずいているようなソルダも、すでに〈ここ俗世（イシバ）〉の物事から解放されたように見えるシノワも。それから少しずつ、一センチずつ、並外れたものが持ち上げられていった。ソルダはシノワを持ち上げると、巨大な塊が巨大な塊を抱えながら、その角の先でシノワを月にまで掲げた。シノワとソルダはひと塊になった黒檀の彫像のように夜空の底にくっきり浮かんでいた。持ち上げる方は、この信じがたい仕事をなした代償だった。動けなくなった、おそらく敗北を受け入れた負けた方は、勝者と一緒に動かないまま協力して、深淵からこの集団を統べるのだった。この光景に魅了されたサン＝タッセは、月が下るのも、星々の光が弱まるのも、去勢牛と雌牛が少しずつ上ってきてこの彫像の回りを巡るのも目に入らなかった。「牛乳屋」（ここじゃ家畜の乳搾り役の男のことだ）は朝五時に三者を発見した。シノワの体を引き離したとき、ソルダは死んだ。首が折れたのだ。サン＝タッセは牛たちのもとを去った。これっぽちの人情ももたず、ずらかったのだった。噂によれば、ソルダのこともシノワのことも真似たくなかったからだそうだ。それから、ずいぶん経ったのちのこと、〈宣教の十字架（クロワ・ミッション）〉地区のわれわれのリポーターとなったドラン・シラシエ・メドリュスがサン＝タッセの話を語ってくれたとき、彼らはこう言い張った。牛の群れのリーダーは「真実（ヴェリタス）の夜」を過ごしたのだ、と。シラシエがにやにやしながら言い切るには、この「牛飼い」は色男を相手にした取っ組み合いにいつか巻き込まれないようにしようと女たちには近寄らなかった。夢想家ドランはわれわれを連れて、岩から岩へ跳びながら、時間をさかのぼり、われわれのあとを追ってくるこれらの獣の一覧を示し、その害悪を詳らかにしながら、次第に強まるそのにおいをわれわれに嗅がせるのだった。それは、とても念入りに維持される、周囲のあらゆる生命から遠ざかったこの土地のなかで、記憶の果てまで駆けるときのわれわれのやり方の一つだった（ゼフィランの三本足の犬、徴税人の雄猫、〈ヘビ王〉の鱗のなかに入った影喰いのアポストロフなど、果てしなく続く）。そしてこの隔たった土地のなかで、われわれは、自分たちが知ることのできた、ほんのわずかな、嘘ばかりの事柄から、彼方の世界を想像しなければならなかった。われわれが跳びながら遠ざかるこの穴まで。「何が起きているのか」まで。その問いは、だれであろうとびっくり仰天してしまうから、もしだれか一人がさかのぼろうと試みたり、少なくともさかのぼろうとして岩に道を印そうと試みたりするならば、人はたちどころにこう叫ぶのだ、太陽があいつの頭を干上がらせるぞ、と。それから、笑いながら、そんなのは言葉にすぎないね、と続けるのだ。それから、あからさまに見下しながら、こう責め立てるのだ。あいつはぺてん師で、何遍も同じことを言って騙すんだ、愚かな理解と間違った知恵で頭がいかれてるんだ、と。これほどまでにわれわれはこの過ぎ去った時の穴を恐れている。これほどまでにこの穴を見るのに慄いているのだ。それで、ある晩のこと、ドランが星に目をやりながらわれわれにこう尋ねた。地を這う生きものと犬と雄牛以外に、われわれの夢のなかでわれわれの足跡を追ってくる獣はほかにもいるのかどうか、と。厚い皮膚、とがった針、遠くまで届く毒をもった獣だ。それでわれわれは捕まらないように走った。なのに、この動物は時どき柔和になるものだから、われわれの大半は逃げた先の森でこの動物と交流して喜んで、さらには満足げに飲み物を振舞ってやる。この謎かけを楽しみながら（答えを想像して）、われわれはこう質問した。「どんな種類だい？」するとドランは視線を足元に定めながら、「憲兵だよ」とうたった。

苦しみの台帳

死の淵で、一輪の花が彼女の身体と思考を支えていた。この船に詰め込まれる前に見つけた最後の花だ。花（名前は忘れられた、精霊の恵みによってわれわれの記憶からその名はついに取り消されたのだ）がもしかしたらある髪から別の髪へ渡り、世代から世代へ、旅人の先祖から旅先の子孫まで、花開いたかどうかは分からない。白い稲妻の走る炎の揺らめきが、悪臭の充満する狭い通路の夜、彼女の目の前に浮かび、それから、反吐と海の塩のにおいが入り交じる狭い空間に投げ込まれた彼女はまさに旅と呼ばれるべきものが続く時間、この場所で腐っていった。そしてこの時から水夫の連中は彼女を強姦した、毎日、毎晩、交互に犯される二人の女と同じように。彼女たちはだれひとり叫ばなかった。同じ言語で話すこともなかった。それでも、ごく稀に込みあげる感情の声から、彼女たちは何もかも奪われた境遇にあることがわかった。その花は、朝日をつうじて見える塩水で腐った船板のあいだから輝き、おそらく太陽の運行に応じて、色を変えるのだった。彼女がいま細部まで観察できる、小屋のこの新しい夜に陰りのある青色をしているのも、同じ花だ。四人がその小屋に詰めこまれていた。彼女はお腹に子どもがいることをすぐに知って、自己嫌悪に陥り始めた。彼女は、自分に身ぶりで話しかける女たちを長いあいだ観察した。外に出ると、彼女たちはこの邦の草と植物を注意深く観察し、服に用いていた布の端で、選定したものを包み隠し、これを乾かして、入念にすりつぶし、壊れた鍋の破片の凹みにたらしたひと舐め分のタフィア酒に漬けるのだった。子どもを宿すのは困ったことではなく、じっさいに他の女たちはだれも心配していなかった。必要な草を見つければそれで十分だったわけだ。彼女は自分の肉体から産み出されるものを見る覚悟をした。仲間の女たちは彼女の意志が分からず、長いあいだ、女たち全員のものであったはずの計画をおこなう手筈だった。それは彼女たちがその中身を理解するよりもはるか前から学んでいたある言い回しだ。マンジェ・テ・パ・フェ・イシ・プ・レスクラヴァジュ〔土を食べよ、奴隷制の子どもを作るな［著者註］〕。きめの粗い塩漬けの土を食べるとからだの内部がぼろぼろになるのだ。彼女はこれに同意しなかった。それでも、自分なりのやり方でからだをぼろぼろにするのだった。夜になると、小屋が立ち並ぶ界隈の奴隷の男全員に自分の身を供した。男たちは、相手に悪巧みもなく、身の危険もないことをただちに知った。彼らは人目を忍んで小屋に入ると、恥じ入りながら、自分たちの方を見ることさえないこの横たわった開かれに触れるのだった。だから彼らは目をあげなかったし、さらには、この内部の穴のなかに何も見なかったはずである。小屋の外では、影たちがしゃがみ込んで、先に入った影が外に出たのを確認すると、半開きの扉に向かってすっかり前かがみになって走るのだった。一六時間におよぶ仕事のせいでへとへとのほかの同居人たちは驚く力さえ残っていなかった。一晩につき二〇か五〇の列だった。こうして女は、自分の意のままにはならないからだをこなごなにしたのだ。日中、外や作業場で仕事をおこなうと、夜にはすっかりへとへとになる。だからこんな噂が立ったはずだ。この女は疲れ知らずだ、と。何か説明できないものが、一種の魔法があったのだ。時が経てば経つほど、彼女への恐れは強まっていた。だれもこの疲れ知らずの女を正面から見なかった。だれひとり彼女に言葉をかけなかった。だから彼女は、この地で形作られる言語の初歩を学ばなかった。白人の年季奉公人は彼女に関心を示さなかった、彼女に現われたあの兆しにうんざりしていたのである。領主は新しい奴隷の誕生を待ちわびていた。なんの出費もかからず、なんの準備もなしにこうして資本が増加することにすっかり有頂天だった。眠らずに過した夜のあとにはタバコ畑での仕事やトウモロコシの下葉をとる作業が続く。だからこんな噂が立ったはずだ。この女は疲れを感じない力にとり憑かれているのだ、と。彼女のお腹がふくらむにつれて、夜の好色家は稀になった。それでも彼女は藁と干し草の寝床で引き裂かれたままであり、あの花が浮かびあがる壁の方に頭を向けるのだった。噂は、各地の農園（プランテーション）にまで駆けめぐっていた。自分の内にある〈力〉から解放されないままの身ごもった女がいる。その女は自由になるためにものにできた男たち全員を試している。その上、噂によると、小屋では実は一〇九人の女の群れが交代で男の相手をしており、それは男の種を盗んで、ニグロ解放〈義勇軍〉を作るためだという。これに続く噂では、本当は〈義勇軍〉ではなくて、この種から成分としていつでも採れる毒であり、それで植民者一同とそいつらのもとで呪われた下僕をしている年季奉公人どもを殺すのだ。こうした言葉は、権威者たちの耳には一切入ってこなかったし、夜話にはまったく収められず、われわれの記憶から消えてなくなってしまった。それと分かる痕跡（トラス）は残らなかったのだ。いま、女はこの新たな木々の上にその花（目の前で大きくなった）を置こうと試みていた。彼女は一本の枝の下に長いあいだとどまり、首を全方位に傾けていた。すると見張り役たちはどこかへ行ってしまうのだった。彼女は、植物と木の根元に、何か甘やかなことを囁いており、遠くから聞くと音楽のようだった。恐怖は和らいでいった。ある日、下葉取り役の女が彼女に触れると、小屋の界隈の先へ連れていった。彼女はなされるがままだったが一言も発さなかった。まるで迷子のようだった。みんながよく見ていたように、彼女がわざとそうしていたというのを別にすれば。だから彼女は木や植物の葉、種子、青い果実や熟した果実を発見していているようだった。一時の平穏とも長い休眠とも言えた。小屋の同居人たちの証言では、彼女は毎日眠っているわけではなかった。まだ何人かの好色家がおり、夜になると掛け金も閂もないあの扉から滑りこむのだった。すると彼女は藁の寝床の上で身を開いたままでいるのだ。おそらく彼女は、罰を受ける男たちのうちにこのような姿を見つけようとしたのだろう。収穫期が近づくと見せしめの罰は日常化したのだ。鞭は畑での収穫を促進する道具だった。些細な誤りでも罰せられた。女は、いわゆる《四本杭の刑》を受ける姿にとりわけ関心を示していた。この刑の犠牲者は、手足を伸ばした仰向けの姿勢で、できるだけ四肢が張るように、四本の杭に手首と足首を縛られるのだった。胸、腹、脚が鞭で打たれた。女は四本杭に処される不運な男の額に花を置くのだった。人々の話では、そうすると、罰を受ける男はこの彼方からの視線を感じることで、痛みが和らぐのだった。石を投げつける見せしめでは、ほかの多様な刑の要素を借りていた。《ハンモック刑》は鞭打ちにされる男をその腕と脚をしばってぶら下げ、《腕木刑(ブランバル)》では両手を結んで吊るし、《梯子刑》では肩と腕のあいだに棒を挟んでうしろ向きに抱え込ませるのだった。身ごもった女は、他の女たちがあまりに危険すぎるという口実で逃げ出すこうした処刑の場に居合わせるのだった。疲れ果てた様子をたたえる彼女の姿は、受刑者たちからその苦しみを逸らすように見えた。彼女の花のような視線は受刑者たちの苦しみを和らげていた。刑の執行を請け負う鞭打ち人たちは、刑を受ける自分たちの兄弟に対して、普段は残酷な打撃を食らわせるのだが、彼女がいると、その打撃の威力が抑えられ、そのうつろな顔、その突き出たお腹に立ち向かうのはごめんだという様子だった。彼女は平和を撒いており、人々は間もなくしてこう期待するようになった。彼女がいまのおこないを脱して、ほんの少しでも休息し、だれかとコミュニケーションをとって、仕事の言葉を学んでほしい、と。さらには、いつの日か、自惚れた年季奉公人に苦笑いし出したり、屋敷の使用人たちのオブラートに包んだ言葉をからかい出してほしい、と。そのころから、コーヒー、カカオ、タバコの混じった香りが、風に運ばれるサトウキビと、サトウキビから絞り出す濃糖液(グロ＝シロ)のしつこいにおいと、バランスを取り始めていた。耕地(ネーグル)の区画は拡張し、砂糖の製造設備もだんだんと大仕掛けになっていたため、圧搾機の仕事もまた男たちからいつでも生傷が絶えないラバに置きかえる必要が出てきた。農園主はこのように女が調和を広めてくれることを喜んでいた。それはマラリアの最中での回復であり、台風(サイクロン)の穴のなかの太陽であり、最高温度の震えに揺るがない大地だった。踏み跡沿い(トラス)の枝々にわざわざ引っかけられた野生のユリの束は人々の目に入らなかったのか。だから、そんな仕業をおこなったのがどんな非現実な手であるのかだれも知らなかったのか。この小さな地所は、死の行進のあとに平和の場所になろうとしていたのだろうか。この人は最後にはみんなの運命に同意するだろう、そう考えなければならなかった。どれほどの仲間が強姦されたのち、子を宿し、草を喉に通してきたのか。生きる時間はみんなに等しく過ぎ去り、その果てに死が待っていた。人々は彼女の出産を信頼して待ち、子どもの誕生によって母は、みずから孤立して暮らすあの失われた土地から引き戻されるだろうと予測していた。給仕役の女が、農園主に、生まれてくる子を何年か後に売り飛ばすつもりなのかどうか思い切って尋ねてみた。彼は、聞き分け良く、ことを理解し、母もそのお腹の産物も領地を離れないだろうと言い切った。人々は最初の時間の狂った夜々を忘れてしまっていた。男たちはいまでは女を正面から見つめていた。彼らはだれひとり恥も後悔も示さなかった。あれは吹けば飛ぶ昔の話だというわけだ。もう少しでこのことから歌がこしらえられそうだった。男たちは好んで求愛をうたった。彼女の仲間は、容赦ないシステムのなかで堕胎する女も、周囲の茂みの下で放蕩に耽って何かを忘れようとする女も、避けがたいものを受け入れてこの新しい空に慣れようとする女も、反対になおも拒んで小山（モルヌ）と森がなす地平線の方を眺める女も、屋敷仕えの女も、外仕事でへとへとになる女も、全員が子の誕生を期待して注視していた。じっさい、子は明け方、ちょうど畑仕事のグループが集まらなければならない時刻に生まれた。なおも濃厚な夜が小屋を呑み込んでいた。ほかの同居人は女が身じろぐのを感じ、手伝いに駆けつけた。しかし彼女は、激しく大きな動作でもって、粗野に、同居人たちを追い返した。同居人たちは入口付近に寄り集まって、身じろぎせず見物した。それから、この人々は話を語り出した、魂にかけてこれは真実だと誓いながら。それはみんなの記憶から間もなく逃げ去るような真実だ。その真実には十分な欠陥も歪みもないために、サトウキビ畑で迂遠な言葉でうたったり、夜に小屋のなかでささやいたりしながら、それが含みこんでいたものをなんとか思い起こそうとすることもできないたぐいのものだ。それは境界を決して踏み越えない真実であり、人々はその境界内でなにがなんでも保持することが義務づけられているのだ。この真実は、痕跡（トラス）の上に解放するにはあまりに凍てついており、光の射すわずかな穴をどこかに空けるにはあまりに近く、言うなれば個人的であるし、一人で隠し持つには、それを時どき確認しなければならないという危険を冒すことになって、あまりに耐えがたい。というのも、女は、あたかも普段のありあまる力で日々の仕事を成し遂げるかのように、陣痛のたぐいなどの一切の苦しみを見せずに出産したのだ。それから彼女はその小さな塊と一緒に藁に横になったのだが、いったいどうやってヘソの緒を切ったのかは分からなかった。彼女はその小さなものを拭いたり、撫でたりしながら、横にした。そして扉のそばで黙っていた見物人たちが誓って言うには、明け方四時のこの暗闇のなかであるにもかかわらず、恐怖にかられながら《自分たちは見たのだ》、女が、できるかぎり苦しませないようにして子を窒息させるのを。それから女は、その場にいた人々を証言者か保証人とみなすためであるかのように次々と見つめるのだった。見物人たちは彼女のまなざしを見た。やがて彼女は小屋の土壁の方へ向いた。花を探していたのだ。しかし、夜の赤、強烈なにおいの青、慰めの薄紫、すべての色が消えてしまっていた。花はその時から一切の時刻を欠いた花になったのだ。女は首を右から左に、左から右に振り始めると、だんだんとその首振りを強めてゆき、やがて藁の寝床から女のからだが飛び上がるほどまでになった。人々は彼女をまったく止めることができなかった。人々は、彼女が見せしめの折りに我慢強く仔細に調べたあの拷問道具を、手枷・足枷、仮面、首枷、鉄棒を一つ残らず用いた。彼らは代わる代わる狂ったようなめまいを経験した。彼女は木を血で染め、勢いを強めていった。何人かが頭を捕まえて押さえようと試みたが、手足で激しく抵抗していた。彼女は日中に死んだ。首が折れたからなのか、内部から脳が潰れたのかはだれも言うことはできない。小屋の仲間たちは別の小屋を建てる許可を請い、認められた。この二つの死により引き起こされた苦しみが、要求に対して、正当な理由を与えたのだと人々は考えた。領主の友人たちは、領主の乏しい先見の明をからかった。調和と平和は儚すぎるほど儚く潰えてしまった。驚くべき野生のユリは萎びていた。彼らが領主と同意したところでは、母は子のせいで命を断ったのであり、この自殺に用いられた道具の野蛮さについては嘆くべきだが、あんなに粗野な連中のうちにも同じく見られる驚くべき母性感情をあなどることはできない。

戦闘行動

Ａａ（アーアー）は、配下の一人に裏切られて、捕えられた。この邦の災いの一つは、ここでは時どき理に反して、一部の者たちが自分たちの同胞の言葉よりも主人の承認を選ぶということだ。三束のタバコ、肩への一叩き、示し合わせの微笑み、許しの約束。こういったものが見返りだった。なかでも微笑みと一叩きがおそらくもっとも価値のあるものだったはずだ。Ａａは生け捕りにされた。この者たちにとって彼は、手足の不自由なものを措いておけば、年季奉公人二人分と犬四匹分に相当した。ハンター連中は彼の秘密を知りたがっていた。手下にさえ明かされなかった隠れ場所の位置や、罠を仕掛けていた道の屈曲や、本当のことであるなら、彼が島伝いの移動を図って秘密裏に小舟艦隊（艦隊！）を準備していたことなどを。互いに言っていることが分からない者同士がここで交わしてきた、ありとあらゆる言葉のやりとりのうち、このやりとりはもっとも恐るべきものだ。拷問のせいではない。なぜなら苦しみの朗唱を聞き続けるには限度があるからだ。限界に達したとき、耳は聞くのを拒むのであり、そのときには、ある者が二〇の肉片になって死んでしまったかどうかも、さらに堪えて、その者が口を開くまいと歯のあいだに心臓をしっかり掴まえていたのかどうかも、もはやどうでもよくなるのだ！　Ａａは、大きな穴の空いたこの木炭窯のなかへ足から投げ込まれ、信じがたい深部のうちに立たされた。彼のからだを閉じこめるのに適していた。前代未聞のやりとりだった。コミュニケーションも、共有するものも、自白もなかった。なぜなら彼が叫ぶべきことは、ハンターどもが支配する領土を越えて遠くに広がったのであり、やつらには関係なく、やつらの狙いには一切届かなかったからだ。なぜならやつらが問いただしてきたのは、Ａａにはもう重要だと思えない事柄であり、そうした事柄などもうどうでもよいと、ある時期からきっぱりと考えたからだ。先住民（インディオ）の老酋長たちが決起し、一族にあの断崖の道を進むよう命じたことを学んだ、まさしくあの時からだ。論拠はきわめて乏しいが、こう考えることができるかもしれない。Ａａは彼を意のままに従わせるこの裏切りに進んで手を貸したのだ、と。しかも、彼には裏切りは珍しい事柄ではなかった。この拷問好きの連中は大笑いをしながら「アアー！　アアー！」と叫んでいた。やつらは夜明けのころに彼を、妙に物静かな犬どもに囲ませながら、この窯の場所まで引っ立てた。それから連中は自信たっぷりにこう言い放った、てめえの身の上に起こったことなんざ生きているやつはぜってえ知らねえな、この辺一帯でてめえのことなんざすぐに忘れられちまうだろうな、と。てめえはな、苦しみを縮めるために、ただそれだけのために話しゃいいんだよ、と。Ａａはこれらの罵倒をわずかながら理解していた。ようは、自分はたしかにこの窯のなかに一人きりでいる、そして自分の記憶はカンペッシュの木の煙に包まれて宙に消えてしまう定めだ、と（こうして自分の肉体も魂も、その塵をかき集められるだれかに何にも残さずに旅立つなんて、ああ！　その悲しみたるや計り知れない）。それから彼がみずからの母語(した)で（それが返答だとすれば）答えたので、他の連中はこう喚いた。この黒ん坊の意味不明な言葉はいったいなんなんだ、キリスト教の言語一つも話せやしないのか、神聖な洗礼を受けたのか、ああそうじゃないからこうなんだな、アアー、アアー、やつらは窯から取り出した燠を使って彼の額と胸に洗礼を授けた。それでもＡａは自分の強情な舌でもってやつらにこう言ってのけた。Ａａは戦争をしてきた、みずからの邦のうちでも、あの船の上でも、それにまたここの土地のなかでも。戦争にはいつでも勝ってきたし、いつでも捕えられてきた。この地に無理やり連れてこられた人々は、こんな風に抑圧されているのは、獣じゃなくて女であり男なんだから、生き延びるためにいつかもう一つの戦争を起こす。Ａａは忘れ去られるだろう、だがその叫びは燃え盛る松明のように人々の胸のうちを流れるだろう。人々はそのせいで病むのだ、Ａａただ一人が伝説的な生涯を送ったという考えをやがて憎むほどまでに。それこそがＡａの勝利だ。世界中のいかなる森のいかなる窯も、この勝利を罠にかけて奪うほどには大きくないし、火も強くないのだ。それこそがＡａ流の戦闘行動だ。それから彼は口をつぐんだ（あまりに突然のことだったために、他の連中は狼狽して立ちすくみ、この絶対的沈黙に言葉を失い、弛緩してしまった）。というのも彼は先住民(インディオ)の老酋長たちの一族が断崖に向けて前進するのを視ていたからだ。子どもを抱えて、白い泡に囲まれた岩礁目指して宙を無心に歩き続け、房のように立て続けに飛び降りる女たち。弓を引き絞りながら一矢を放つ、あるいは頬を膨らまし吹き矢を飛ばす、まさにそのときにはすでに宙に向かって身を投げている戦士たち（それゆえ矢は垂直に下降すると、下方の岩々に敷かれた死体の絨毯のなかへぶすりと突き刺さるのだった）。最後に暮れゆく真っ赤な太陽を目にするのを諦めてしまった、厚い葉で頭を覆われた古老たち。それから、最上の呪いをかけようと、反対に顔を上げる酋長たち。そして、一族の長老であり始祖として、雨と嵐の怒りから一族を永遠に守護する覆いのように、一族の上にこれから被さろうと、両の拳を頭上に突きあげる、この最後の人。Aaは叫び続けた。こてんぱんに打ち負かされた種族のうちでほとんど唯一の生き残りであるということ、あまりに遠くから移送され、この苦しみのうちで死のうとしていること、この森の住民の絶滅を考えること、こうしたことに耐えられなかったのだ。この民を助けることもできず、この民と一緒に死ぬこともできなかったことへの怒りを叫び続けた。断崖の風はこの土地のそれぞれの隅に響きわたり、一〇世代にわたって、木々と人々にとり憑きに戻ってくるだろう、そう（頭のなかで）叫んだ（Aaは推測することができなかった、いくつもの命がここではどれほど急速に忘れられるのかを、過ぎ去った時を、この世にはいない手下の群れを、だれも信じようとしないその苦しみを、再び結集させるのがどれほどここでは難しいかを）。それから叫びは、火刑人どもの狂乱した新たな活動が始まることで、一挙に別の言葉になって続いた。彼は言う、いま打ち明けることがある、そのことを打ち明ける、と。赤と薄紫の葉で覆われる高みから自分の死に身を傾ける森の主たちに。これまで自分を何度も守ってくれ、いまでは通り道を用意してくれようとする影と夜に。向こうの邦に居続けながらも、大洋を渡るその息吹でもって、額に生気を授けてくれたご先祖さまたちに。他人の収穫のもとへ駆け下りてわあわあ喚くあの猿どもにではない、と（ちょうど同じころ、他の連中は、この黒ん坊はようするに人に一番近い動物にすぎないと納得して、興奮していた）。彼は言う、歌は、向こうの邦の、沐浴用のあの池の周りで始まった、と。そのとき、二人の若者、一人は羊飼い、もう一人は戦士の若者は、若い娘と出会った。水の有するあらゆる純潔に包まれて三人のからだは輝いた。一人は、他の二人と一緒でなければ行かない。歌は、彼らの完璧な人生を神秘に包んでうたいはしない。彼らは毎日のざらついた事柄に一緒になって懸命に励む。それから二人の若者は、秘密裏に与えあった、オドノという同じ名前を。それから彼らは二人が兄弟であると公に認めた。一族の古老たちが重々しく受け入れたことだ。しかし、欲と嫉みの獣が突如として彼らの肉に噛みついた。明白な理由もなければ、周知の原因もなかった。大気は肌を引き裂かねばならず、水は油のように染み出て、深い池は青白くなった。オドノはオドノを売った。兄弟の一方がもう一方を闇取引で船に乗せた。ところが彼自身も免れられなかった。彼は言う、三人は船上で再会したわけだが、この窯の時間に、どちらがこうして彼の肉体を煙の製造所に供給したのかをはっきりさせることはだれにもできない、と。どちらが裏切り者で、どちらが裏切られた者なのか。彼はどちらであると言えず、ただ、オドノが死に瀕するためにいると認めるだけだろう。船の者たちは彼らの物語を知っており、それらを伝説と夜話に仕立てた。オドノは下に、インディゴを用いたモルタルのそばにいる。オドノはここから戦士になり、そして殺されるまさにぎりぎりのところで殺したのだ。オドノは作業場に売られたが、それと同時に、彼は市で競りにかけられる時さえも待たずに逃亡した。このため領主はだれひとり彼の肉体に値をつけに来ることができない。彼は言う、オドノは自分の子どもの子どもが、オドノが死ぬあの堆積をやがて掘り起こすのを見る。だれしもが果てしなく尋ね続ける、だからどっちなのだ、だからこの木炭のなかにその黒ずんだ腿の骨を残したのはどっちなのか、と。裏切り者か、裏切られた者か。彼は言う、伝説は揺れる唐辛子の茂みのように熟している、と。伝説は夜が上って鎮座する枝のなかで輝き、伝説は光になって池を越えて下降し、それは犬どもが水を飲みに行く泉のなかに落ちて炸裂し、それは、知らずに歩き、考えずに食べ、喉が渇かないのに飲む人々の心のなかにオドノを増殖させる。それは死ぬオドノになり生き延びるオドノになるのだ――その時、死刑執行人の一人が、きつい煙のせいで涙を流し、目が開けられないまま、こう叫んだ。「黒ん坊はからかってるんだ。オドノなんて名の場所はこの辺りじゃどこにもないぞ」それから（強制連行執行人たちの言語(した)での最初の名詞を自分の名に選んだＡａはこうして死んだ。ゆえにこの時から苦しみは周囲に広まり、ときに緩まり、忘れられたりしながらも、ほとばしる光と熱情を携えて再び跳びだし、胸や頭や怒れる群衆のうちで新たに燃え盛るためにまた消えるのだった）執行人は、煤けた男の前で配置に就き、その目のうちで、あるいは目であると人が見分けられるもののうちで、まっすぐ男を見つめ、楽しそうにこう決定を下した。「やっちまおう、もう十分、この白熱した演説を終わらせるぞ」男の口に松明の火がねじこまれた。

一番目の動物

重なり合う行進

マリ・スラはだから踏みとどまったのだ、われわれが時間から引っぱり抜いた岩をたくさん投げこんだあの深淵の縁で。彼女はわれわれのだれよりもこの深淵の奥深くを見つめていたように思える。われわれが彼女をミセアと呼んだのは、だから迂回を狙ってのことだったと言えそうだ。つまりは、この甘やかな呼び名のもとで、彼女の内部にわれわれが実に目新しく実に荒々しいと感じるものを飼いならそうとする試みだ、と。まるで彼女はだれの手も借りずに自分をこしらえ、自分を磨きながら、あの力のこもった目つきで、言葉の加工人であるわれわれを口ごもらせるかのようだった。あのころ、われわれは、自分たちが成長を遂げていたこのちっぽけな場所を、全世界に開くことに夢中になっていた。終わりつつある戦争〔第二次世界大戦を指す〕は、空に飛翔するという、すべてを捨てて向こうに旅立つことへの狂おしい願望を高めていた。だから、ここの穴が埋まっていないことは忘れていたのだった。われわれは酸素が必要だと思っていたのであり、われわれに欠けていたのは土地だった。われわれが霊感を授かった人々のように羽ばたいていると（あの高等中学校〔シェルシェール高等中学校を指す。当時島唯一の中等教育機関〕への入学試験に合格したわれわれは博識に、知の特権者になっていたのであり、そうした輩が人々の話題になると「偉大な教養人」として位置づけられたり定義されたりしたものだった）、われわれが詩について学んだことに熱狂し始め、極度に怒りを募らせながら、周囲に一席ぶつというきわめて平和的な武器を進んで用いていると、彼女は隅っこにうずくまり、小山（モルヌ）に伝わるあの歌の一つをうたい始めるのだった。すると、われわれは抗うことができずに、歌の続きをうたうことになるのだった。われわれは彼女を散文的だと思っており、彼女はわれわれを素朴だと見なしていた。「あんたたちは世界をまだ作り直そうとしてるのね」、そう彼女はからかって言ったが、たぶんこれこそが、われわれが別々のグループに分かれるという習慣の始まりだった。未来を論じるのは少年で、日々のことをせっせとおこなうのが少女だという、あの習慣だ。ときどきマリ・スラは、燃えるものなら何にでも反応してすぐにかっとなるわれわれさえも驚かせるほどの、癇癪を起こすのだった。たとえば、彼女が選挙選の大行進（ヴィデ）のなかを駆けるときだ。勝利をうたい、敵を挑発し、ずたずたのドレスは頭の上で、汗で目が開かず、喉は潰れ、いつ倒れてもおかしくないほどへとへとだ。それから、レースが終わると、彼女はだれかれかまわず襟首を掴み、こんなことといったい何の役に立つんだと喚くのだ。彼女がラファエル・タルジャンに魅了されていたのは、認めずにはいられない。彼は自分のところで飼っていた二匹の犬の過失で妻を失ったのだが、こうしたモロス犬を手なずけることができたのは彼ひとりだけだった。だからタエル〔ラファエル・タルジャンのあだ名〕は森の気配を身につけていたのをわれわれは知っていた。本人が打ち明けたところによれば、彼女は夜中に迷子になって、背中に羊毛のように触れる不可解なものを感じるのが好きだった。だから彼女はうたい始めたのであり、それが自分を後退させる方法だった。マチューは当時、彼女は「遊離した状態」にあると言ったものだ。彼女はあの移ろいのころをこのようにして過ごした。われわれの青年期だったあのころは、どんなものにでもなることができたのであり、何もかも、今日のような、われわれが駆けめぐるこの生気を失った楽しき媚びへつらいには汚されてはいなかった。それから月日がだいぶ経ったのち、われわれは認めなければならなくなった、真実に本当に赴くためには、ほんのわずかなものがわれわれには欠けていた、ということを。それが何であるのか、どこでどのようにそれが隠されてきたのか、われわれにはおよそ検討がつかないこのほんのわずかなものを、遠くからマリ・スラが両手で温め直そうとしていたのに実は気づいていたのだ、ということを。彼女は輝きを放っていた、抑制を知らないあらゆる祭りのときに、透きとおって、しなやかに、敏捷に見えるまでに。また別のときには、彼女は荒々しい身ぶりと、こちらを跳び上がらせるあの突如とした腕の動きでもって、一種の近づきがたい影をまとうのだった。われわれはそのことを嫌がりはしなかった。それから明らかになったのだが、透明であるのは彼女の持ち味ではなく、彼女は本来不透明であり、見られないようにし、似たもの同士を結びつけようとするときに繰り出されるようなたぐいの質問には答えないのだった。われわれは一切質問しなかった。われわれが彼女の癇癪を恐れていたのも、こうした発火は少年だけのものだと思っていたからだ。彼女は言うのだった、あたしは足の裏まで女の子よ、と。彼女の友だちは声を立てて笑うのだった。友だちは、この邦のすべての女たちのように、男たちに言わせておくのをずいぶん前から学んでいたのだ。マリ・スラは言わせておくことなどしなかった。彼女はだから、われわれ、男の子も女の子も、素朴だと見なしていた。ようするに、こういうことだ。彼女はわれわれを疑い深い笑みや落胆させる観察でもって何度も責め立てるのではなく、われわれの熱狂のうちに距離をとって沈潜するための手はずを整えていたのであり、彼女は人より昂揚しないわけではなく、時どき人よりいっそう距離をとるのであり、いつだっていっそう気をもんでいるのだ。言葉に、ではない。行為に、だ。邦は戦後のあの熱気によって輝いているようだった。まさにこのことは、小山(モルヌ)を本当に上るという、そこに積み上げられた時間を探査し、海の向こうのあの他の島々を眺めるという機会だった。一方、われわれは、海の向こうの島々に住民がどのように住み着いたのかということさえ考えたことがなかった。それ(スラ)の代わりに、われわれは、広大な空間に激しくかき立てられ、全員の同意によって、この海とそのひょうたん程の島々のはるか彼方へ、想像力でもって駆けることを選んだ。マリ・スラはマチューにこう答えたものだった。あたしたちは全員遊離した状態にいるのよ。彼女は何を仄めかそうとしていたのだろう。おそらくわれわれは気づきながらも気づいていない、ということだろう、数えきれない暗い独房でもってわれわれを誕生から切り離した、あの穴のことを。おそらく、われわれはそれでも、数えきれないほどの岩で穴を埋めようとしているのであり、さらには、カーニヴァルや選挙選の大行進(ヴィデ)を疾走するときの叫び声は土地に向けて発せられている、ということだろう。それでもわれわれは、この賢くて普段は節度のある娘を言葉の女主人として選ぶことには無関心だった。あの興奮(突如届くようになった他所のニュース、行進と演説による選挙勝負への激しい熱中)がやや和らいだとき、われわれは気づき始めた、マリ・スラが自分たちのもとを気づかれずに去っていたことに。そのころ、われわれは一人ひとり、マリ・スラがパパ・ロングエを初めて訪問したときのことをどのように語ってくれたのかを、思い出し始めた。彼女は、マチューとは違い、この老呪術師に相談事のために会いに小山（モルヌ）を上ったのではなかった。父も母も彼女にこの者のもとに相談しに行くよう頼みはしなかった。この絶対的困窮の時代にあって、人々は彼を、最高の医者、至高の占い師、相談役にして仲介役だと見なすのが習わしだった。自分にわずかに身を委ねたミセアは、ある日、気づけばあの高地の上にいた。「黒肌の女（ネグレス）たちのマリア。見つかった母さんを知っていたが、いなくなった娘に出くわすとは」ミセアはマン・シメーヌ〔「マン」は、フランス語の「マダム」にあたる、大人の女性へのクレオール語の敬称〕へのこの仄めかしに不安を隠せなかった。ロングエは彼女を安心させながら、分かるように言うのだった。この邦では母さんの知り合いが娘に辿りつくことはないのだ。ただ不安と苦しみだけが伝わるのだが、頭では不安を思い描くことなどできないし、ましてや苦しみの奥底に触れることなどできはしない。彼は最近の教育の話を尋ね、ミセアが女子学校の寮や自然科学の時限について話すのを長いこと聞いた。両者のあいだには尋ねないわけにはいかない質問があった。赤い土と石炭は、小屋の前にいる二人の周りを炸裂したマーガリンのように満たしており、大半はアトゥモ〔薬草。月桃のこと〕と、それ以外のあのさまざまな植物——呪術師の家はいつでもそれらで囲まれているという噂だ——からなる茂みで覆われていた。ミセアはあちこちを眺め、あからさまにくまなく調べる。ロングエは質問を探しているかと尋ねた。どんな質問？　いましたばかりの質問だ。そんなの無意味、呪術師の家がどんなものか眺めているの。〈眺める者〉の。分かった、眺める者の家を眺めているの。だがおまえさんは最初でも最後でもない。どうして最初なの、何が最後なの？　知ろうとする者たちの。その人たちは何を知ろうとするの？　質問に対する答えだ。どんな質問？　いま「した」ばかりの質問だ。こうしてマリ・スラはいらだちながら言った、質問したわ、と。たしかに。まだなんとなく覚えているけど、小さいころに聞いたオドノって何なの？　シナ・シメーヌは生涯、質問一つにだって答えてくれなかったし、むしろ質問をしてくる。ピタゴルはあっちこっちに逃げる牛の群れよりもてんでばらばらなことを言う。時間は謎なぞのためにあるわけじゃない。結局それは何の答えにも至らないで、ずっとそのままになっている。パパ・ロングエは、ロングエ家の歴史のことを、あるいはそれについて知っていること、あるいはそれについて語りたいこと、あるいはミセアがそのことを聞いて理解できるだろうと彼が思うことを語った。その夜話のあちこちで、おまえさんは最初でも最後でもないと繰り返しながら。最後に、聞く者はメルキオールの父がオドノだったのかと尋ねた。老呪術師は長いこと黙りこみ、マカンジャ〔バナナの一種で、もっともおいしい品種。いまでは希少種［著者註］〕の葉の下で空気が唸る音が聞こえると、違う、と打ち明けた。じゃあどうしてこの物語をうたうの、オドノはどこに隠されたの？　彼は言った、どんな物語も迷わない道のようにうしろから旋回する道筋をもっているし、オドノには教会の周りに向かう行列のように前から戻る道筋があるのだ、と。じゃあ、知らないで話してるのね、とマリ・スラ。では言うが、おまえさんの知らないことはおまえさんよりも大きいのだ、とパパ・ロングエ。ミセアはこれまでにないほどに暗く、放心した面持ちで小山（モルヌ）を下りた。彼女はこう信じるふりをした、自分はパパ・ロングエの言葉づかいが理解できなかったし、あまりに丁寧で抑制しすぎるクレオール語で話している、と。われわれはこれがうそだと知っていた。彼女はこうも断じた、こうした夜話はどれ一つ何の韻律も作りださない、と。彼女はこれがうそだと知っていた。そしてマチューもまたパパ・ロングエに「相談している」のを知ったとき、彼女は小山（モルヌ）に上るのをやめた。だから彼女がわれわれの「言葉」に対する批評によって穿ったのは、この感づかないほどの距離でもあったのだ。「あーらら」は、女友だちに毒突くさいの彼女のお気に入りの言い返しになった。少年たちがいかれた提案で突っ走り、自分たちの夜話を朗々と語りだすさいには、障害物のように二度発せられる「あーらら」によって、進むべき道が示されるのだった。彼女は、何にでもあだ名をつけるというわれわれの偏執を馬鹿にした。個々の名前を偽装するという、われわれにとってはたいへん実用的で、正確で、洗練されながらも常識はずれの想像力を示していたこのことを、彼女は受け入れてはいたが（われわれの一部ではいまでもまだそうだ、五〇歳を超えたボヘミアン、フリー・メーソンの上級会員、議員、島の外で名声を得た詩人、高級官僚になった者たちは、じっさいに――夜話ではなく実生活のなかで――アポカル、バブ＝サパン、ティキリック――アティキリック――ゴドビ、トトルなどと（われわれに）呼ばれているのだ。唯一プリスカだけがあだ名をつけられていないのだが、その理由は、彼の洗礼名が彼のあだ名に十分なっているからである）、われわれがマニクー〔オポッサム〕をマニクーと呼ばず、ル・ラマンタンをル・ラマンタンと呼ばないことには毅然と異を唱えていた。しかし、たとえわれわれの郷愁――われわれの不安――を何よりも口にすることがこのようにマリ・スラの沈黙のうちに由来するものだとしても、この時間をもっと先まで駆け下りなければならない。言ってみれば彼女はこんなときには黙っていなかったのだ、真剣な事柄が、何よりも農業労働者の闘争が問題であるときには。選挙戦のカーニヴァルの外では、工場の前や市場町の路上で銃殺される運命にあるサトウキビ畑の人々がいつだっていた。ミセアは農民の労働組合運動の組織化について最初期の公開講演の一つをおこなった。フランスの法律が白人（ベケ）を罰するのではないかという、計り知れない期待が膨らんでいた。（われわれのうちとその周囲に）隠されたこの何かが、われわれをさらって、視界を奪っていた。マリ・スラは計り知れないほど重大な部分を演じていた。彼女は「問い」のなかへもっと深く沈むことを警戒していた。彼女の懐疑的態度と名づけなければならないものを徹底的に強めながら。たとえば、裏切った闘士たちのリストを細かく作成しながら。この邦はあまりに小さく、われわれはその内部でいまにも爆発しそうだ。われわれの同類のうちでもっとも優秀で、選挙でパリの議員に立候補したイエロニムス（彼女の説明によれば、ようするに、いまやわれわれが前世紀の人物だったと知っているところの）。華麗なる騎馬行進、栄光の毎日曜、白人（ベケ）が準備した罠、四日間立てこもって要塞化した屋敷、選挙箱を回収しようと総督が派遣した部隊。まさにこの機会に、彼は愛人たちの家の一つであわや捕まるところだったが、壺のなかに隠れて女装して脱出し、彼をかくまう群衆と一緒に戻った。そのころ、白人（ベケ）の若い女がフランスから来た記者をもてなし、こう打ち明けた。ご存知ないでしょう、この人々のことを。いいですか、一八四八年に解放してもらったときでさえ、この連中は、わたしの先々代のおばたちの一人があばら屋におびえながら閉じこもってたような残虐さに励んでたんです。人々が口々に言うには、彼女は頭がおかしかった。たしかにあの人は自分の人生と名誉のことを恐れていました。わたしたちを退化したあの連中と一緒にしないでください。ですが、例のイエロニムスは、わたしたちが買収することをお約束します。連中はこのようにされるのです、彼らに味方する記者さん、誓ってそうしますよ。イエロニムスはというと、彼の右腕であるヴィトルブを連れ立って前進していた。彼の前を行く、日曜の晴れ着姿の農業労働者たちは赤い土埃が立つなかで白いジャケットを見せびらかし、彼はこの光の道を馬にまたがって通っていた。だから農業労働者たちはアルパカのジャケットに馬の蹄の跡をつけて家に戻ったというわけだ。だがこの同じ人物、イエロニムスはある日、白人（ベケ）の公証人のところで勉強を始め、それからすぐにヨーロッパへ出航間際のあの最初の蒸汽船の一つに乗り込んだ。ヴィトルブは彼を公然と非難し、彼は改宗者で裏切り者だと三度告発した。ヴィトルブの力は、人々の話によると、彼が意のままにあやつる天使から授かったものだった。ヴィトルブは弁護士、イエロニムスが学校の先生で、パムフィルがきっと医者で、ようするに才能に恵まれた黒人（ネーグル）が畑仕事の黒人から切り離されてきたように。ヴィトルブは訪問客を、もともとその人がやって来る前からすでに知っているふりをして、そうすることで、彼が居住する要塞化した（巷の言い方では「守護された」）屋敷へだれかが上ってくると、それを知らせる見張り番たちがいるように思わせたのだ。ヴィトルブは呪術（ケンブワ）の達人で、白人（ベケ）は暗殺を二度も試みたほどだ。そんなの無駄よ、夫人はいまや娘たちに囲まれながら、こう言った。相手を買うだけで十分、すべての人間には値打ちがあるし、すべての動物には相応の価格があるんだから、こうした連中は人間と動物の中間なのよ。総督は、日曜の衝突を片づけるために狙撃兵を現場に派遣するのだった。アクラ売り、凝灰岩の荷車押し、砂糖の袋の荷運び、市場の魚売り、こうした女たちはヴィトルブのために身を挺して壁をなすのだった。彼は男たちの背に乗って、市場町から市場町へ旅行するのだった。このヴィトルブがある日投票箱に不正を働いたのだ、彼に約束されていた勝利のためではなく、彼の政敵である工場主の当選を許すために、だ。そのあと、彼は弁護士業からも政治からも手を引いて、「小島嶼銀行（バンク・デ・プティ・ジル）」という工場の銀行の社長兼株主になった。それから数ヶ月のあいだは家を警察に護衛させなければならなかった。というのも、彼はパムフィルに公然とこき下ろされたからだ。パムフィルは人民の決闘人になり、『植民地風聞（エコー・デ・コロニー）』紙で、相手を剣士の風上にも置けないやつだとこきおろした。ライバルに屈辱された方は、どぎつい仕方で殺してやると脅かさざるをえなくなり、そうやって彼はのちに混血（ムラート）の身分で農園主に決闘を挑まれる初めての権利を勝ち取るわけだ。彼は、相手が銀の弾丸や「仕込み入り」の剣を用いていたにもかかわらず、どんな決闘にも勝った。金を積まれても、憲兵が攻めても、投票箱が不正されても、どんな選挙にも勝った。女たちは、のちに「パムフィルの子孫」を得るという名誉を期待して、彼に自分たちの娘を差し出し続けた。そう、あの日が来るまでは。その日、時代遅れのへんてこな服装を着た立派で優美な老婦人がついに娘婿（奇跡か、あるいは大がかりないかさまか、彼は破産寸前の邦でもっとも大きい工場を建て直すことに成功したのだ）を説得したのである。いわく、習慣と方法は変わるにこしたことはない、パナマやヴェネズエラの価値をもう信じてはならないし、自分の言うことを聞くのです、と。そんなわけで彼女はパムフィルを招き、大邸宅のヴェランダの下に差し向いになると（議員席にさえ彼は座るのに、彼女は居間に彼を迎え入れるのには同意しなかった、彼は玄関よりも奥へは行かなかった）、二人とも揺り椅子に座って、冷たいレモネードを飲み、塩入りの牛乳から作ったバターが塗り付けられた小さな編みパンを食べた。そうしながら彼女は一幕演じた。あなたはほとんど家族の一員であって、しっかり相手を見なければ互いを見誤ってしまうだろうし、こんな口論は率直に言ってばかばかしく、互いに損害を与えるもので、自分の期待としては、ある日、平和が戻ってきたら、高級ダイニング・ルームであなたを夕食に招待し、するとあなたは紳士としてこの世の虚栄からもう十分に遠のいた一人の老女に至上の喜びをもたらすのを認めてくれるだろう、と。終わりかける午後は甘く美しく、揺り椅子はゆっくりきしみ音を立て、女主人は、洗練された誘いに見える優雅さでもって扇ぐのだった。そしてこの夕食（もちろん彼は一口も食べなかった）を勝ち得たいとする唯一の望みは、どんな魔法の弾丸でもなしえなかったことをパムフィルの頭上にもたらした。それからというもの、彼はたしかに見かけ上は政治のライバルたちと敵対を続けたが、彼は毎年、工場をめぐる彼の秘密の行動の配当金を受けとるようになった。彼が邦に戻っても、色恋沙汰のときをのぞいては、もう決闘をおこなわなかった。この老婦人が死ぬ日まで待ちながら。その先の、あのダイニング・ルームに入って、それからあのおいしい葉巻を客間で吸って過ごしたいと思いながら、ね。マリ・スラはこうした〈年代記〉を詳らかにしながら泡を立てて笑っていた。（しかしいったいやつらはどのくらい殺したんだ、そうマチューはつぶやくのだった）。「みーんな、共和国の名のもとさ、みーんな、〈偉大な祖国〉だの民主主義だのとわめいて、みーんな、進歩やら豊かな生活やらの闘士なのさ」「あたしがマン・シメーヌのことを想って、ピタゴルのことを想っているのにね！」われわれは彼女と一緒に見ていたが、同じまなざしで見てはいなかったのだ（というのも、彼女はこのように明晰な懐疑的態度から哀れみへとこのわずか一瞬のうちに移行していたからであり、われわれはそのことを知らないでいた）、計り知れない問いを前にしてクレーパイプを長々とくゆらすシナ・シメーヌを、王のあとを精一杯追うものの十字路では四つの方角からゾンビに招かれるピタゴルを。「マン・シメーヌとピタゴル」、そう彼女が口にするのは、この二人が実の父と母であるからではなく、（われわれがずっとあとになって知ったように）その懐疑的態度や明晰さをもってしても、当時感じていた不幸、いや、不安感をぬぐい去ることができなかったからだと思うし、彼女に受け継がれた、生みの親への深い哀れみの想いを追い払えなかったからだと思う。彼女はこう考えていたのかもしれない。あたしには抵抗する力がある、少なくとも抵抗の源になるあのわずかばかりの知識とあの大胆な熱情をあたしは相続している、と。たしかに、二人（サトウキビを刈る男たちが横一列になす六メートルほどの線のうしろで、なおも腰を反るようにして立っているシナ・シメーヌ、台風（サイクロン）のまっただ中のグリセリア〔イネ科の多年草。ドジョウツナギのこと〕よりも密集した車の真ん中で腕木信号になるピタゴル）はこの不安を引き当ててしまったに過ぎないのだ、と。二人は、発せられることのない多くの問いを無防備にも背負い込まされ、放り投げられ、謎に満ちた不透明なこの問いの犠牲者を上空から見つけるよう、この土地の空高くまで飛ばされたに過ぎないのだ、と。彼女は、逆説的にも、相続したこの感情によってシナ・シメーヌからもピタゴルからも距離を保ち、生まれたときから、血統を求めようとするどんな類の欲求にとり憑かれることもなく、こうして、たったひとりで、この領域に到達したのだ。「マン・シメーヌとピタゴル」、そう彼女が口にするのは、もしかすると、二人と共通するものは、父母と娘の関係ではなくて、二人を惨めにも傷つけてきた、あの多くの問い以外にはないと感じていたことを強調するためだったのかもしれない。しかし、このころの彼女はまだ、ピタゴル（自分で引き起こしているかもしれない悩み事や、路上で待ち受ける事故のせいで不安になっている）の足跡（トラス）を追いかけていた。彼女は、マン・シメーヌのタバコを、少しずつ小売店のカウンターから姿を消していた細かく刻まれた、その大きな葉の束を買うのだった。ヴィシー政権支配時代の「マディ」と「ニーナ」のあとでは、みんなは「デュック・ダリス」と「ラッキー」を吸いたがっていたのだ。シナ・シメーヌもピタゴルも何も頼みはしなかった。二人はどちらもマリ・スラにたいそう親切だったのであり、まるでこうした人物を生んだことにそれぞれが驚いてるかのようだった。どちらが会うときにでも（マリ・スラとシナ・シメーヌ、マリ・スラとピタゴル）、厳かだけれども親しみのこもった、いつもの調子でおこなわれた。会話はどうでもよいことばかりであり、言葉は落ち着いていて、抑揚のない様子で、そこには思い起こしてはならない何かがあった。マリ・スラの六人の兄弟は、家を去って姿を消してしまったものの、彼女の頭のなかから出てゆくのも早かった。しかし、ある日、兄弟のうちの一人に再会して思わず泣きだした。戻ってきて再び暮らすようになったピタゴルの小屋で、彼はだんだんとアルコール中毒になっていった。彼女はそうする役目であるかのように彼をののしり、木の下に落ちているオレンジの絨毯を、土地のもっとも良いものを腐らせて、ボルドー直送のなんとなくオレンジっぽい味のするまずい炭酸水を、なぜだか分からないが、子どものために、何ケースも買うなんてと言って非難した。彼はその瓶詰めの飲み物は町の人間しか買えないんだよと言い返した。おまえはオレンジの世話をしに来たくないんだよとも。彼女はなおも彼をののしり、この炭酸水のケースはほかの買い物をごまかすのにも役に立っている、あんたが呑みすぎる五五度のラム酒だよ、ときつく言うのだった。土地の一角がいつでも家族をなすとは限らないということだ。ミセアのおばは、マチューの母をのぞけば、マン・トティムだけであり、本当を言えば彼女はみんなのおばだった。トティムはたくさんの子どもの世話を焼いており、そのせいで自分の子をこしらえる時間をぜんぜんもてなかった。彼女はそのせいで自分はよりいっそう仕事熱心で、彼女が言うには、「いつまでも変わらない」と見なしていた。しかし彼女はころ合いを見計らって姪と甥の寝室のなかに進んで入り込んではおののく快楽を味わって、それから友人のマンゼ・セリーヌにこう告白するのだった。「うふふ、ねえ（マ・シェ）セリーヌ、これが不純のにおい（ヤン・ロデ・ランピルテ）ってもんね！」——それから彼女たちはそもそもは知ろうとはつゆほども思っていなかったこの不純のにおいのなかに身を浸しながら夢心地の気分をそのまま味わうのだった。だからトティムは少なくとも自分の嗅覚から、男どもとの交際を追い払いはしなかった。彼女がどんなことよりも一番恐れていたのは、ヴィーナスと名づけた彼女のかわいい牝犬が、界隈をうろつくごろつきと交際することだった。だから毎朝彼女はヴィーナスのしっぽの下にガソリンで濡らしたぼろ切れを慎重に通して、言い寄ったり力ずくで来るごろつきどもを遠ざけようとするのだった。ところが、あるとき、彼女が養子にとった娘がこの朝のお清めを任されていたが、その娘は間違いなくうっちゃり、セリーヌ相手に陰口を叩いてると、路上をうろついている悪がきどもが、まだ六歳にもなっていないほどのやつらだね、そいつらが部屋に駆け込んで来て、こう叫ぶんだ、マンゼ・トティム、マンゼ・トティム、ヴィーナスがガス欠になっちゃって、憲兵のでっかいシェパードとやって満タンになったよ。六五歳のマン・トティムは求婚者を見つけた、六七歳の名人（メートル）イジドールだ。彼女はマリ・スラに衝立役を求め、恋人たちは、近況を互いに伝える長いやり取りを繰り返すあいだは、肉欲の罪に屈しなかった。イジドール名人はトティムの男版だった。彼は、いまや一〇〇歳になろうとする母のもとで年をとり、母のために家事をおこない、しもの世話をしていた。海辺の商店の店員である彼は、帳簿の数字の列に似るほどまでに痩せ細っており、そのせいで、軽やかにして断固とした口調だった。マリ・スラはこのお芝居に加わることにした。そうして彼女は婚約期間に姿を見せ、マン・トティムの手をとり、結婚式の準備をした。式の晩、恐怖を抱いた花嫁は、彼女にしがみついてこう呟いた。いかないで（パ・キテ・ムエン）、いかないでね（パ・キテ・ムエン）。あのお方が怖い（マン・ペ・ミシエア）、そうひきつりながら繰り返した。だから彼女を諭し、結婚したのだから今後は互いに尽くす義務があると忠告したり、この手の事情のときに語られることすべてを伝えなければならなかった。イジドール名人は立派な人間というわけでなく、おそらく気付け代わりに、ホワイト・ラム、ケンキーナ・デ・プランス〔フランス産の食前酒の銘柄〕、シュロブ〔ラム酒のカクテル〕のリキュールを浴びるほど飲んだ。このため、翌日になって、噂好きの連中が初夜のあとの新婚夫婦の満足度がどんなものか（こっそり）確かめに駆けつけたところ、連中が出くわしたのは、マン・トティムの高飛車な沈黙だった。彼女が信頼していたのはマリ・スラだけだったから、彼女にはこう打ち明けた。「あのお方」は病気だった、吐き気と錯乱に襲われてたから、掃除したり、オー・デ・コロンをあちこちにふりかけたり、「あのお方」をベイラム〔ラム酒で作った化粧品〕でこすったり、カンフル入りのタフィア酒を嗅がせたりしてたら夜の半分はあっという間に過ぎちまったよ。それからもう半分はどうしたかっていうと、「あのお方」は、努力と善意を見せてくれたけど、執拗に六時半を示すばかりで、ちっとも上を指す様子がないんだね、こっちがどんなに七時一五分前までおっ立つのを望んでもね、ああ、ああ、男ってやつはどいつもこいつもけしからんね。マリ・スラは笑いながら、賛成した。ほんとそうね、なんにもしない連中だとも言えるね。マン・トティムはこのころミセアに男たちとの交際についての助言をつぶさに与えており、マチューと自由奔放に付きあっているのに気づいていた。いまの若者は何にも敬意をもたない、路上をうろついているやつには気をつけなさい。そうじゃないでしょ、トティム、それじゃあたしにガソリンが入らないじゃない、そうミセアは言うのだった。彼女は古き時代の人々と熱心に交際することで、われわれから遠ざかるというその意志を強めようとしたが、われわれも彼女と同じくマン・トティムが話すのを聞きたくて仕方がなかった。若いころにサント＝マリからル・サン＝テスプリまでの距離を、途中サン＝ジョゼフの従姉妹のもとに立ち寄って一泊しながら、二日間でどのように旅したのか（どの道を通ったのか、だれに会ったのか、何のためにそうしたのか）を。この話には聖人（サン）〔聖人の名前がついた地名〕がたくさん出てきた。マリ・スラはまた別の逃走も試み、ロメの家に引きこもった。マチューであれ、ラファエルとの関係であれ、厄介な気持ちをいくらか抱えこむことが、逃走の口実になった。しかしそんな口実は、じっさいに賭けられていたことから見たら、吹けば飛ぶようなものだったのだ。ミセアは小屋を、ヤム芋の穴を、炭火窯を探していた。ロメ、妻、子どもたちにはミセアの熱中がよく分からなかった。とはいえ彼らは、農村での慣習のように、彼女を丁重に扱った。彼らには日中にはすべきことがあり、夜はすっかり暗くなった。徹夜は稀だった。それは至福の安らぎの時であり、すっかり静まり返り、物音もほとんど聞こえなかった。下の方の出来事がロメの家まで伝わることも一切なかった。苦しみが積み重なっていた、ただ一人マリ・スラの心中で。われわれが知っていたこの唯一の人物の心中で。自分たちの輝かしい未来図に強い確信をもっていたわれわれは彼女をけなした。ロメの家から戻ってきた彼女は、各人にはそれぞれの救済があり、共同の畑はなく、移動は、一方から他方へ、川のなかを岩から岩へ、おこなわれるのだと言い放つのだった。われわれはこう考えていた。大切なのはユーモアが込みあげてくることだ、と。たしかにわれわれはそうしたユーモアをたくさん知っていた、この邦では、じっさいには、自分たちの近くて遠い過去のなかに、隣人と一緒に暮す理由をだれもこれっぽっちも見出せはしないのだから。ところがマリ・スラは、われわれのうちで想像のおよぶかぎりどこか遠くに行った者よりも、はるか遠くに行ったのであり、だからこそ彼女は全員に反対して、愛の叫びであるところの、あの裏切りの呪詛の行列を叫んだのだ。同じように、だからこそ彼女は、愛であるか彼女がそのようにとらえたものの尺度か、逸脱かに似通う恐れのある、何かの縁で立ち止まりながら、ひょっとしたらマチューをのぞいては、だれも彼女のあとについて行くことができない荒涼とした区域に退くのだった。われわれは彼女がこのように他所のうちに引きこもったことさえもよく分かっていなかった。彼女はこの操作をあまりに慎重におこなっていたので、われわれはといえば、気難しい女だと決めつけて笑うことで満足していた。友よ、君たちは間違っている、そう言いながらマチューはやんわりと笑みを浮かべるのだった。この邦が小山を下りるあいだ、事態はこのように進んだ。終わらない時間のなかで宙づりになったかのように、のろのろ進む巨大な大西洋横断船は、水しぶきをたてる飛行艇に、それからだんだんと早くなり性能が高まるジェット機に取って代わった。こうしてわれわれはそこに詰めかけるのに満足するのだった、唯一の至福の行先である、本土を目指して。土地は明るく、平らになり、工場は閉鎖し、スーパーマーケットはタールが敷き詰められた土地の上にひしめきながら倒れこみ、道路は避けがたく起きた事故に腹を立てる運転手たちの車の点描で覆われていた。ある晩、われわれはぶらつきながら、まだすっかり閉じきっていない鎧戸からわずかに見える居間を横目で眺めていると、マリ・スラはわれわれのグループから距離をとって、あの意味不明な言葉、後日、高尚な議論の的として蒸し返される言葉を発したのだ。「夜を見つめることもできないのなら、居間を眺めて何の役に立つの?」野花よりも、彼女は甘やかであり近づきがたかった。われわれだれしもが憧れる、高嶺の花だった。

道具の一覧表

「マチュー・スラ」はマチュー・ベリューズのことだ。まあ、そういうこと。われわれはこう呼ぶことで、どうもミセアに対して負い目をもっているようだった彼をからかおうとしたのだ。それは負い目ではなく、不安の予感のようなものだった。このようにマチューは、先行きが見えない若い女特有の内向よりも深いものをマリ・スラの心中に予感していた（マチューの思考は、ローリングする船のように左右に揺れる時間を保ちながら、きまって果てまで広がるのだ）。パパ・ロングエのもとでの長い会談は、この予感をいっそう強めた。そのせいで彼は（そう望んだわけでなく）ミセアその人から遠のいたが、たぶんこれは彼女にこれまで以上に近づくための算段だったのだ。老呪術師は二人のあいだを取り持っていた。いずれにしても、マチューは観念にしたり言葉にして表してきたのだ、ミセアが自身でさえ触れることのできない心奥に秘めたもの、彼女が度を過ぎた生の巨大な揺れでもって時おり解消するものを。失われてしまった《それ》のなかをさかのぼること。つまりは、囚われて売られて、武器も道具も何ももたない丸腰のまま扱われてきた黒人が、どのようにして、一個のまとまりのうちに鍛え上げられ、苦しみながら投錨しえたのか。価格交渉と利潤の必然から、さまざまな場所から連れて来られて向こう（ここ）に到着したこの人々は、どのようにして、その身を屈みこませて、生き延びてきたのか。この人々は、引っこ抜かれたり強要されたりしたあまたの言葉から、どのようにして、共通の言語用法を分泌したのか。この人々は、あまたの屈辱を耐え忍んできたことから、どのように、それらを忘れようと、みずからを消耗させてきたのか。マリ・スラとマチュー・ベリューズは、互いにそう言わずとも、この忘却の奥底に一緒に向かっていった。しかし、前に進むにつれて、お互い離れていった。そこから二人の受難が生じた。というのも、われわれが観念で見抜くものや言葉で現出させるものは、岩々のごとく、われわれが自身のうちに積み上げるものにはあまりに馴染まなくなっているからだ。ミセアとマチューが一致していると感じれば感じるほど、互いが耐えがたいと思うようになっていった。マリ・スラのほうがとりわけ「議論」しようとするのを嫌がった。ル・ラマンタンの平野をまだ最近まで荒廃させてきたあの伝染病（腸チフスかマラリア）の発熱よりも、理論のほうがよっぽど怖い、そう彼女は口にしてはばからなかった。あんたの演説は病院で配給される小麦粉のようなものだ、火に通す前にコナダニをより分けなければならないね。それから、われわれから話題を変えさせるために、彼女はわれわれの子ども時代の仲間だったあの巨大なヤブ蚊を真似るのだった。みなそれをうっとうしがった。彼女はたいそう喜んだ。われわれの見込みでは、ラファエル・タルジャンが特別扱いを受けて悪口の対象から外されていたのだとしたら、言ってみればそれは彼があのことを一言も話さなかったからだ。ただ一人、自分だけがレザルド川をすみずみまで知っているということを。その水源であると思われるところからレザルド川がブランシュ川とぶつかる〈合流点（ジョンクション）〉までを。そこから川は、われわれがヒルのあいだを泳いでいた〈緑橋（ポン・ヴエール）〉、頭上に工場の煙突が見えるその場所を下って、マントゥー蟹がたいそう見事なやり方で聖霊降臨祭（ペンテコステ）の月曜日の食料用に繁殖する、あのマングローブが生い茂るデルタ地帯を越えていくのだ。この三人、だから、マリ・スラ、マチュー・ベリューズ、ラファエル・タルジャンのあいだでは、地獄送りに値する罪は一つも犯されなかった。飼い犬を殺したあと、タエルは忽然と姿を消した。彼がフランスのシャトーダン〔フランス中北部の小さな町〕で働いているのを知ったのはずいぶんあとになってからだ。それを知ったミセアは眩暈を覚えた。彼女は言った。いい、あんたは大仰な雰囲気を身につけて、世界を形ある断片に切り分けて、黄色いトウモロコシと赤い米を配給するけれど、それは結局こっそりずらかるためなのね、場違いなやつみたいに（マチューはからかった。場違いなやつはずらかりゃしないさ、間が悪くやって来るんだよ）。あたしは旅立ちたくない、邦は失われてなんかない、そんなの誓ってうそよ。マチューは知識を辿ることが遠方に連れてってくれることを示すのだった。そんなの誓ってうそよ。彼女は将来のマチューの姿を先んじて思い返してみるのだった。あんたはピレネー山脈でレストラン経営者か、コンカルノー〔フランス・ブルターニュ地方西端の小さな町〕で教師にでもなって、ホワイト・ラムやライムや唐辛子が入った島からの小包をうきうきしながら受けとって、それから、お人よしの聴衆相手に島の南部の真っ白な海岸とラ・トラスの巨大な羊歯の話をして、それから何年も経てば立派なお世辞上手になってるわね。そうやって、島なまりをすっかり忘れてしまうのさ。マチュー・ベリューズとマリ・スラは奥底では一致していると感じていた。しかしミセアは言葉で物事を意のままに操ることはしなかった。彼女は例の校長が演説を果てしなく続けていたことを身中で感じていた。彼女はマチューに不満を抱いていた。彼女がまさに自分自身をつうじて理解してきたこと、そのことを彼が言い表すのを拒んできたことに。邦を耐え忍ぶにつれて、特徴のない青白い生活のなかで邦を緩慢に摂取するにつれて、彼女は、声でもってこの生活を総括する者から離れていった。木々と人々に近づき、木々と人々の長きにわたる消耗を理解しながらも、それらの衰退を拒むことで、彼女は知らず知らずのうちに、自分とこの拒絶を分かち合えたかもしれない、周囲の唯一の人すらも捨て去っていった。あの農園（プランテーション）の時代を去らねばならなかった。マリ・スラは、無駄口を叩くことなく、もはや後戻りできない平板な生活のうちに沈むこむ準備をおこなう一方、マチュー・ベリューズは相変わらず、煤けていて不確かな、昔の夢を追い求めていた。友人は二人にとっては助けにはならず、団体や政党も二人の心を満たすこともなければ、気持ちを和らげることもなかった。これが最後だとして、マチューは、ミセアの抵抗などおかまいなしに、パパ・ロングエのもとに連れていった。時間から打ち捨てられたロングエ、壊疽（えそ）のように表面に蔓延しているもの、つまりは公共機関の職員、ローン購入の車、着陸する飛行機のわだちに沿ってつく泥の線のようなレザルド川といったものを知らないロングエ。パパ・ロングエは、二人に気づかれる素振りを見せずに、口を閉じたり開いたりした。よいか、おまえがここを下るときにはすべては枯れることになる、おまえがここに上るときにはすべては燃えることになる。よいか、おまえたちは侵入不能の始原の地で生まれた、そこでは木は木と混ざり合っており、分離することなどできない、おまえたちが継起する歳月のなかに下り立つなら、おまえたちは日銭を稼がなくちゃならない、それに服代の支払いもある、そうしておまえたちは高地の漆黒からいっそう短くいっそう平らな場所にいつでも転げ落ちるのだ、サトウキビ、バナナ、パイナップルの畑に、苦しみの反復が寄せ集められるヴォルガ海岸〔フォール＝ド＝フランス郊外の貧困地区〕まで。マリ・スラは、こうしてマチュー・ベリューズとパパ・ロングエと一緒に、この除草された道を下りながら、生活からも日々の岸辺からも遠く離れたところに連れ去られたと感じて、頭のなかで、一切は無駄だと叫ぶのだった。彼女はあの穴を感じていた、その先に何があるのかは考えも及ばないが、彼女はそのなかを見つめたのだった、たとえ窒息した子でも、燃えさしを詰めこまれた口でも、その穴を埋めることなどできないとしても。この仲立ちは不首尾に終わった。ロングエは二人を将来の彼方に打ち捨てたのだ。こうして彼らは現在に戻った。マチューはマリ・スラに尋ねた（あの狡智にたけた老人と別れながら。ロングエは二人が遠方に行ったのを見計らって突然こう叫んだ、迷子になった娘は自分の夜のなかにいるのに間もなく気づくが、それはケネット〔ケネパ〕の木の根元ではないだろう、と）、おまえはもうだれもしない身ぶりを、その身ぶりと一緒に死に絶えて消え去った言葉を数えあげたのかどうか、と。その数はあまりにも多いから数えあげなければならないし、そのことはやがて特別に役立つだろう。マチュー・ベリューズはもっとも遠いところから始め、リストを事細かに作成していった。マリ・スラはそれを中断させるのだが（「あーらら」）、その意味するところは、世界中どこでも同じことであり、そうしたことは福音書の一節のようには数えるに値しないということだった。あたしたちはいまでも知っているっていうのかい、いったいだれがこうした役目を担ったのかを。いったいだれが土地を開拓したのさ、木の幹と格闘し、ゴミにして燃やし、根こぎをおこなって、森奥深くの始原の地に空地を切り開いたのさ？　だれが天気の綿を探ろうと空中で息を吸い、アリが駆けめぐるねっとりした泥土を泉の水が滲み出るまでうたうようにして手で掘ったのさ？　濾過用の石を切り出し、すり潰した木炭の層を測ることで、飲み水を採集したのは？　バナナの房でもって点火場所の目印をつけて、通気用に二つの穴をしつらえて、釜戸を慎重に段状に置いて土をかけたのは？　その深さについては、だれが穴のサイズを計算し、ヤム芋の穴を上るために雑草の層の上に苗を並べたの？　それから、だれが果肉を処理してムサッシュ〔マニオクの粉の別名〕と毒を抽出したあとに、アイロン台を温めて、おいしいマニオクの粉末を作ったのさ？　小屋を建てるのに、だれが木材を切り出し、枘（ほぞ）で接合し、竿（ゴーレット）を格子状に編んだのさ？　松明の煙を絶やさないために、竹の本数を計算したのは？　いまじゃ〈県立屠殺所〉の近くに埋めるものの、どうしてそうするのかだれももう知らない、あの皮をなめしたのは？　どんな種類の岩の上でも巨大な音を立てながら転がる樽にたがをはめたのは？　あの天蓋つきベッドの一つを細工するのは？　いまじゃあたしたちは、あちこちからやって来るコレクターの儲けのために、プラスチック加工した木と交換してるけど。（「あーらら」）。　ゴゴを探し出すには？　ゴゴって何かだって？　そもそも一羽しかいないゴゴはまだいるかな、川の水はぜったい飲まず、ただ木々の葉の水だけを飲んで、天気が悪くなってくるとさえずるあの鳥は。あーらら、聞いて、世界中どこだって似たようなもんよ、ゴゴはあちこちにいるよ、ゴゴな不運とか、ゴゴな悲惨とか、でも見て、この真新しくて煌々と輝く打ち捨てられた工場を、問題はこれさ、あんたの道具はどこなのさ、機械は、技師はどこなのさ、マニオク用のへらと松明用のわら束に代わるものはどこなのさ。彼らは道を辿りながら、当時はとりあえず「シェリュバン〔知識を司る天使ケルビムと同名〕の寝室」と呼ばれていたこの人目を惹く役立たずの工場の前を通り過ぎた。オーナーたちは工場を建てさせたが、工場を機能させるのに決してオーケーを出さなかったわけだ（あるいはそう望まなかった）。工場を閉鎖したままにしたほうがいくらかの金利を受けとれて稼げる、おそらくそんな算段ではないだろうか。少なくとも、われわれがそのずっと先で、同じように真新しく死んだ命がひしめく、おぞましい喧騒のスーパーマーケットのそばを通りながら、話題にしていたのはこのことだ。シェリュバンは少し前からこの打ち捨てられた工場を住処にしていた。屋根板は月で輝いていた。隅っこに隠れた男は影が機械にまとわりつくのを眺めていた。しかしその高い建造物は闇夜のなかに決して沈みこまず、屋根は夜空の光を反射していた。もぐりの借家人は二つのタービンのあいだに粗末な寝床をしつらえ、飲み水のタンクを見つけ、一角を掃いて、そこに服を広げられるようにした。彼は、青服やカーキ服など、あらゆる立場の警官に果てしなく追いつめられており、そうした警官が真っ先に行使する権限は彼を病院に送ることだが、彼はそこから絶えず脱出するのだった。警官はだれひとり彼が選んだ住まいを見つけだすことができなかった。だから彼は悠々と何でもできる技師の役を演じることができた。歯車、リンク、ピストンが絡まり合った機械の山を全速力で駆け下り、通路から通路へ飛び跳ね、（彼が極致と呼ぶものまで）混じり合った油脂と錆で光る無人機械の理論を消尽するのだった。ベルトコンベア、サトウキビ裁断機、シュレッダー、圧搾機、篩、桶、余熱器、石炭処理用タンク、ドール社の回線、オリヴィエ社の濾過装置、三倍圧縮の濃縮缶、顆粒化用の大釜、結晶化促進機、遠心式タービン、彼はそうした機械のミステリアスな文字をあちこちにビス止めされた模造銀製プレートからおよそ解読した。電動式ベルトはあちこちに垂れ下がっていた。シェリュバンは、いまだに巨大な歯車にかかっているそのベルトにぶら下がっていた。彼はジャングルのターザンを演じていた。一番高いタラップまでよじ上ると、青光りする無限のクモの巣の後光に包まれた聖人シェリュバンは、その言い表せない機械によって恍惚の境地に入り、歯車、シュート、レールといった彼の民衆に演説をおこなうのだった。そうかと思えば、彼は一束のサトウキビとなって、ベルトコンベアを滑ると、シュレッダーのなかで粉砕される真似をして、機械の順序に沿って、細かく砕かれ、薄く引き延ばされ、加熱され、濾過され、顆粒にされる度に、体を広げたり、丸めたり、縮めたりしながら、反対側のベルトコンベアに転がりながら出てくるのだった、生きた砂糖として唸り声をあげながら。シェリュバンはミサをおこなったんだね、そうマリ・スラは言う。この時代の寝室魚は、大穴を穿たれたボイラーさ。彼は漆黒の夜よりも明るい魚の内部を覗くのさ。「おーい、魚らしい魚よ、ド・サン・ド・エ・トンブ・サン・トンブ。だれが信じたかって。だれも信じやしないよ。わたしを庭園に植えておくれ、おーい、大西洋横断巨大腸よ」マチュー・ベリューズはシェリュバンのぐるぐると回る演説のあとを続けた。風車か、あるいは風を用いる別の方法を論じながら。マリ・スラは自分の頭のなかを吹き荒ぶこの風の音だけを聞いていた。はるか遠くからやって来て、言葉を引き抜き、巨大な沈黙を穿つ、この風の音だけを。彼女は、ある海の奥底を、ある大洋の限りない青を視ていた。そこでは鉄球に繋がれた亡き骸がいくつもの列をなして踊りながら下っていた。それから、目を閉じると、彼女は、わずかな隙間も生じないこの青のなかを溺死者たちと一緒に下り、頭は下方へと彼女をひっぱる鉄球よりも重くなるのだった。それから間もなくして彼女は目を開き、視界に道の双方に立ち並ぶ杭打ちの小屋とともに、彼女には本当に見えるように思えたマチューの声が入ってくるわけだが、それまでは彼女を取り囲むすべては、この青一色であったのだが、そのなかを緑の雷光が、太陽の重圧で照り返す海のように横切ったのだった。マチューの言葉は青であり見分けがたく、その言葉はただひたすら空間を満たしていた。マリ・スラはこの果てしない野のなかによく浸かり、その結果、彼女は、われわれが時間と呼ぶものを忘れてしまうことがあった。その企てのうちで彼女は放心していたわけでも居心地悪くしていたわけでもなかった。その反対だ。彼女の明確な所作はいつだってわれわれを驚かせるのだった、ぎくしゃくしたその優雅な動作で。しかし彼女はからだを同じく予期できない仕方でゆっくり動かすと、テーブルの傍や、廊下の片隅や、道端で、まるで渓谷や断崖を前にしているかのように、長く静止するのだった。パパ・ロングエのせいさ、そう彼女は咎めた。人を来させて何も言わないだなんてありえないね、この数年間はパパ・ロングエは何も見抜くことができなくて道に迷っているのに、あたしたちをそのなかに迷いこませてるんだ、こんな無能な呪術師、あんたはどこまで探しに行くっての。われわれがだれひとり詳しくは知らない邦の方へ視線を向け、われわれのいい加減な毎日からは明らかに遠ざかっているかのようによそおってうまく立ち回っていたこの老占い師も、マリ・スラの悪口から逃れることはできなかったのであり、彼女がこれほど難詰するのは決まって彼女自身が評価していたり尊敬していたりする人物に対してだった。あたしはね、パパ・ロングエにこの時間をすっかり盗まれたのさ、だからところどころもう分からないんだ、日付、年の数さえも、クリスマスがもう過ぎたのかどうかもね。ところが、アトゥモ、ベニノキ、ローリエに囲まれて奥深く沈み込んだあの小屋まで、まるで彼女はひとっ飛びで駆けつけると、粗末な寝床からざあざあ落ちる砂粒の息を聴診して、だれよりも先にこう叫んだ。「止めて、止めてよ、パパ・ロングエが死にそうだよ」彼女は、この死に行く者が遠方からやって来る沈黙の訪問客を招き入れるのを手伝い、昼間、小屋の外に出ると、照りつける太陽に挨拶をするために、適当な枝を摘むのだった。沈黙の訪問客は、隣人でもなければ、臨終に入った者たちへの祈りを買ってでる界隈の老婆でもなく、打ち捨てられた祖先たちの霊であり、彼らは深い海の表面を一度だけ渡ると、その影でもってこの土地に移植された者に触れたのだった。マリ・スラとマチュー・ベリューズがパパ・ロングエの考えを尊重するために結婚したのかどうかは、実のところ、われわれにはまったく分からなかった。われわれは、二人が言うことを信じて、このことを方々に触れ回った。しかし、こう考えるのは荒唐無稽じゃない、二人が気晴らしに結婚のさまざまな行事をまねて、われわれにこのことをもっとはっきり信じさせようと、彼女はドレスを、彼はスーツをたぶん買いに行ったりしたのだ、と。お披露目の日取りを決めて、晴れ着の格好になり、結婚式当日、市庁舎のホールで、だからわれわれは二人が入ってきて、挙式の数々の行事のいくつかに立ち合うのに、招待客や注視する証人として目にすることができるのだ、と。写真家でもいるかのように出口でキスをするのだ、と。それからおそらく二人は、いわゆるこの祝福された交際（ベニ・コメルス）〔事実婚を「正式のものにする」結婚［著者註］〕の晩に、込みいった夕食へとわれわれを招くのだ、と。この二人は示し合わせてこっそり探り合い、同じ力に押しやられて、互いに遠くへ流されていることを、われわれは見抜いていた。本題は、二人にはイダという娘がいたということで、われわれのだれもが彼女の来たるべき物語を書くのに（語るのに）夢中になっており、彼女の虜になっていた。もちろん少しは母のせいではあったが、多くは彼女自身に魅せられて。彼女をわれわれのもとから奪ったのは、「彼女の教育を請け負う」のを望んだ、父方の祖父だった。このために、二人は娘の成長期を空白のままに過ごすはめになったのであり、このことがマリ・スラとマチュー・ベリューズの別離をきっと早めたのだった。マチューは朝にはいたけれど、晩にはパリかボルドーに行ってしまったなどと言われていた。パパ・ロングエはこの間に二度とは帰れない影たちの側に旅立っていった。マリ・スラは、ピタゴルとマチューのことを考えながら、平静にこう繰り返し言っていた。「あたしが男のもとを去ったのか、それともあいつらがあたしのもとを去ったのか」われわれに観察されていると彼女がはっきり感じとっていたこの時期には、彼女はわれわれの不意をさらに突こうとこれまで以上にぎくしゃくした動作をしていた。彼女は、自宅のなかや向かう先など、自分の周りに、こうしてなすがままに大混乱を生み出すものだから、観察者は怖じ気づいて、絶句したまま立ちすくみ、あの無秩序の潜勢力が解き放たれたのだと信じてみるほかなかった。マリ・スラは探していた。彼女は放心の発作を、錯乱の道を横断していった。太陽の熱気は彼女の肌の火の上を駆け、そのせいで想像を絶する厳しい寒気が輝くのだった。彼女は友人・知人の事件を取りしきることを企てるようになり、いくつもの込みいった状況に首をつっこみ、さまざまな関係につきまとう陰影を突き止め、仔細にわたる助言を弛まずおこなうわけだが、実はそうすることで、それと知らずに、自分がもがいていた不安のようなものから気を紛らわしていたのだった。こうして彼女は良心の管理人となったのであり、自分自身の問題をうっちゃるために、他人の問題を不安に苛まれながら理解すればするほど、いっそう注意深く、的確になるのだった。また別の激しい混乱期には、彼女はその同じエネルギーを、数多くの男たちのうちに、彼女が親しくしてきたマチュー・ベリューズやラファエル・タルジャンといっただれかの面影を追い求めることに捧げたのだが、彼女はその面影をどのように作りあげたのかは知らずにいた。こうした急場しのぎの策にはすぐさま飽きがきた。友人たちの悩みは退屈となり、男たちは次々やって来たが、似たり寄ったりだった。さらには、情念を完璧に追いつめようとするこのような野生に恐れをなして、男たちははるか遠くに逃げていった。こうした出会いのうちの二、三では、マリ・スラは異常なほど愛しているふりをしてみせた。ところが、数々の嫉妬や非難の場面のなかでももっとも悲惨な場面にまでやって来ると、彼女はどっと笑いだして、背を向けるのだった。自ら感情の危機と呼ぶものの炸裂を、最後まで抑えることも、堪えることもできないことに彼女は驚くのだった。こうしたことすべてがあまりにも凡庸過ぎたために、彼女は時どき歩みを止め、このカテゴリーのうちで同じく完璧な成功に感嘆してみるのだった。あたしは完璧よ、あたしにそうさせるのは、芝生の外れ、窓の金属製の鎧戸、客間のレヴィタン社製家具、列をなす男たち。しかし彼女はこの硬直の頂点までは赴かなかった。何かがどこかで震えていた。この生彩を欠いたものの奥へとさらに沈み込まねばならなかった。行くよ、飛びこむよ、いまがその時、そう彼女は決心した。そしてある朝、まるで自分自身にすらそう告げずに、マリ・スラは沈むに身を任せた。たった一飛びで人生を下っていった。こうしてある日彼女はある男を携えて息を吸ったのであり、時間を駆け下り、彼女は男の子を二人得た。その後、彼女は、この男のまなざしだけでなく、何であれ何も思い出せなくなった。彼女は二人のあいだで交わしたはずの言葉も何一つ思い起こさなかった。男は銀行員で、真夜中に帰宅しており、日曜日には競技場に行くために、姿が一切見えなかった。マリ・スラはそんなことに気をとめなかったし、おまけにそれはこの邦の一般的な特徴だった。叫びよりも厳しい責めであるあの無関心に、おそらく苛立ったこの若い男が立ち去っても、彼女は彼がそうした理由を知ろうともしなかった。われわれの考えでは、二人の男の子も、父が去ったことに苦しみはしなかったが、それは周囲のみんなが示した親切と二人に注ぐ心遣いのためだった。マリ・スラはこれといった理由も見当たらないのに泣いていた。彼女の頭上に孤独の呪いが落ちたのだろうか。何かがとても遠くから（時間からではなく、われわれがそれについて抱く印象とそれが引き起こす衰弱のうちから）やって来たのだろうか？　それを知る術もなければ、押し返す術もまったくない何かが。そのころになるとマリ・スラは笑っていた。

あたしは普通の女よ、と彼女は執拗に繰り返していた。こうしたキャラクターを演じてみても、維持するのが難しすぎた。来る日も来る日も包み隠さず、これ見よがしに通俗的で、注意深く凡庸であろうとするが、時どき、例の麻痺に襲われて、すべてを横切ってしまうのだ。あたしにはみんなと同じような悩みがある、うちの会社の主任はあたしを憎んでるし、家中あちこちにばらまいた硬貨はぜんぜん見つからないし、食事は準備しなくちゃならないし、市場が立つのは朝早すぎるし、本は書店で見つからないし、ラジオは頭のなかを独占するし。もう普通なんかじゃいられないのよ。それは青春の時間を駆け下り、われわれが身を捧げる夢の数々から立ち去る方法だった。周囲の土地は青白い光で飾り立てられており、マリ・スラの麻痺が自発的であるのと同じく、捉えがたく、気づきにくかった。雨季の雨は乾季にまで氾濫し、唯一の季節のこの二つの面は同じ粗糖で絡まり合って、熱気そのものが悲しくなる、あのうっすらした灰色のうちにわれわれを沈めるのだった。完全に科学的な騒音が、都会の真ん中のサヴァンナ広場〔フォール＝ド＝フランス市内の公園〕の一方のベンチからもう一方のベンチへ駆けめぐっていた。アメリカ人はケープ・カナベラル〔フロリダ州の砂州、宇宙船発射場として知られるＮＡＳＡの施設「ケネディ宇宙センター」がある〕上空を掃き清めようと企てて、カリブ海に大気圏の気候上のごみを一つ残らず撒き散らしていた。四〇日間は雨が降る模様で、観光客は巨大ホテルのロビーで泳ぐはめになるだろう。フィデル・カストロはすでに防戦体制を布いていた。雲を一掃する大砲だ。われわれは、機銃連射のごとく積み重なる海のタールも空の台風（サイクロン）も何もかもを呑みこむことで、負債から解放された。それでも、グリセリアが方々の道端で紫の色合いの花を咲かせるのはとても幸せだった。グリセリアは独力で立ち続けるのであり、ある場所の境を縁どり、こうして一挙に花を咲かせるほかには何も生み出さなかった。わたしは普通の女よ、ずいぶん前にここの住民の小売店をやめてしまった黒人(ネーグル)のじいさんのためには泣いたりしないし、人生を反対向きに走って、シナ・シメーヌが「修道院部屋(シャンブルリー)」と呼ぶものまでさかのぼって、目をうるませるなんてごめんよ。彼女は農村部の方々を巡り、行き交う人々に話しかけた。われわれはあちこちに砂と凝灰岩の小さな山を見かけるようになった。人々はそれぞれ木とトタンの小屋をもっと堅固なものへと建設し直そうとしていた。なかには、完成しないままのセメントの小屋の骨格で覆われた竿(ゴーレット)と藁からなる旧式の土台も見える。石が敷き詰められた道の果ては盛り土をした場所に消え入り、木製の柱は電線が途切れるところで横倒れになっていた。そんなわけでそこを通りかかるのはまたもやあの婦人、親切で、たくさんのことを知ってる婦人だ。そうだ、ここじゃだれひとり遠い昔のことを覚えていないし、この界隈の学校にいるのは女教師ただ一人だし、給付金を受けとるにはル・ラマンタンまで下りていかなくちゃならない、だってそれなしでどうやって暮らせばいい？　そうだ、蒸留工場は閉鎖してしまった、もうだれも知らないころからね。でも、婦人はちがう、道路を見つけるには三つ目のココヤシの木の根元を右に曲がりなさい、それからまっすぐ行くと竹が生えてる十字路にぶつかるから、そこを左に折れて、橋が見つかるからそこを渡るのよ、ボータン婦人の家に沿って下りてその家を越えたらバナナ畑の踏み分け道をずっとまっすぐ進んでね、すると左側に近道が見つかるから、そこを通り越しなさい、それで道路に辿りつくわ、右手よ、間違えっこないね、すぐそこなんだから。この時代には現場監督(コマンドゥール)も管理官(ジェルール)も風景から消え去っていた。まだ何人かはゾンビのごとく見かけた。公表されている数字によると、この国には一個と半分の工場があった。全収穫期にわたって機能している工場は一つのみで、もう一つは収穫期の半分だけ機能しているということだった。もうだれも夜話を信じてはおらず、いくつかの場所ではわれわれはかろうじてクリスマスイブに「なぜだコランよ分からないのか／神は〈ここ俗世(イシバ)〉でお生まれになったばかりである」を歌っていた〔クリスマスソングの一節〕。そのときには、われわれは歌のリズムを選び、うっとりさせたいときには遅くしたり、ときには壊れた目覚まし時計よりも調子を速めたりしていた。もうだれも夜話を信じていなかった、つまりは夜話を朗唱するに適した時機も、自分たちが語ることの吹けば飛ぶような重要性も信じていなかった。歌い手アルフォンジーヌ氏は、進歩によって忘れられた農園側の管理官であり、彼が言い張るには、彼の祖父の父はかつて軍勢を率いており、蜂起を企てて、一八四八年の廃止の宣言をもぎとったという。だからいまでも肝が座っていて、決断を下し、決まって実行に移す人のことを「イ・ニ・クレ・ユロージュ」、彼はユロージュの血を引いていると言うのだという。歌い手氏はみんなと同じように、耕作地は打ち捨てられてしまったと叫んでいた。しかし、彼がそう嘆くのは、馬に乗った現場監督（たいていはラバだった）が周囲の土地を支配していた時代を懐かしがっていたからだ。彼はおんぼろの車を運転していた。その車は、彼の最後のラバにちなんで「宝石」と名づけられ、いくつかの踏み分け道の入口に駐車していたが、巨大な道路の車の波のなかに入れば、スシ・スラのアリたちの一匹よりも見分けがたかった。彼はこのように無視されるのに腹を立てていた、多くの会計官、現場監督の子孫である自分が。蒸留工場の腕利きの煎糖工の一人を家系にもつ自分が。大地の種一つから、基本的な肥料を施さなくてもなおも多くの収穫を得る方法を語ることのできる自分が。彼はただ一つ夢中になれることで過ぎ去った時代にしがみついていた。闘鶏である。あんたがたが田舎道の曲がり角で車が何台も積み重なってかさばっているのを見るなら、それは決まって闘鶏場(ピット)だ。あんたがたは闘鶏場内の騒ぎを聞くのだ、中では家畜が切り刻まれて、信じられない金額が新しい持ち主の手に渡るのだ。

歌い手氏はそこで羽を広げ、混戦のさなかで勝負相手すら気にもかけず、賭けをして、負けたときには、はるか遠くからやって来る喧騒と狂気のうちにいた。歌い手氏は変化・権利要求や、不運・不幸といった話を耳にするのを嫌がった。彼が唯一信頼に値すると思っていた、赤いとさかをした黒い雄鶏たちがいるあいだは。黒人（ネーグル）は一番目の動物であり、なかでも先頭にいる彼は統領というわけだ。時代が始まってからの決まりごとだ。彼はマリ・スラに証人になってもらった。彼女はよく彼のもとに通っており、雄鶏たちをぞんざいに扱うことでののしり、彼を「忘れられた時代の正真正銘の残滓」だと命名したのだった。歌い手氏はこの称号を喜んで受け入れた。忘れられた時代はこんな呪詛からは生まれなかったよ。おれにはいまのこの動物どものことは分からないね。昔は、黒人が冷えたポンチ酒を飲みたいと思ったら、無理してでもオシャレをして、ヤク〔ウシ科の動物で運搬用の家畜〕とかタクシペイ〔乗り合いタクシー〕に乗って、フォワイヤル〔フォール＝ド＝フランスの旧称〕のサヴァンナ広場に面した中央ホテルで下りなくちゃならなかった。そうするとそこら辺のちび全員がそのうしろを走ってきて「パパ、どこにいくんだい？（エティ・ウ・カ・アレ）」と叫ぶのさ。いまじゃたいていは小屋の入口のうしろに冷蔵庫があるのさ。なのにこの動物どもは満足してないのさ。おれにはこの黒人どもの頭が理解できないね。理解しなくていいのよ、とマリ・スラは言うのだった。あんたはすっかり黒人（ネーグル）なんだ、あんたの頭はホントに雄鶏の蹴爪で詰まってるんだから。

他所からのざわめき

パトリス・スラ（その名前はコンゴの殉死者、ルムンバ〔パトリス・ルムンバ（一九二五ー一九六一）。ベルギー領コンゴを独立に導いた民族指導者。独立後の政変で同志とともに虐殺される〕に捧げられていた）は底なしの暴力のうちで育った。彼は一個の火山であり、われわれはその無軌道な暴力の果てを見たことがなかった。驚くことではないが、彼はバイクに入れこんでいた。どこの邦の若者たちと変わらず、おそらく彼はみずからの内部で燃え盛るあの速度への熱中を少しずつ和らげていったはずだ。マリ・スラは子どもたちを見つめ、こう考えて狼狽するのだった。もしかしたらあたしは母親失格なんじゃないか、と。彼女には、自分は望みうる熱情でありったけ子どもを愛しているようには思えなかった。時おり、彼女はわが子に激しく苛立ち、それで子どもたちをそこに置き去りにして旅立ちたい気持ちに駆られるのだ、でも、いったいどこへ？　あたしは母親には向いていないんだ。唖然としたまま、彼女は、長男の野蛮の爆発によって、あらゆるものから締め出され、こうした行き過ぎによって麻痺させられるのだった。パトリスはだれも憎みはしなかったが、だれかに話しかけられるということが、たとえ褒められるようなときでさえも、彼にはまったく耐えがたかった。勉強は、免罪なき不幸のように、よじのぼるための壁のない穴のように、彼には思えた。パトリスは新聞の司法関係欄を熱心に読み、この欄の専門家になった。「二人の隣人、互いに負傷、子どもたちの交際が原因」「男、互いの飲み物の長所をめぐる口論の末、いとこを殺害」パトリスは、自分が引き起こしたり、被ったりしたいくつもの事故の痕跡をからだばかりか、顔にも直接抱えていた。麻痺させられたマリ・スラはもはやいちいち反応しなかった。あたしにはもうラム酒しかない、もうそれ以外は恋しくないはず。好色漢の連中が招待状でもって彼女を追い回していた。羊のバーベキュー・パーティーの度に招待されるのは女ひとりだけだ。マリ・スラは断ることができなかった。彼女は、勇ましいゾンビのようにその場を渡ることにしていた。視線、口笛、提案の数々。それに対してマリ・スラは見下すように相手を眺めるのだった。子ども時代にそうするのを覚えていたからである。さもなければ、見るのが耐えがたいような、彫像に姿を変えるのだった。女あさりのテクニシャンたちは、彼女の最近の動向を信じて、神聖な土地に足を踏みいれていると思い込んでいた。彼女はこの攻囲に持ちこたえた。しかし、こうしたことは、これまでの体験よりもいっそう彼女を傷つけた。突然、彼女は子どものもとに駆け寄ると、教訓や説教で苦しめるのだった。パトリスに理由なき暴力について説き、いわく、あんたのうちから溢れ出るものも独自なものではないし、車のフェンダーがへこんだとか、羊が隣の敷地に迷いこんだといった理由でこの辺りで殺し合っている連中と同じだ、と。母ちゃん、知ってるよ、ファノン〔フランツ・ファノン（一九二五—一九六一）。マルティニック生まれの精神科医、革命家。フランスからのアルジェリア独立を支持し、主著『地に呪われたる者』で被植民者の暴力を擁護した〕を読んだし。読むだけじゃ不十分よ、よく考えてもみないと。彼女は、世界について、各地の民について、さまざまな戦いについて説明し始めた。彼は、この最初の説教の時にはまだ八歳にもなっていなかっただけに意地っ張りになって、確信した調子でこう答えた。女主人みたいな母さん(マンマン)がぼくらに言うには、フェラガ〔アルジェリア独立戦争に身を投じた闘士〕は殺人集団だ。主よ、なんと多くのことと戦わなくちゃならないの。彼女は近所に戻ると、パトリスを小山(モルヌ)に連れて行き、木々と植物について、少しずつ消え去ってゆくものについて事細かに話した。虫下し草(エルバヴェール)、飴玉の木(シュエル)、癒瘡木(ガイヤック)、タピオカ、アニス。パトリスは退屈していた。それから時が経ち、パトリスが若者たちの集団に加わったのを知って彼女の気持ちは和らげられた。彼は仲間を驚かせ、近隣の女性を震えあがらせていた。マリ・スラの家は明るい一方で、生気がなかった。パトリス・スラ（われわれは「パトリスラ」と言っていた）は車庫の片隅でバイクを前にしてへたり込んでいた。この小休止も彼の激発と同じく恐ろしいものだった。マリ・スラは、近隣女性にこうした振舞いの深層よりもさらに深い理由を説明しようとしてみた。どうか若者を分かってあげて、わたしたちは一度だって一緒に何かをしたことはなかったじゃないですか、手に道具をしっかり握っているのに、自分たちの身ぶりがあるのに、全員ではまったく何も。わたしたちはいつでも受け取ったり与えるだけ、いつでも交換するだけ、汗には笑顔を、血と貧困には敬意と背中への一叩きをね、わたしたちの身体が密売されたあの最初の日からずっと、等々。近隣女性はこうコメントした。マダム・スラは頭がおかしいわ、何を言ってるんだかわたしたちにはちんぷんかんぷん、あまりに明らかなのは、あの人がコンプレックスの塊だってこと。いつのことかも分からないこんな話とは何の関係もないわ、ここではね、人はみんな立派なんだから。それからマリ・スラを挑発するために、女たちは彼女がいるときに、お手伝いを雇うことの難しさや、あの役立たずの連中の慎みのない思い上がりについて、多くの証拠に基づいた議論をおこなった。マリ・スラはもはやどうやって悪口を叩いていいのか分からなかった。彼女は少しずつマチューのなかに避難していった。手紙を書き、手紙を受け取ることへの熱中はやがて彼女が経験した過剰に匹敵した。書簡時代が訪れた。マチューは〈大いなる不在者〉になった。というのも、以後、彼女は他所のうちにマチューの痕跡（トラス）を辿ることができたからだ。その沈黙によって現前するマチューは、手紙を書いている当人とは別人だった。これは二人のあいだに相変わらず横たわる劫罰だった。だから、以前と同じく、二人は、距離と無理解をつうじて、理解されないという愉悦を相変わらず感じながら、接近するのだった。マリ・スラはこのころ、世界はこうした快楽の劇場だと想像していた。マチューがいる邦がどこだろうと、われわれは、彼がいまいる邦からやがて別の邦に行くのだと思い描くことができた。世界中の邦々が、われわれの欲望のなかで姿を現した。彼女は毎晩、テレビが放映する唯一のチャンネルを見ながら、バリ島のダンスや、エスキモーの邦での狩りや、バントゥー族の村での通過儀礼の儀式や、アンデス山脈でのフルートの使い方についてのドキュメンタリーなどをわずかに拾い集めていた。しかしながらマチューは、自身を養分とするような計画に従いながら、世界をじっさいに駆けめぐっていた。そのようなわけで彼はマリ・スラに過剰なほど文学的な文書をいくつも送るのだった。彼女はそれを笑い飛ばしながらも、少しは感心し、人が明晰でありつつここまで熱しやすくいられるということに驚くのだった。ヨーロッパについて（「もっとも青白いものは彼らが実に愛想の良い透きとおった調子でぼくたちについて話すのを聞くときだ。彼らはぼくたちに同胞愛のメッセージを投げかける、お気に入りの動物を撫で始めるような、ぞんざいな同情を示しながら。だが、大地にのしかかるその動物の身体はもはや見ることはできない、目に入るのは、その動物が周囲に生み出すあの気晴らしのたぐいだけだ」)。彼女は、あんた、ずいぶんとほら吹きね、と返信した。アフリカについて(「おのれの肉体が悪化していると知り、おのれの周囲に――きつい悪臭のうちに――音の蔓を編み、最終的には、手にしてみると忍耐と沈黙の重みを感じる無限の岩に出会う人のような」)――締まりがなさすぎるし、詩人気取りね。アメリカスについて(「ぼくの作中人物の想像では、彼が詩（ポエジー）と命名するもの――詩の実体はたしかに周囲の根と根元をつうじて彼のもとに分泌されるのではないけれども、他所の風をつうじて彼のもとに運ばれてくる。あるいは、根と根元のかたくなな不在から彼のうちや彼の周囲に滲み出るかもしれない――は枯渇を脅かされるところまできている。このために彼は頭の中で書き、ページの上でわめいた、もちろん取り違えてはならない二つの操作だ。彼が決して出すことのなかった手紙はこう始まる――親愛なる同志（コンパニエーロ）よ……」)――事実に赴くにはだらだらしすぎている。世界全体と交流するのは難しいわね。マリ・スラはこのように、自分のつけた目印のみを手がかりに、旅をしていた。マチューは、まあまあな批判精神だ、と相手をやりこめようとした。彼女はマチューが訪れた場所を描いて見せると、マチューは彼女が正確に見ていることを認めずにはいられなかった。このあべこべの手紙のやりとり(マチュー・ベリューズのほうは、世界に接触するために立ち去った邦――小ギニアやロッシュ・カレ――のことを思い起こし、マリ・スラのほうは、その思い出がまだ古びてないことを請け合った)は、儀礼的におこなわれていた。この儀礼的なやりとりをつうじて、彼らは、イダのことには触れないでよかったし――そうすることで力が得られる――、イダを話題にするときでも、普通の人を話題にするのに適したあの当たり障りない調子でおこなえばよかった(イダは元気よ、お祖母さんはイダを甘やかしすぎね、イダは絵で五つの賞を得たわ――そのあとには、イダは小屋を建てたいそうよ、お父さんが幽霊船の船長(フライング・ダッチマン)になったのかもと考えてるわ）。それというのも、二人は、本当に話しかけることのできない、世界中でただ一人の人間がイダであると知っていたからだ。イダのことで心配なんかしたくない、そうマリ・スラは書きとめる。ベリューズ家がいつでも勝つんだから。そして、イダに惜しみなく与えてやれなかった、あのありったけの心遣いを取り戻そうとするかのように、マリ・スラは職場の同僚のために夕食会や、女たちの外出や、政治や幸福について議論する場などを企画したのだ。招かれた女たちは自分たちの夫の欠点のことを語ったりした。彼女たちは笑ったり、打ち解けた振舞いを見せ、秘密を暴露したり、行き過ぎた挑発をおこないながらも、その裏ではすっかりノイローゼになってしまったために、この会はやがて破裂（それ以外に言葉が見つからない）してしまうのだった。メンバーの一人がこれまでで一番派手なパーティーの晩の真っ盛りに（子どもたちは就寝し、男たちはどこにいるのか分からないころに）パニックを起こしてしまったことがきっかけだった。一緒に堪えるには、払わなければならない努力が大きすぎた。女たちはそれぞれ、この会よりはるかに控え目なストレス解消措置に戻ることにした。マリ・スラは、最初は工業製図を、次いで大豆栽培を何が何でも修得しようとした。そうすることで、商業法の謎に辿りつこうとしたのだ。〈大いなる不在者〉はこうした彼女の一時の熱中をからかっていた。彼がむしろ薦めたのは、彼女がかつて暮らしていた場所を訪れ、当時の川にわずかでもまだ水が流れているのかを確かめることであり、彼の予言では、沼地の水はもう一滴も残っていないはずだった。予言は的中した。ずいぶん前から水は干あがっていた。大コンゴのことも小ギニアのことも、もうだれも一切話題にはしなかった。この地区の放浪人が何人か集まってバーのようなものを始めていた。そこでは、晩が来るたびに、それぞれが、各自持ってきた酒を呑むのだった。常連は踏み固められた地べたに座るのが普通だった。その地面を取り囲む、形の整わないいくつかの柱が、数枚のトタン屋根を支えていた。どんな奇跡が起きたのかは知らないが、天井近くには電気の明かりがちらちらとついていた。われわれはよくこの酒場（プリヴェ）に通っていた。そこではフランス旅行から帰ってきた連中が自分たちの冒険をうそぶいていた。だれが一番燃え立つ冒険譚を話すのかを競うのだ。雪は砂糖の味がする、エッフェル塔は左向きに傾いている、ピガールの女たちは防寒対策した乳房をしている、エレベーターなしで六階に上るなんて凝灰岩の塊を舌ですり下ろそうとするようなものだ、云々。一番競われたお題は、島の政治家たちを、聞いたこともない比較でもって、評価することだった。完璧な公平性が保たれることで、これらの政治家評が口論の種になることは一度もなかった。けれども、サッカーの試合や自転車レースになるとそうはいかなかった。これが習慣になると、酒場は毎晩開くようになり、元パリジャンに言わせれば、ここはパリのバルベス地区だった。こうしてバルベスの名が小ギニアにとって代わった。ある夜、二人の会員が、岩を投げるという奇妙きてれつな方法で喧嘩をしたため（二人は、森のなかで、物陰などに隠れたりせずに、むやみやたらに投げていたから、われわれは投石の威力を、その音と衝撃で見当をつけていた）、また別の事情通が判断するには、バルベス・ロシュアール〔パリのバルベス通りとロシュアール通りを合成した地下鉄の駅名〕に本当に釣り合うのは（ここでは）バルベス・ロッシュ・トンベ〔ロッシュ・トンベは「落ちた岩」の意〕に違いなかった。ところがその後、この広大な世界をずいぶん知っている、とある自慢屋が、この一帯が狭いことに気づいて断じるには、ここをバルベス・ル・ムショワール〔ムショワールは「ハンカチ」の意〕と命名しなければならなかった。この一番最後の名前が残ることになった。こうした名の変化は大した意味をもたなかった。ただわれわれだけがこのことをおかしがって、それらの名を自分たちの話の種にしようと覚えておくのだった。その意味ではティ＝ルネ・スラがカイエンヌ〔南米ギアナの中心都市〕からここにやって来たことがまさに革命だった。彼女は自分が蟻を飼いならす人物の子孫にあたることを覚えていた。両親や友人だと推定される人たちに会おうと、この一大冒険に躍り出たのだった。バルベス・ル・ムショワールは終わらない晩への権利をもつ会員として彼女を受け入れた。彼女はこの場所のほかの女たちを酒場に誘い込んだ。どんな男どもよりもおしゃべりな彼女は、スシ・スラの息子たちが金の密売で裕福になったこと、重要人物にのしあがったその息子たちが冒険（アヴァンチュール）を求める白人やブラジル人の女たちのために破産してしまったことの仔細を語るのだった。小ギニアの荒くれ（マジョール）どもは周囲から彼女の親族を募った。その要請はマリ・スラのもとまで届き、彼らはマリ・スラとそのいとこを引き合わせようと彼女を招待した。それから荒くれどもはこう言うのだった、二人ともパパの器をした女だ、引き離したままにしないとまずいぞ、遠くに、なるべく遠くにな、じゃないと大地は火に包まれる。ティ＝ルネ・スラが南米ギアナのことを説明すると、マリ・スラが説明を補うのだった。空想の旅行家が言うには、自分の親類は魔女（アンガジエ）であり、どんな遠くでも彼女には視えるのだった。それから、ティ＝ルネ・スラは、ここにやって来て革命を成功させた（女たちを酒場に押しつけること）のと同じすばやさで、忽然と姿を消した。彼女の置き土産は、森にはサルが、川にはワニがいる、雨の止まない蔓の邦だった。こうして置き土産を引き継いだそれなりの数の女たちがその場でバルベスの夕べを開催することに決めた。彼女たちはマリ・スラが「毎週最低一度は夕べに」来るよう頼み込んでいた。ティ＝ルネの一時滞在は、南米ギアナの土地での金の密売という、すばらしい思い出も残した。バルベス・ル・ムショワールでは一人ひとりが、一歩も動かずに、その精神をつうじて、あるいは言明をつうじて、先住民（インディオ）のもとを旅した。森のなかの数々の危険と、あれこれ考えられる脱出のチャンスを粉飾しながら。マリ・スラの農村部への旅はごく当たり前のことになっていた。じっさいにも、少し前から、みんながみんな自分たちの原点に立ち返っていた。公務員は、タクシーとバスに闇で投資を続けながら、土地の一角を買い、ヤム芋を植えさせ始めていた。われわれのうちの一部は、土地と家畜を昔から商売にしてきた強情なクーリの子孫であり、親の世代とは違って簿記を学んだり、中等教育を受けたりしていたから、たとえどんなものであれ白人（ベケ）の手から免れた庭園を売らなかったのは言うまでもない。三位一体ムラート（あまりにも混血（ムラート）だったために「三位一体ムラート」と呼ばれた）でさえ、いまから二〇年か三〇年か前に、「都会」の路上で暮らすか、これ見よがしに歩いて、その晴れやかなズボンとフロックコートで、荒くれものどもをびっくりさせて動けなくするほど魅了した（わき下で留めているような、おなじみの服の一着――一着のボレロ〔前を開いて着るウェストより短い上着〕――をはおった市場の物売りの女は、彼を挑発するのだった、丈の長さのバランスをとるために、彼のコートでもって自分の上着に「男物を通して」みたくはないか、と）、あの三位一体ムラート氏でさえも、いまここにいたとしたら、サツマイモの葉っぱの刈り取り方や小粒豆（ポワ・ダンゴル）の守り方をとりあえず見てみるために、小山（モルヌ）に上るのを承諾したにちがいなかった。ただ結局のところ、何かが欠けているように思えるのだった。われわれが活発に働き、効率よく、近代的に、備品を揃えるまでになっても、何かが欠けていた。われわれがどんなに新製品を操れるようになっても、何かが欠けていた。そして、まさにこのころだったのだ、マリ・スラがわれわれのもとを去ったのは。彼女は旅立ったのだ、まさにマチューが世界中に旅立ったように。旅立つためには、船や飛行機に乗ったりする必要があるわけじゃない。

ゆっくり立ち去ればいいんだ、過ぎ去る日々のうちへ、白日のもとには現れない過去のうちへ、あらゆる反響が聞こえる至福のリトルネロのうちへ。何だってするのさ、仕事でも、カーニヴァルでも、選挙でも、本当は何もしないで。こういうわけで、マリ・スラがわれわれのもとを去ったとすれば、あるいは、そのことでわれわれが激しい苦悩をわずかながらでも意識しはじめたとすれば、周囲からあまりに多くが失われてしまったということに、われわれが目を向けたからだった。結局のところ、われわれは自分たちの工場をどうやって動かしていいのかも、工場が動かないという恐るべき空白の代わりに何をすべきかも、知らないのだった。われわれには気晴らしとして代わりの仕事が割り当てられるのであり、そんな楽しみは結局は堪えがたくなってうんざりするのだった。マリ・スラは周囲から距離をとっているように見えないよう、あの念入りな用心をいつも怠らなかった。息子たちに忠告することにも、新しいケースだと予想されるイダに歩み寄ることにも、悲愴なほど懸命だった。人とは違うという独自性を示すことへのこの恐れが、社会における彼女の資質の多くを決めていた。パトリス・スラはどうであったかというと、他人よりも速くあろうとした彼は、若者特有の徹底的な憤怒を使い果たしてしまったのだった。若者たちはこの憤怒をつうじて自分たちが受け継いだものを乗り越えるし、継続する。だがパトリスは、何も受け継がなかったようだった。ある日、彼はシルヴィアという彼女を紹介してマリ・スラを驚かせた。彼女は、この若い娘が見せる慎み深さに惚れこんだ。魅力的なクーリの娘さんだね、それからパトリスに言った、あんたにこんな人間味があるとは思わなかったよ。すると彼は顔を真っ赤にして尋ねた、母さんが魅力的な黒人（ネーグル）の娘さんだなんて一度だって言われたことがあったかどうか、と。ああ、あたしだっていまだにそう言われたいさ。彼女はシルヴィアだ、それだけだ、以上、そうパトリスは話を切りあげた。マリ・スラは、ピタゴルの祖母がマンゼ・コロンボと呼ばれる一人のクーリとなって過ごしたこと、それからというもの、この手のことでもうだれも怒る必要はないことを説明した。パトリスは彼女にキスをして、人にはいつだって怒る理由があるのだと言った。あたしがお願いしたいことは、あんたがあたしに買わせたあの車輪付きの悪魔蠅（ベルゼブブ）に乗ってスピードを出しすぎないで、ということだけさ。母ちゃん、悪魔なんか信じるなよ。シルヴィアをいろんな妄想（フォリ）のどれひとつにも引き込まないでくれ、頼むよ。母ちゃんは何でもすごいけど、若い人を理解するってことに関しちゃ最低にもほどがある。イダ姉さんがいてくれたら、往復びんた（パラヴィレ）〔頬を二度叩く、平手打ち［著者註］〕をあんたに二発くらわせてくれるのに。イダはおれに絶対触れたことがないんだから、今日からそうするなんてないね。あたしが言い負かされるのを許すなんて、どうしてだろう。母ちゃんが進歩とテクノロジーを認めてるからだよ。後生だから、スピードを出さないでくれ、右も左もよく見るんだよ。それから、このマリ・スラの正面もね。それから、パトリス・スラ自身の正面もね。同じモデルを繰り返すこれらの会話は、母親をくたくたにさせたが、息子には励ましになったか、あるいは少なくとも、気持ちを和ませる儀式のように、彼に影響を与えたのだった。そうすることで彼は、外ではどこであろうと拒んできた言葉のやりとりをたくさん蓄えていたのだ。それから、彼は悪魔蠅に乗って再び出かけ、無限に向かって没頭するのだった。マリ・スラのうちでは疲労状態が勝った。彼女は日中に海に出かけても、晩にテレビを眺めていても、もはや無感覚にはなれないほど疲れていた。頭がぼんやりして歩道でよろめいたり、開いていたはずの本がベッドの下に紛れ込んでしまったりして、あらゆることが、生活の機械的な繰り返しをつうじて、穏やかな残酷性とでも言うべきものと一緒くたになっていった。彼女は鮮烈な友情をいくつも結びながら、やがてその友情は執拗な嫌悪感に貫かれるのだった。この邦を駆けめぐることでは彼女はもはや満たされなかった。見なければならないものは、タールで舗装された道路やセメントで建てられた家のはるか遠くにあった。人々の頭のなかを、高地に点在する小屋のあいだを、上りつめなければならなかった。動揺と諦観についに触れるためには。平地の抜け目ない連中（われわれだ、与えられるあらゆる楽しみをすっかり満喫していた）は偽装するのもお手のものだった。マリ・スラは海沿いを一挙に走るのだった。だがいまや一人でいるためだった。われわれのうちの一部の連中は、無感覚に慣れはててしまったために、人生を勇ましく送ろうとしても、つまりはさまざまな義務にこだわりながらも、その差し迫りざまに恐れをなして、本来考えるべきこの恐るべき欠如とはかなさを免れている、そうした連中（そんな連中もおそらくいつかは目覚めるだろう、あまりにも長いあいだ、自分たちの上等な塩水のなかにすっかり浸かりきっていたことに取り乱して）は、彼女をはなはだ迷惑な存在だと見なすのだった。邦はそれほど悪くなってはいないぞ、粉飾してはならない。慢性的な飢饉も、虐殺も拷問も、砂漠も伝染病も、秘密警察（マクート）も殺人部隊も、ファシスト大佐も銃殺執行隊も、われわれの小山（モルヌ）を無人化するために居座っていないではないか。われわれは、パリ計画にしたがって、唯一の敵たる人口急増と戦うために、出生を制限することさえやむを得ない。黒人種は、ほら、すでにして多すぎるのだ。マリ・スラは海沿いのさまざまな場所を走っていた。その場所から、視界が明瞭なときには、北の方角には、その切り立った絶壁と破砕する波でざらつくドミニカ島が見える。また南の方角には、穏やかな砂浜と緑色の平らな海から浮かびあがるような印象のセント＝ルシア島が見える。そして彼女は島々に対して呼びかけるのだった。答えて、ドミニカよ。あんたに話してもらいたい。あたしたちは海に面した高地を知らない。

あたしは帆舟(ヨール)とゴミエ舟を得て、太陽の道を示してもらった、さあ答えて、ジャマイカよ。姿を現しに来て、ダンスに加わるよう呼びかけて、ハイチよ、さあハイチよ。彼女はあらゆる種類の台詞を天性の女優のごとく即興で語りながら、自分自身とこうした演技を笑い飛ばすのだった。とはいえ、自分がこれらの邦を生きている人のように見なして、気難しかったり善良だったりするその人々に話しかけるのは、自分がずいぶん長いことここにやって来て日光浴をしながらも、一度たりとも水平線に、その向こうにもまた同じ小山が繁茂するその水平線に目を向けなかったからだということも彼女は理解していた。本当のところは彼女が恥じていたこうした海での朗読劇の一つ(あたしはもうのうたりんどころ(テーベー)じゃないね、こんな正気とは思えないことをだれも考えつかない)をまさに終えたときである、近道をしているとき、彼女の心は沈んだ。この何台もの車のクラクションは闘鶏場の合図ではなかった、その周囲では鼻をすする人ばかりだった。事故現場に遭遇すればわれわれは走って、夢中になってそこに群がる。口実はある、自分の親戚か知り合いかどうか毎度確かめなければならないのだ。邦は小さすぎる、われわれは内部からついに爆発するのだ。マリ・スラは知った、離れたところに片づけられた、ねじれてばらばらになったバイクを見るずっと前から、道の果てはここだったということを、パトリスがそのからだでその果てを砕いたのだということを。通して、息子なの、と叫びながら彼女は人ごみのなかを走った。彼はいた。われわれが来るのはどこからか。茫然自失の塊が降りかかる夜からか。だんだん弱まっている、常識外れの記憶からか。パトリス・スラは自分の母だと分かり、こうつぶやいた。母ちゃん、おれはスピードを出さなかった。それから、頭を影の方へ傾けた。残りはこの夜のなかに入った。マリ・スラ(ああ、あの娘がパトリスと一緒じゃなかったのはまだよかった、そういう考えが閃く時間はあった）は気を失うと、不規則な動きをする何台ものバイクがひっきりなしに往来していた。それらのバイク全台が螺旋を描いて向かう先では、さまざまな声が行進（ヴィデ）しているが（パ・メニェン・イエ、ジャンダム・カイ・マレ・ウ〔触っちゃダメ、憲兵につかまるよ［著者註］〕）、検死を命じなければなりません、お母さんにとっては若すぎるわ、いやいや、ロト・エピ・モト・パ・ボン・ザンミ〔車とバイクは仲がわるいんだよ［著者註］〕）、その声からは一切血が引いており、青白く生気を欠いたいくつもの声が彼女から力を吸い取っていた。この明かりは、規則正しかったり型どおりだったりする緩やかさと入り交じり、こうして、病院、見舞いに来る最初の友人、死亡証明書、すでにしてお悔やみまで、ことは緩慢なリズムで運んでいった。どうやって彼女がここから脱走したのかはだれも知らない。おそらく策略だ。不幸が極限にまで達した人間は、常識的な人間にはだれも暴けないような策略を抱くのだ。マリ・スラは走った、自分でも分からないところを。しかし、その物腰はとても穏やかで、足取りはとても規則正しかったために、だれも彼女の歩みを振り返ったりはしなかった。真面目な女性が自宅に戻るところなんだな。たぶん車のタイヤが運悪くパンクしたんだろう。それか、たぶん車を修理工に牽引させてるんだろう。彼女は頭のなかを狂ったように走っていた。見た目はすっかり落ち着きはらっていながら、あの壺みたいな町の入江のように、カーブがきつい道路の一つ（どれか？）を上りながら、駐車場で覆われた低家賃住宅（アッシュ・エル・エム）が乱立するなかに紛れこむのだった。彼女は、自分にもまだ分からないヒトかモノを探していた。それはまさに頭のなかの叫びだ。でも何なのか。その叫びが、彼女の行先を決めているようだった。「みなさん、わたしたちは自由の女神像を認めます、自由の女神はわたしたちのちっぽけな悲惨よりはるか遠くを見下ろしてるんですから、でも頭上に生えてる固い羽、あれは許せないでしょうわたしたちのあいだではあれは許せないでしょうわたし

たちのあいだではあれは許せないでしょうわたしたちのあいだではどうですか、みなさん、そうでしょう。わたしたちのあいだではわたしたちのあいだでは」車の運転手たちは驚くのだった、女性が一人きりで徒歩で上っている、彼らは車に乗るよう提案するのだった。マリ・スラは首を横にふった。影の切れ目、陽射しの切れ目が頭上を通りすぎていった。火炎樹（フランボワイヤン）の花々が道路に刻み目を入れていた。なぜこれほど遠くまで探さなければならないのか。この土地の空間のなかへ、積み重なる昼と夜のなかへ、これほど遠くまで。わたしたちのあいだを。わたしたちのあいだを。突然、光が砕け、叫びが形を帯びた、彼女は綴りを口にした。O（オ）・D（デ）・O（オ）・N（エンヌ）・O（オ）。彼女は叫んだ。オドノ、オドノはどこ？　マリ・スラは分譲地の中心にいたが、その場所を知らなかった。青緑色や黄色をした波打つ屋根が反射して、ところどころ途中までしかない歩道がある一角を染めていた。大きく膨らんだセメント（子どもたちはその気質に応じて横たわった憲兵とか原子爆弾などと呼んでいた）が狭い通りを塞いでいた。個人の戸建ては六階を数える背の高い直角型団地に混じっていた。団地の入口は、道の窪地にあって、時どき、異様な深淵が開いているように見えるのだった。マリ・スラは叫んだ。オドノ、オドノはどこ？　彼女は、奥まっていない建物の一つのなかへまっすぐ入り、壁側にある階段を三階まで、より正確には、彼女がここが三階に違いないと思ったところまで上がると、扉を叩くかインターホンを鳴らすか扉に物音を立てるかした。一人の婦人が扉を開けて、その場でもてなした。マリ・スラは、居間のテーブルで女の子が学校の宿題をしているのをかいま見た。オドノ、オドノはどこ？　驚いた婦人は、娘に尋ねたのち、戻ってきた。「いいですか、わたしたちは借りている人たちの名前は知りません。オドノさん？　いや、会ったことありません。でもその方のナンバープレートをご存知でしたら、どこに住んでいるのかきっと分かりますよ」マリ・スラはこの三階から転落した、すなわち階段の最初の段に崩れ落ちた（婦人は慎重に扉を閉め直した）、叫び続けながら。ナンバープレート、ナンバープレート。

不透明の岩

オドノ・スラはその名前のせいでからかわれながらもじっと耐え忍んだ。彼はそのことで母をやんわりと責めるのだった。母さんはぼくに一生の徴をつけたんだね、この名前で。われわれはわいわいからかった。オドノのことが好きだったからだ。しかもこの名前は早々にドヌーへ転じて、学校でもドヌー・スラだった。そんなわけで、われわれはその馴染みのない起源のことを忘れてしまったのであり、少年はもうオドノと呼びかけても応えなかった。母の家や、彼の親友がほんの少しからかいたいときをのぞいては。彼は雲のなかで、台風（サイクロン）のない空に映る、兄の影のなかで暮らしていた。いやむしろ、彼は台風と地震の数々を、一種の恩寵でもって通過していたのであり、その恩寵のうちには、彼の遠い祖先であるリベルテ・ロングエの軽やかな悲劇が、それがあらゆる記憶から徹底的に消されなかったならば、認められるはずだった。オドノは素潜りの漁に熱中していた。といっても、他の若者たちが素潜りをスポーツとして楽しみ、大魚のメルーやヴィエルジュ〔いずれもハタ科の魚〕を掴まえたり、それがだめなら、岩場の三・四メートル下を細やかに動く小魚マリニャン〔イットウダイ科の海水魚〕を掴まえたりすることに満足するのに対して、彼の場合は、海中にいて夢想するのが好きだった。われわれは、ついに、あれやこれやの仕方で、あまりに近くてあまりに見知らぬこの海に戻ってきたのだ。ドヌー・スラはそこに下りていったのだ、われわれが踊り、そしてわれわれが忘れる、この青に浸るために。彼が海に行き、その海面下の影のなかで時間を過ごしていたとき、マリ・スラは、海とは、とりわけ陸地がちりばめられた広がりだと思っていた。同じ力が二人を押しやるのだった。ドヌー・スラが漁から戻る、つまり、怠けて海中をたゆたうことから戻ってきたとき、彼は、兄の死、母の失踪の知らせを受けた。若者は遠くで暮らしていたのであり、この不幸は彼のもとには届かないように思えた。大抵の場合われわれなら神経過敏になりながらそそくさと終わらせるこうした埋葬の務めを、見た目には、彼はじつに整然とやってのけた。何人かはそれに悲しんで、ドヌー・スラには感情がないのだと説いた。やがてそれが全般的な意見になった。いわく、彼は海面からはるか下の、心臓も神経もない貝殻に囲まれて眠ってしまったのだ、と。けれどもドヌーは自分の務めを勇敢に果たした。彼は母を見つけ、看病しつつ、彼女を、埋葬のつらい気苦労や、友人たちの注意関心や、近親者のいわば稼業といえる慟哭の声から守った。少年たちの父がすでにずいぶん前に邦を去っていたことをわれわれはその時に知った。イダ・ベリューズは、自分が暮していないこの家の主人であるように思えるほどまで、弟を手伝った。マチュー・ベリューズは世界のどこかにいたが、このころには行方はつかめなくなっていた。マチューは不幸のためにいるわけではない、彼をほっておくべきだ、そうマリ・スラは陰鬱な調子で言い放った。イダ・ベリューズは抗議して、いったいあとどれだけの時間、女たちはすべてを引き受けなければならないのかと言い返した。マリ・スラには微笑むだけの忍耐力があり——通夜が終わりかけるころだった、残っていたのは、椅子にまっすぐ腰かける祈り女たちだけであり、その他の列席者たちは、パタンポ〔肉と野菜を煮込んだスープ〕を食べて、ヴェルモット〔香草やスパイスを加えた白ワイン〕と黒すぎるコーヒーを飲んだら立ち去るのだった——、自分の娘イダ・ベリューズには学ぶことがたくさんあるとささやくのだった。二人が繰り広げる議論はどんどん加熱していった。双方とも言わせたままにする質（たち）ではなかった。ドヌー・スラは少し落ち着くよう頼み込んだ。彼が得たものは、この夜かぎりでなく、それ以後も続いた。それは軽やかな空間だった。このなかでは喪の期間それ自体があらゆるもの（動作と声、落ち着いた手と急いだ足取り、慣例化した微笑と雨ですえたにおい）を幸運な宙づり状態にとどめたままにするのに役立つのだった。多すぎるほどの不幸が和らいでいる。だからこの間は、動きすぎても叫びすぎてもいけない。各人がこの時期に没頭したのはそのことだ。ドヌー・スラはこうした一時の静けさを保つのが上手だった。それから彼はマリ・スラを優しく導いた。こうして、彼女は自分たちの生活を取りしきり、二人のために決定を下すことを受入れるまでになった。彼は慎み深かった。その慎みには無関心に似たところもあったが、人が自分に関わらないふりをするたびに落ち着くようだった母にはむしろ向いていた。彼の慎みは打算ではなく無垢を示していた。じっさい、彼に勉強をさせるには助言や叱責が必要に見えるときなどがそうだった。ドヌー・スラが自分を頼りにしているという考えが、マリ・スラを、生活に熱中するというわれわれを、魅了せずにはいられなかった。それはまさに、われわれの昼と夜が一見そうであるほど、まったく取るに足りないわけではなかったことの証だった。夜のパーティーや海への遠足に招待客の一人として彼女を迎えることは、悲惨を求める人やトラブルメーカーなどの不満分子に対する勝利だった。われわれは彼女に、「自分の」田舎へと相変わらず上っているのかと親切にも尋ねるのだった。彼女はしっかり持ちこたえていた。何かが張り裂けそうだと感じるときや、理由も分からずに悲しいときには、彼女はどうしようもなく役立たずのがらくたや、度を超して派手なドレスを買いに走るわけだが、そうして買ったものを、彼女は絶対に身につけず、あちこちの家具の底や、整理棚となりそうなあらゆる棚の奥の方にしまったまま忘れるのだった。われわれには品物が何でも豊富にそろった店が数えられないほどあった。女はみんなそうするんだ、そう彼女は息子に文句を言うのだった。いらいらしたってしょうがない。おまけにあたしはいつでも何か入り用なのさ。どうして平凡なことを言うんだい、お母さん。ああ、平凡なことがあるから耐えられるのさ、いつかあんたも分かるよ、オドノ・スラ。それから、この狂気に必要なお金が足りないときには、どこかのスーパーマーケットに入って、来る日も来る日も荷揚げされるフランス産のあの品々がうずたかく陳列された、商品棚のあいだを散歩するのだった。スーパーは新しい〈散歩道〉であり、〈サヴァンナ〉も、〈埠頭〉も、〈火炎樹(フランボワイヤン)通り〉もそこにあるのだ。しかし、マリ・スラは、だれか知り合いが視界に入るたびに棚のうしろに身を隠していたのであり、この初めての都市的形態を耐えるだけの力を持ち合せていなかった。どうして行くの、ドヌー・スラは心配して尋ねた。いったいそれがどこまで押しやることができるのかを知りたいのよ。それはいつだって押しやることができるよ、そう彼は話を切り上げた。それから、彼は海底に向かってまた去っていった。マリ・スラは考えるのだった。それ。それ。あたしたちはそれしかもってない、それに素潜りの漁、オフィス、あたしたちの上に降りかかろうとしているのは何なのだろう。普段、彼女はこんな風に話していた。けれどもドヌー・スラは水面下にいることがだんだん長くなっていった。一人で海底に向かう傾向のあった彼のことを仲間たちは観察していた。目まぐるしく蛇行したこの数年に追いつこうとするようだった。パトリスがあのトラックとぶつかった最後のカーブのところまで。彼はこの海の青のうちで時間を増やしていたのであり、時間を逆方向から下ることで、兄や、忘れられた何らかの認識と合流しようとしたようだった。われわれは遠くから眺めており、だれもあえて口に出したり考えたりしなかった。じっさいには無理だ、どこにも辿りつくわけないじゃないか、と。どこにも。ある日の午前中、ドヌー・スラが海から戻ってこなくなったことをのぞけば。友人たちが海面から二メートルの付近でただよう彼を見つけた。事故死にはつゆほども思えなかった。夢を見ているようであり、漂っているようであり、彼らを待っているようであり、われわれ全員を待っているようだった。彼が海底で発見したか、そこで見抜いたかした、われわれにはその位置さえも分からない何かを、もしかしたらわれわれに示すために。われわれはあえてこの知らせを広めようとせず、このことを話題にしようとしなかった。ばかげているが、われわれはこの知らせをマリ・スラのもとまで運ぶのを恐れているようだった。われわれはその話をあえて語ろうとしなかった。あれから数ヶ月が過ぎたいまでもまだ、われわれが一番ためらうのはこの話の場所なのである。家に向かう道すがら、数えられないほどの迂回をでっちあげながら、われわれは勇気を探すのだった。何であれ言うべきことをそうせずにただそこに立っている、その勇気だけでよかった。しかし、マリ・スラはすでに海の底にいた。人々が言うには、彼女はドヌーの遺体を見るのを拒み、海面に、その深々した海面に向かって何かをたどたどしく言うと、無気力状態におちいった。イダ・ベリューズに告げる方がよほど楽だった。イダ・ベリューズは前向きであり、言葉のなかで身動きがとれなくなるようになるのは無駄であるということを、われわれに分からせてくれた。それから少し経ち、われわれは、言うなればわれわれの共通の自由時間の核心をなすものに触れて死んでしまったあの二人の少年〔パトリスとオドノ〕のことを思い起こすのだった。そして、今度はわれわれの方が、二人に対して、世界とその荒廃も、土地とその驚異も、各地の民とその苦難も、何ら知ることもなく世を去ってしまったあの二人の少年に対して、平凡な言葉を積み重ねるのだった。しかし本当は、マリ・スラに向かって、われわれの知るところでは世を去った二人の不在の生活を伴いながら、そのすぐそばで生活していたマリ・スラに向かって、われわれは語り続けていたのであり、彼女のさまざまな不幸を思い返していたのだ。ただ、その痕跡(トラス)を果てまでは、つまり、すべてを説明しながらすべてを分かりにくくするあの始まりまでは、辿ることはできずにいた。われわれは、彼女について、自分たちがずっと予感してきたことを告白し始めた。植物や大きな木を育てる才能がある人々がいるように、不幸に恵まれてしまう人々がいるのだ、ということを。われわれの理解するところでは、マリ・スラが懸命に努力して平凡なことに馴染み、普通の生活者のように見せようとしたのは、シナ・シメーヌとピタゴルにつきまとっていると彼女が感じた、あの影を断つこと、唯一そのためだった。このように彼女が落ち込んだまま、オドノを見た？と一人ひとりに尋ねるとき――われわれのうちの何人かは見抜いていたのだ、彼女は次男ではなく、辿ることのできない血族の最初の人を探しているのだ、と。その人物は大人のままはるか昔にこの邦にやって来て、その痕跡は、彼女をふくむ何人かの苦しむ人々にとって以外は、失われてしまったのだった。われわれにはこう思えるのだった。今度はこの邦（根こぎにされた木々、失われた名前、変質した声、消えたリズム）が彼女の内部にうずくまり、あちこちをうずかせるあの際限なき空虚によってまどろんでいるものの、最終的にはこの邦は彼女の内から芽吹き、彼女を新たに押しやるだろう、と。そしてある日のこと、あたしたちは子どもたちをずっと以前から殺してきた、母親は生まれたばかりの子どもを窒息死させ、兄弟は兄弟を売り渡すんだ、そう彼女は叫んだ。近隣住民はもうそのことに耐えられなくなった。彼女の症状が溢れ出る不幸から生じたことから、それを錯乱と呼ぶのに同意したのも、同じ住民だったが、この錯乱が告発めいた様相を呈し始めてからは、彼女に対して情け容赦なく応えるようになった。彼女はいまやおれたちを罵っている。彼女の身に起きていることには責任なんかないね。子どもたちを見張ることをしないのは、そんなことできないからよ。しかも、彼女が語っていることなんて何一つ分からない。マダム、ムッシュー、説明してくれませんか。いったい何なのですか。そして、ねえ、あんたはいったいどこにいるの？　とマリ・スラが尋ねるとき——人々は振り返って、笑い、力いっぱい叫ぶのだった。船の〈修理所(カレナージュ)〉行き道路だな、〈砲塔〉湾の入口のな。おれたちの邦々は〈修理所〉を常備してるよ。ある不明瞭な欲求から、われわれのうちの一部、すなわち、この不幸の果てでためらっている一部のわれわれが、マリ・スラのこの情熱を見極めようと、われわれを来る日も来る日も困憊させる不確かさに結びつけてみるのだった。そのようなわけで、各人は心中でこう言葉を発していたのだ、彼女の苦しみが終われば、この耐えがたい満足感もまたわれわれにとって終わるだろう、と。それは、われわれがいまだに何一つ知ることなく知っていた、自分たちがどこに行くことも妨げない、われわれの得たわずかばかりの戦利品に過ぎなかった。だからわれわれは、彼女が回復し、闇のなかからはい上がる姿を見るのを絶対に諦めなかった。この信念は、われわれが彼女を、その痕跡(トラス)のうちに打ち捨てることを許したものであるからこそ、ますます強まるのだった。するべきことは何一つなかった。

少なくともわれわれはそう感じており、この討論のなかに彼女を巻き込んではならないけれども、よみがえったどのような力なのかは分からないが、その力によって彼女が再生するのを見抜いて安心していた。一人きりになったマリ・スラは家の戸口の手前でますます落ちこむのだった。イダ・ベリューズがドヌー・スラの死から間もなくしてマリ・スラの家から出ていったからだ。精神的圧力が強くなりすぎてしまったのだ。イダ・ベリューズは、ある時、この眩暈の外にすっかり出てくるよう母を説得しようとした。するとマリ・スラは、自分たちはお互いに正しいのだ、立ち去るというイダも、とどまるという自分も正しいのだと、それ以上の説得力で、娘を説き伏せた。こうしてイダは立ち去り、マリ・スラは自宅近辺の路上に出没し、通行人に声をかけるようになり始めた。心配したピタゴルは、姿を見せないよう、遠くから彼女をつけていた。われわれは昔を思い起こしながら、立場の逆転がなされたことに気づいて驚き悲しむのだった。いまや娘のほうが分別を失い、父のほうが善きサマリア人のごとく見守っているということに。そうしてピタゴルに見守られるなかに彼女が、母親たちには、子どもを窒息死させていると、兄や弟には、自分の兄弟を領地（アビタシオン）のラバ呼ばわりしていると、呪詛の言葉を吐き続けられるのも時間の問題だった。あの女は何を言っているんだ、本当にいったい何を言っているんだ。われわれはそのころのマリ・スラの見解を覚えている。彼女はあまりに巨大な無秩序のなかに打ち立てられる周囲の秩序に異議申し立てをしていた。全員一致で彼女に下した結論は、こんな考えを抱いていればそう遠くないうちに狂ってしまう、というものだった。何人かは彼女を守ろうとして防壁を作ったが、そのはかない防壁ではなんの抵抗にもならなかった。苦情がオフィスに次々寄せられた。だれもが裸になるのを、われわれが自分たちの真実を否認するために着飾っていたこの服をだんだんと脱がされるのを恐れていたのであり、だれもがあのぬるま湯に浸かった安心感を好んでいたにもかかわらず、その隅っこでわれわれは、そうしたくないのに、無理やり不眠を強いられていた。マリ・スラはわれわれを眠らせてくれず、服を撥ねつけるのだった。服ではなく、その締めつけを。われわれは、息子たちの喪失だけではないと踏んでいる《それ》に彼女があまりに激しく冒されていると感じており、そのせいで彼女が普通ではない様子を見てきた。人々を動揺させたり、また別の人々を怒らせたり、何人かの変人に対しては不安に晒さないように彼女は、機械的すぎる笑いで揺さぶったりしていた。ある人々は、パトリスとドヌーのことを突如として忘れ、「彼女は狂ってなんかいない（イ・パ・フー・パ・アン・フォワ）、ふりだ（サンプラン）、ふりをしてるんだ（イ・カ・フェ・サンプラン）」、と叫ぶのだった。その輩は、彼女には人が思っている以上の隠された理由があると感じた一方で、こうした危険な動機に賛同するわけにはいかないと言いふらした。これらの演説は、マリ・スラのもとに及ぶ間もなく、彼女を囲い込んでいた。病院送りにするという公的な決定がとられた。彼女はなすがままだった。救急車が迎えに来ると、一言も発さず、身の回りのものも一緒に持っていた方がよいですよと忠告した看護師に目もくれず、彼女は乗った。救急車の運転手は回り道をして、買い物を自分の家に置きに行った。運転手の子どもたちは、薄布のカーテンに遮られた小さなガラス窓から、中をのぞき込もうとしていた。看護師は、子どもたちが立ち去ると、カーテンを開けた。救急車というこの白い繭（まゆ）の底からさえも、マリ・スラは、その場所を、ただ見るよりも深く感じた。道は（じっさいは上っていたものの）沈んでいった、森の果てしない眩暈のうちへ、その原初の湿気のなかへ。われわれの身体を、騎兵隊の行進のような騒々しさで突き抜けた、絡み合うそれ（スラ）のうちへ。〈遠い昔の痕跡〉だ、彼女は言った――あまりに早かったために、看護師は、彼女が喋ったのではないかと疑って、彼女を見つめた。道中、竹林がきしむ音を立てていた。竹林のある場所で、男が磔になっていた。男は、自分を縛りつけている木の茶色がかった緑の樹皮と見分けがたいほど、竹のように見えた。近づいているんです、そう看護師は言った。この逃亡劇を説明するようでも、なんだか釈明するようでもあった。車は墓地の小道へ入っていった。稜線の屈曲に比して平らな建造物の悲しみがカーテンの薄布にまで浸ってきた。車を下りて、階段を上り、目を開けたままでいなければならなかった。救急車はアクセルを強め、再び発進したが、マリ・スラはいまだにオフィスの入口に突っ立ったまま、山の巨大な森の影が、巨大な箱物（彼女の警護係が腕にそっと触れて、中に入るよう招いていた）を囲繞する渓谷の乾いた暑さを喰い尽くすさまを静かに眺めていると、今度は一台のパトカーが斜面を上ってきた。またシェリュバンだ、看護師は言った。男は、二人の警官に挟まれて車を下りながらも、その動き方によって自由に見えた。まるで、常連の男が怯えきった二人を現場に立ち会わせるかのようだった。突然、彼はこう叫んだ。「家族の声、おれの血とおれの家族（彼は一挙に解き放たれた、どうもマリ・スラに向けた一瞥によってスイッチが入ったようだが、朗々と喋るあいだ、彼女には背を向けていたのだ）、おれの実のおばから生まれたマリ＝デジール、鶏小屋（カロージュ）にウサギを四匹以上は絶対に飼えなかった、あのでぶの風来坊テルジマスの娘だが、そいつは左肩がフィデリにそっくりだったんだ、超有名人のノルベールの妾だよ、足の親指一本でラギアを踊るあいつさ、で、あいつは困り顔のアナテーム・エフライズの正真正銘のまたいとこだって話さ、激ヤセ体質のせいでやつれ果て、死んだ日には塵になったからだを集めなければならなかった女のな、で、マリ＝デジールはテルジマス化したんだな、乾季のまっただ中に幸せ者オディベールに出会ったせいだ、それでマリ＝デジールは、骨抜きした牛の足とおしゃぶり骨髄入りの脂身たっぷりスープをオディベールに差し出したんだが、それが終わるとオディベールはマリ＝デジールに言ったんだ、欲望（デジール）とデジラード島〔フランス領グアドループの離島の一つ〕と混ぜ合わせてもおめえさんには及ばない、こうしてこいつはからっぽになって、二三個のぶっとい骨と小骨だらけのこれっぽっちのスープみたいに作られるか欲しがられるんだが、こいつはどのオディベールだい、オディベールなんていっぱいいるけど、このオディベールは完全直系直接の子孫であって、シェリュバンが愛で生まれた日から人生を捧げてきたこのオディベールは二〇年の三倍のあとに主人としてイジドール化したんだ、ほらほら、さあこれが光だ、目を焼いてしまえ、この光がおめえさんを襲って、家族の道の途中で惑わすんだ」——長ぜりふがここに達した地点で、看護師はマリ・スラを連れて行き、車に寄りかかっていた警官たちはその語り口に好感を持ち続け、それから看護師は言うなればマリ・スラを部署から部署に運んで行き、各事務員に対して、入院患者の苗字、名前、年齢、身分、病歴、症状を口早に伝えていった。彼女はある病室に置き去りにされた。その部屋では病人たちが、小石を賭金代わりに使ってサイコロ博打（セルビ）に興じていた。だれかが近づいてくると、タバコをせがんできた。そのあと、彼女は若い医者と向かい合っていた。この医者はパリからやってきたばかりで、目を細めながら話すのだった。マリ・スラはこの医師の唇の動きを細かく辿っていた。突然、彼女は底なしの演説のなかに医師を突き落とした。速度と怒りにのって、言葉は、激化したクレオール語の理解不能なブロックのごとく迫っていった。彼女が演説に費やすそのエネルギーの源はまさしく彼女自身だった。居合わせた看護婦は机のうしろで立ちすくんでいた。若い医者は頭を斜めに傾けたまま、笑みを浮かべるのだった。巨大な森の影は、建物の前のサヴァンナのまんなかで止まり、永久に交わりはしない二つの世界の境界をまっすぐ確定していた。言葉のエネルギーは尽きはじめ、疲れ知らずの声が弱まるのを、医師は注意深く見てとった。「分かりました、分かりましたよ」、そう医師は優しく言った。「わたしは「白人（ソレイユ）」ですし、クレオール語が分かりません。これで満足でしょう？」数日後に再会したときも、マリ・スラはあいかわらず心を閉ざしていた。彼女のケースは長らく審議案件となり、人々は彼女に反感を持ちはじめた。ある朝、実のところ少し突飛なところがある例の若者が、病院中に聞こえるほどの大声でこう叫んだためだ。「もうあの女をそっとしておいたらどうなんだ、あの女が怒っているのをきみたちは知らないだろ」別種の治療法を試すということになった。この研修生はビギンを踊り、太鼓を叩き、要するに、現地民になろうとした。そのあと、彼はマリ・スラに立ち去るように忠告した。「ぼくがあなたならここから逃げ出すでしょう。だからシェリュバンに相談してみてください、プロですから」彼女は聞こえなかったふりをした。しかし、それから夜になると、ある力を肌に感じ、脇にからみついて外に出るよう呼びかける蒸し暑さの一撃に促され、眠っているふりをしていた彼女は宛てがわれた寝台から身を起こし（からだを洗いに行きたくない、自分の衣類も持ってこないでほしいし、どんな訪問もどんな看護もあらかじめ拒否しますと言って看護師たちを遠ざけておいた）、一切の警戒もせずに寝室を出た。夜は耳をくすぐり、マリ・スラは少女時代を思い返して耳を澄ましていると、その強烈な力に満たされ、これまで夜に耳を澄ませてこなかったことに驚くのだった。外では、幾千の虫の音が絡み合い、その果てしない合唱が彼女をあやしていた。廊下では、人々が簡易ベッドで寝ていた。そこで、彼女はシェリュバンに出会った。来なよ、彼は言った。これもまたシンプルだった。彼は調理場のうしろに立ち寄り、ほどなくして戻ってくると、携えてきた一本の大包丁を何も言わずにマリ・スラに見せた。二人は道路を渡り、薮のなかに姿を消した。突然、シェリュバンが、まさしく二人が体当たりでかき分けて進む葉と根の錯綜のごとく、つけ入る隙もない仕方で喋り出した。大騒乱のような完全な無秩序だ。シェリュバンは語る。〈まだおれたちじゃないもの〉はあの獣たちと決着をつけないままなんだよ見てごらん（二人は生い茂る植物のなかに溺れかかっており、夜の絶対のなかへ落ちこむには一メートルもない距離でマリ・スラは足元すれすれの高さに二個の裂け目が黄色かバラ色に輝くのが見えた）地を這う生きもの（ペット＝ロング）は〈まだおれたちじゃないもの〉を逃れてチッチッと後をつけてマングースの群れのなかをさまよっていまじゃ無料（ただ）で映画を手に入れて観賞しているのさ〈まだおれたちじゃないもの〉が歩くのをチッチッ叫ばないといけないぞチッチッ足元にいるんだぞ永遠性質の奈落から距離をとれこの悪魔の生きものどもを喜ばすなよチッチッ〈まだおれたちじゃないもの〉は走って時間を過ごすのさ突起も枝も夜も牙もかわして（二人は森の網の目のなかを疾走していたが、森が上らせているのか下らさせているのか、からだに絡みついてこちらの不注意を利用してこの網の目のなかに閉じこめようとしているのか、皆目見当がつかない）、悪魔は追い立ててくるぞここはどこだと思う市庁舎の中庭だ道路課のディーゼル搭載トラックみたいに中庭に置かれたおめえさんは手足を使ってごみを集めるんだそれからチッチッ身を潜めろ神様の闇と影のなかだちくしょう雷を落としてきたぞ〈まだおれたちじゃないもの〉はごみと悲惨状態のなかに落っこちたこうして二列に並ばされるんだな福祉課と社会保障課の前になチッチッそれから税務課の前になそれからだれかの発砲命令だおめえさんはそいつを知ってたり知らなかったりするが〈まだおれたちじゃないもの〉は一目散に駆け出すものの白昼堂々と銃撃された死体になって役所の列にまた並ばされるがほら〈まだおれたちじゃないもの〉は〈すでにそうであるもの〉なんだチッチッ役所の入口のごみまみれの地面から芽吹くのは〈まだおれたちじゃないがすでにそうであるもの〉なんだなあシェリュバンが何を言っているか分かってるよなシェリュバンの言葉を掴んでおいしいパンのように手のひらでよく吟味するんだこの言葉はだな遠くから来ているんだチッチッあのころよりもずっとずぅーと遠くからだよそのころはトティムも花盛りのうら若い黒肌女(ネグレス)でなシェリュバンは朝露が残るころに言うんだよおーいトティムおめえさんはおれの希望の花だって〈夜中に〈夜の跡〉を辿り、夜空が小山(モルヌ)の上に落ちる、レースのシーツのようなそのさまを遠方の果てに見据えながら、二人は高原に出た。その先はどうも垂直なものが見分けられるだけだった。真っ暗だが、その影から痩せているように見える牛たちを囲う柵に沿って進んでいった。野良犬たちの遠吠えが下から聞こえる。二人は、水分をふきながら、腕と腿にはりついた葉っぱを落とした——しかし、顔のことは忘れていた。顔には、森の木々の枝によって、小枝の仮面が張りついており、山頂の風に乗って少しずつ崩れていった〉それからおれの希望はおめえさんがドゥー＝シューから大コンゴに行くよりも早くオダブツさチッチッしたってもう手遅れさ地を這う生きものは森のなかから出てこない映画は終わりだそんなわけで話を続けるとトティムが純白の羊皮紙のように光り輝いていたときには魂の医師はだれひとりトティムのことを知らなかったんだな反対のことなんて言うなよんさえめおってな言ったらシェリュバンは激怒するぞ〈まだおれたちじゃないもの〉に銃撃を命じるぞバーンバーンだけどもし真実の言葉におめえさんが同意して「そうだ」と言えばシェリュバンは恩赦の文書に署名するぞ地面にキスして真新しいものを知ろうとして役所から芽吹くのは〈まだおれたちじゃないがすでにそうであるもの〉なんだよ。巨大な壁にぶつかったかと思うほどはっきりとこの饒舌の波は止まったものの、五速のギアを入れたかのようなスピードで疾走し続けた。マリ・スラは森の入り江(コエ)のヤック船に牽引されていった。二人に付き添ってきた野生のユリのにおいは、夜のいまや熱してきた空気のなかに消え入りながら、二人をずっと遠くに運ぶのだった。周囲では濃度が、シェリュバンの言葉がそうなるのと同時に、溶けて消えてしまった。残っているのは、ホタルと流れ星の航跡が点々とする軽やかさだった。マリ・スラとシェリュバンはタマリンドの根が伸びる盛り土された台地に出た。小屋の前だ。テーブルは外にあって、どの木材もほとんど芯が抜けたようなのに、奇跡的に立っていた。月が雲の塊のなかから姿を現し、雨に濡れた木々は剥き出しの肉のように輝いていた。お母さん、お月さま、どこにいたんだい。どんな不幸のなかに隠れていたんだい。どんな幸福のなかに。この空の光に照らされた二人の放浪者は小屋のなかに入った。暑さは叫び声をあげなくてはならず、入ったとたんに汗の洪水が二人を襲った。釘がとれた床板があちこちに反り立っていた。ヤシの木の枝が一本、鋲にひっかかったまま、奥の壁にぶらさがっていた。遠くの影からレースが見分けられた。マリ・スラは一方の隅に座ると、シェリュバンはその反対の隅に座った。シェリュバンは、敵対的で、口を閉じ、膝に大包丁を置いているのだが、そのさまは、いまにも連れ合いを襲い、ずたずたに切り刻む準備をしているかのようだった。こうして時間は下り、二人を運んでいった。マリ・スラとシェリュバンは、深い沈黙のなかに分け入り、自分たちの精神の裏面に達した。月は、ワルツを踊る灯台よりも優雅に、隠れては現れるのを繰り返していた。マリ・スラは、ほとんど唇を微動だにせず、汗を飲んでいた。時間は、ろうそくの油脂や赤い土やよく浸ったマニオクのように、二人をやわらかくしていった。朝の静謐がその冷気を四方に行き渡らせれば行き渡らせるほど、屋根のトタンはパチパチと音を立てるのだった。シェリュバンがついに呟いた。いいか、おめえさんは子どもを亡くしたんだ、で、頭のなかで獣がぐるぐる回っているんだ。シェリュバンはお見通しだ。いいか、勇敢な騎士みたいに時間を上らなくちゃならんぞ、時間がコブウシみたいにおめえさんに乗っかるのがいやだったらな。シェリュバンはおめえさんに言うぞ。何度目かの雲が月のまえを通り過ぎたが、その速度はあまりに早く、爆発が起きるよりも激しかった。マリ・スラはシェリュバンの声のなかへさかのぼった。マリ・スラが気づかぬうちに、彼女にとっては最初の日の言葉よりもいっそうはっきりと響くすべてに向かって。たぶんユドクシに向かってだ。彼女の不可解な人生はいまもなお輝きを放っている。アナトリに向かってかもしれない。彼をめぐる口論と不幸な騒乱のせいで泣いていたアナトリ。向かう先は、リベルテ、ああ、娘にしておじでもあるというリベルテ、それから、そう、ユロージュ、ユロージュと名無しの女だ。女が、果てしないその言葉を中断して、この子はあんたの娘で、ほかのやつの子じゃないとユロージュに言ったあの日、二人はこの祝別されたヤシの木を壁にかけたのだ。それから、非運にして幸運な年より二人は、かつてユロージュが注文し、この小屋の唯一の家具であるダブルベッドに隣り合わせに横になった。翌朝、二人はこの場所にいた。この旅のあいだに二人の白髪はすっかりブラッシングされており、裸足は磨かれ、洗われていた。マリ・スラは声に出さずにうたっていた。するとその歌は少しずつ奴隷監督の小屋を優しく包んでいった。《お嬢ちゃん（ティフィユ）、お嬢ちゃん（ティフィユ）、来て（ヴィニ）、こっち（エティ）、こっち（エティ）、おまえさんはお告げだよ（ウ・セ・ラ・ノンスマン）》こうして、あの車輪のペダルを踏んで針を刺すという機械的な作業が始まったのであり、あの貧しく退屈な日々のあいだじゅう、マンゼ・コロンボはかつて必死になってこれを動かし続けてきたのだった。外では音楽がタマリンドを輝かせ、あまりにわびしく平坦であるように思えるこの周辺に熱気を与えていた。まるでその音楽は、ユロージュの娘を包みこむために作られたかのようであり、ユロージュの娘がいつも寝ていたその場所だけでなく、彼女が出立するときの状況――彼女が機械を二度と動かさなくなってしまったあの穏やかで慎ましい瞬間をも隠すために作られたかのようだった。とても遠くからやって来る（時間のなかからだけでない。さまざまな邦・地方で縫い合わされ、とても複雑な折り目でわれわれの身体にぴったり合う、あの空間という下着のなかからもだ）その音楽は、聞き取ることができない。われわれが身体の動きを止め、それからもう一度動き出して、名づけようのない獣たちが待ち構える〈原初の跡〉を渡るとき以外には。そのとき、われわれは、だれもが等しく共有している何がしかの放棄のもとで強まってゆくものを見抜くのだった。マリ・スラはいまや見抜いていた。彼女は言った。夜はきつい、夜は一個の岩だ。パトリス・スラはその岩のなかにいるし、オドノ・スラはだれにも何も頼まなかった。二人は〈昔の時の跡〉をさかのぼった。それはおれたちを明らかにするためのものだ、そうシェリュバンは言った。おれは夜話のなかにいて、おれが夢見ることを夢見ていた。おれはそう理解している、そうシェリュバンは言った。いやいや、終わりなんてないよ、理解しているなんて言っちゃだめよ、この〈跡〉を辿りながら叫んだと言ってよ。おれは叫んだ、シェリュバンは言った。あたしたち、あの〈他所からのざわめき〉を聞いた、あんたもあたしも〈一覧表〉も〈聖遺物箱〉もめくった。あたしたち、あの〈契約したものたちの道〉を走って、〈苦しみの台帳〉を駆け下りた、それで、ああ、〈妄言論（デパルレ）〉を読むのが残ってる。なんだその〈論〉って、シェリュバンが尋ねた。あんたが耕すこの土地のなかに埋まった単語よ。フォーク（マドジュンベ）を使ってか、シェリュバンは尋ねた。手癖の悪い指があるでしょ、両手それぞれに、それを使ってよ。おめえさん、頭おかしくなってなんかないな、シェリュバンは言った。いや、あたしは〈島々の索引（テーブル）〉を、本のリズムの最後を飾るパートを批判してるの。ああ、たしかにテーブルもあるな、本にだって、シェリュバンは尋ねた。すべての島を網羅した索引ね、その島々が周囲の海のどこにあるのかをあんたは見ることはないし、あんたの頭を庇護しているのよ。ほんとにおめえさん、みずみずしい狂気には達していないな、シェリュバンは言った。マリ・スラは小屋の濃密さのなかで優しく笑った。笑いながら、身体の内部で爆発が起きるように、向こうの、夜の奥底から現れ始める光が強まってゆくのを感じていた。その頭と思考は、木々の枝に沿って広がり、自分が眠っていたとさえ気づかないまま目覚めた。一匹の鶏がコケコッコーと鳴いた。あたしにこう言ったロングエは正しかった。はるか昔、それはケネット〔ケネパ〕の木の根元にはないだろうって。それはタマリンドだった。戸口のうしろにうずくまるシェリュバンは何かを見張っていた。マリ・スラはジープの音を聞いた。それから、彼女は小屋に通じる踏み跡に沿ってジープがやって来るのを想像した。幹の太い木の下で止まると、二人の憲兵がそこから下りてきた。彼らは遠くの方で探したのち、ジープからあえて離れ、小屋の角までやって来た。シェリュバンは大包丁を掴むと、落ち着いて車のなかに座りに向かった。マリ・スラはじっとしていた。突然、憲兵たちが姿を現し、シェリュバンからは一メートルも離れていないところで出くわした格好となった。シェリュバンは彼らがまるでいないかのごとく目をやったが、両手には大包丁が握られている。彼らは武器を取ろうとしたものの、すかさず動作を止めた。シェリュバンはびくりとさえしなかった。マリ・スラは扉のすき間からこの沈黙が小屋のなかに呑み込まれてゆくのを感じていた。憲兵たちは後退し、盛り土の角から姿を消した。彼らは増援を求めに行ったようだった。マリ・スラは走って、運転席に座った。運転できるのよ、彼女は言った。そのときには車はもう踏み跡の上をがたがたと揺れており、憲兵にはただの一人も出くわさなかった。二人は、病院をまっすぐ目指した、つまりは、シェリュバンが行方をくらましたたくさんの近道を通っていった。これが〈妄言論〉か、そう彼は言った。マリ・スラはわずかな躊躇もなく運転していた。病院の中庭に着くと、シェリュバンはまるで何もなかったかのように調理場に向かった。彼はそのまえに連れにこう言い放った。おめえさんはアドレッサントな女だ。ジープは乗り捨てられたままだったが、とりたてて騒ぎにもならなかった。マリ・スラはオフィスに向かってセメントの通路を再び上りながら、シェリュバンの言った「アドレッサント」を、「金色の（ドレ）」、「愛された（アドレ）」、「思春期にいる（アドレッサント）」、「甘やかな（カレッサント）」と分解していた。目のまえには、あの若い医師がいた。——素敵なことをしましたね、憲兵のジープを盗むなんて。——だれも知りません、シェリュバンとあなたとわたしをのぞいては。——間違いなく憲兵隊もね。——これは本人も知らない発作だったんだって弁護してください。——あなたのために嘘をつけと言うのですか。——それがどうしたのです。嘘をつくのはあなたの仕事でしょ。——なるほど。ではいまから何をしますか。——決めるのはあなたです。わたしはもう問うべきことを決めています。夕食にお招きします。——夕食をご一緒したら、治療面ではもうわたしはあなたと何の関係もなくなりますよ。——学者ぶった女たらしはお止めなさい、あんたは半人前だし、あたしは、アドレッサントだとしたって、年老いたにちがいない女なんだから。どんな面でもあんたとは関係ないね。夕食に招く、ただそれだけ。それも今晩、それよりあとは無理。——いまでは、白人たちと付き合うのですか。——ばか騒ぎはよして、それから退院の証明書をちょうだい。あらゆる慣習を無視して、彼はそうした。マリ・スラは、毎日の普段の物事のなかで暮らすことを学び直した。彼女は、マチューに手紙を書いた。ついに居場所が分かったのだ。近いうちに帰ると彼はマリ・スラに返信した。彼女はシナ・シメーヌとピタゴルを自宅に招いた。二人はもう何十年ぶりかの初再会を果たした。古い時代に属するシナ・シメーヌとピタゴルは、想像もつかない資質を有していた。二人は同じ時刻に到着し、夫婦のように何の問題もなく家事に励み、それぞれ自分の家に帰っていった。パ・ティ・ニ・パ・アン・プロブレム。ノ・アイ・プロブレマ。ノー・プロブレム。シナ・シメーヌは、ずっと昔に蓄えた光で満ちていた。彼女には、事物の輪郭も、人々の口実もはっきり見えていた。もはや喫煙用の粘土パイプもその名に値するタバコもなかった。シナ・シメーヌは、しゃべらず、やって来るのをただ見ている、〈眺める人〉だった。ピタゴルは心をなごませ、日々を穏やかに過ごしていた。マリ・スラは、とあるオフィスに職を得て、みんなが我慢していることを我慢した。他所からのニュースはどこにしてもなかった。東洋の側でも、アフリカ諸国の人民にとっても、南アメリカでも、アメリカ合衆国の黒人にとっても、先住民ケチュア族にとっても。カリブ海の島々周辺でも。じっさいのところ、あたしが呆けてしまったのは、まさしくいまなんだ。あたしはゼロを置いて、残りの数全部を繰り上げるんだ。あたしたちが敬うのは、「〜をもっている」「〜を知っている」「〜することができる」の三つの動詞。「暮らす」という動詞はもう使われない、彼が使ったのは「飛ばしまくる」という動詞〔鉄を掴むということ、つまり挫折する、不運である、おそらく苦しむということ［著者註］〕。でも、あんたが自分の暮らす邦のことを愛さないのなら、だれもあんたの代わりにその邦を愛しはしないね。あるいは、折り畳み式パンフレットに、みんながサンセットが好きであるかのように、驚いたふりをした人がこう言うかだね。「わたしはジブチから来たばかりなんだけど、ここはとっても素敵、一部の人たちがなにやら騒いでるって話だけど、ほんと、何も気づかない」あんたが自分が足を置いているその土地を愛することに苦しむことがないのなら、だれもあんたの代わりに苦しんだりしないだろうね。分譲地の家は以前と同じく無色だった。マリ・スラは、毎日、息子の友人たちを迎えるのを望んでいたのだが、かつてマン・トティムがおこなった、この部族の集まりのような、狂気じみたもてなしは、彼女の生活のあり方がもはや許さなかった。バイクに乗った若者たちは別荘で盗みを働くようになった。新規に設立された「公共職業安定所」は軌道に乗らないままだった。マリ・スラは、何から何まで疑わしい情報を伝えられ、家の芝地の前でぽかんとつっ立っているままだった。パトリス、オドノ・スラ。近所のご婦人方が彼女に送る微笑は、彼女のうちで再び何かが壊れたりしてはいないかを監視する、用心した、注意深いものだった。ピタゴルは、娘がカラーテレビをクレジット払いで購入したのを知ってからというもの、毎日欠かさずやって来た。彼は午後四時の放映が始まると腰かけ、放送が終わる夜の一〇時に席を立つのだった。ある日、何かの専門家か、政治家か、ひょっとしたら選挙活動中の大臣か誰かが、恒久的な「サトウキビ再建計画」だったか、あるいは度を越しすぎて妙に説得力のある何か別の思いつきを大きな数字をばんばん並べ立てて詳述するのをピタゴルが聞いていたときのことである。ピタゴル、ねえ、この訳の分からない話をいったい理解できるの、こんな嘘みたいな類の話にあんたが関心をもっていると信じさせても、ほんとにね、むだよ、そうマリ・スラは声を荒げた。ピタゴルは、彼女のほうに上半身をすっかり傾けて、テレビから目を離さずに、こう発した。自分なりの理解の仕方がある。たとえば、あの《口ぶり(クレ)》からして、いかにも嘘だって感じがするね。アスー・《クレ》・パロラ・マン・カ・ウエ・ノンムタア・カ・マンティ。マリ・スラは、真っ暗な小屋のなかに倒れ込んだかつての先祖たちのように、大きな音ではなく、かすかな音を立てて笑った。彼女は静かにその場から離れた。島では独立を求めるパルチザンのことが本当に話題にのぼっていた。やらなければならない仕事はすべて手つかずのままだった。イダ・ベリューズが帰ってきた。母親は彼女のことをたいへん待ち焦がれていた。イダ・ベリューズは、両者のあいだでふつふつと沸き立つあの感情の高ぶりを和らげようと努め、こうマリ・スラに提案するのだった。そうすることができるなら、いまがお互い好きなように暮らすときね。両者の会話は、途切れる呼吸、険しい感情の発露によって保たれていた。真っ昼間に聞こえてくる物悲しく単調な曲のような、こうした代わり映えしない言葉をぜいぜいと吐きながら、息が切れるまで、われわれは進み続けるかのように。われわれはこれらのばらばらのわれいをせっかちにかき集めるのだ、絶え間なく上っては沈む時間を両腕で揺らし、また掘り起こしもしながら、激しく裏返り続けて。それぞれが身体的不安を必死になって押し込めるのだ、われわれわれというこの厄介な闇のなかに。

『日刊アンティル』（一九七八年九月一三日付）から

「……本県の精神医学制度機関の件については九月四日付号で読者に告知した。本調査の結論として、まず確実に言えるのは、この分野ではまだ不備が残っている、ということである。とはいえ、部分的には、実をいうと期待できる成果を数多く出している。その点をまとめておこう。課題は、煎じ詰めれば、本土で遭遇する問題と変わらない。精神病（読者はご存知のとおり、専門家は、昨今、狂気という言葉を口にするのを嫌がる）は、同じ仕方で、どこでも発症するのだ。設備面ではたしかにいまだ十分ではないが、本課題の研究を担う専門家は、県議会の当該委員会に、報告書を提出済みである。公正に見積もって、報告書が要請している諸点は受け止められ、実現されるはずである。

地域医療を発展させるために作成された計画は、本紙ではとりわけ詳しく伝えてきた。これは看護業務の新しい組織計画であり、本土ではすでに実施され、非常に期待できる結果をもたらしている。その狙いは、患者を現実生活のなかにうまく組みこむとともに、おそらくは病院を無くすことによって業務を人間らしいものにすることにある。

スタッフの能力は申し分ない。本土から招聘される専門家および大学教授を中心に組織される数多くの研究セミナーをつうじて、継続的な訓練がなされている。

医療現場の改善もすでに始まっている。海外県担当大臣および厚生大臣が凍結解除する、このための予算については、詳しく述べてきたとおりだ。その実施令はまさに署名の段階にあり、ただちに執行される予定である。

政府担当者は公式声明を行った。《すべてが抜本的な改善に向けて動いているのは確かです。精神病患者のみなさんは、ほかのカテゴリーに属する人々と同じく、国民としてじっさいに連帯する権利を有しています》

したがって、われわれは、ただあら探しのみをしつづける輩や、陰気な輩の言うことに同意できない。そういう連中は、ひっきりなしに批判だけして、じっさいの問題をまったく直視していない。

最後に、最良の結論を付け加えれば、本県の精神病院はカリブ海の全域にわたって羨望の的であり、近隣独立国の政府の一部は、その手段を持ち合せていないことに鑑みて、自国で看護するのが難しい重度の精神病患者の施設収容の許可を得ようと、本県の公益事業部門およびパリの省庁に働きかけたところである」

【付録】
ベリューズ家、ロングエ家、タルジャン家、スラ家の系図

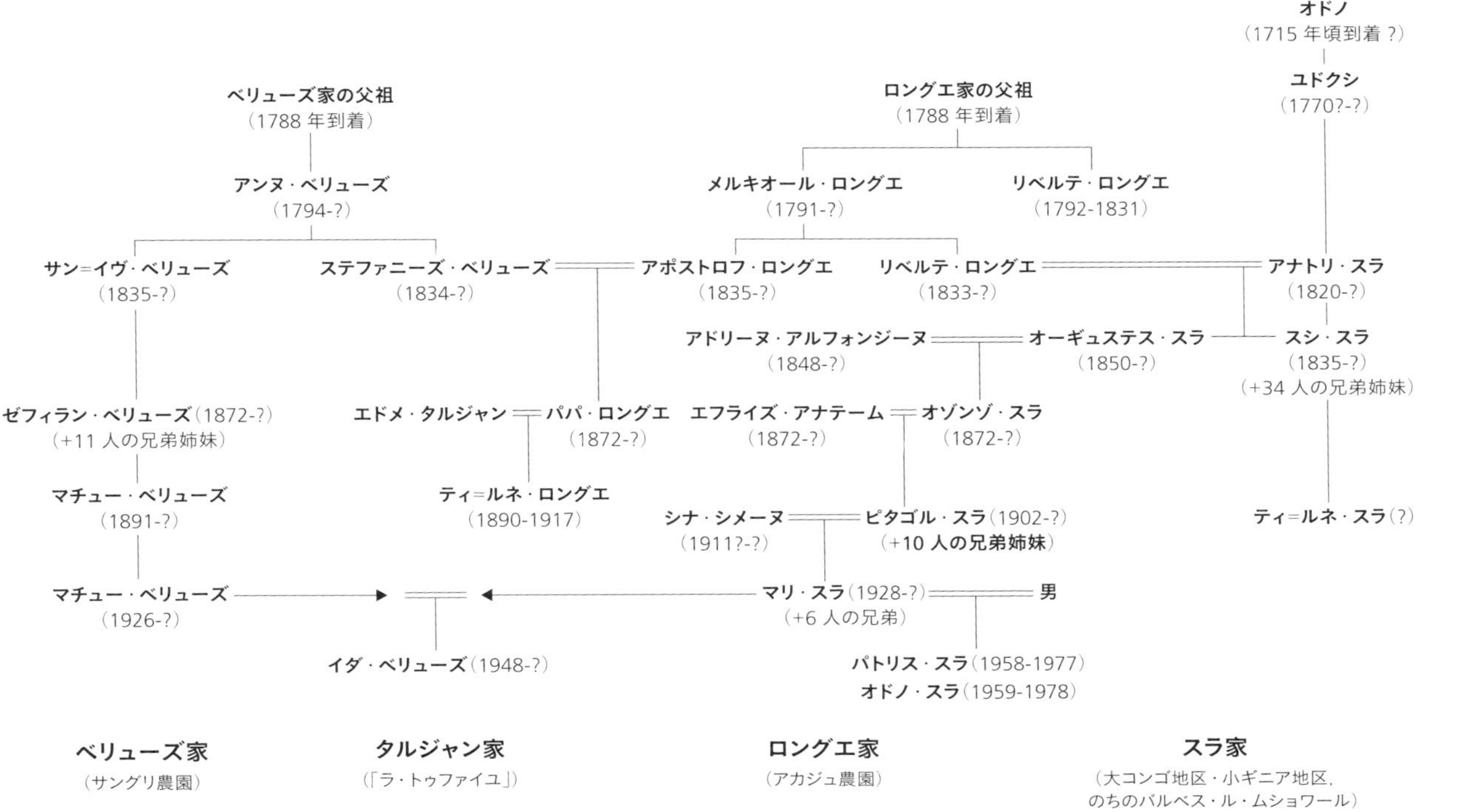
オドノ
（1715 年頃到着 ?）
ユドクシ
（1770?-?）
ベリューズ家の父祖
（1788 年到着）
ロングエ家の父祖
（1788 年到着）
アンヌ・ベリューズ
（1794-?）
メルキオール・ロングエ
（1791-?）
リベルテ・ロングエ
（1792-1831）
サン=イヴ・ベリューズ
（1835-?）
ステファニーズ・ベリューズ
（1834-?）
アポストロフ・ロングエ
（1835-?）
リベルテ・ロングエ
（1833-?）
アナトリ・スラ
（1820-?）
アドリーヌ・アルフォンジーヌ
（1848-?）
オーギュステス・スラ
（1850-?）
スシ・スラ
（1835-?）
（+34 人の兄弟姉妹）
ゼフィラン・ベリューズ（1872-?）
（+11 人の兄弟姉妹）
エドメ・タルジャン
パパ・ロングエ
（1872-?）
エフライズ・アナテーム
（1872-?）
オゾンゾ・スラ
（1872-?）
マチュー・ベリューズ
（1891-?）
ティ=ルネ・ロングエ
（1890-1917）
シナ・シメーヌ
（1911?-?）
ピタゴル・スラ（1902-?）
（+10 人の兄弟姉妹）
ティ=ルネ・スラ（?）
マチュー・ベリューズ
（1926-?）
マリ・スラ（1928-?）
（+6 人の兄弟）
男
イダ・ベリューズ（1948-?）
パトリス・スラ（1958-1977）
オドノ・スラ（1959-1978）
ベリューズ家
（サングリ農園）
タルジャン家
（「ラ・トゥファイユ」）
ロングエ家
（アカジュ農園）
スラ家
（大コンゴ地区・小ギニア地区，
のちのバルベス・ル・ムショワール）

訳者あとがき

マルティニックというカリブ海の小さな島がある。日本列島からはるか遠く離れたこの島に行ったことがある人は、そう多くないだろう。けれども本書を手にとる読者にとっては、もしかしたら、すでに親しみ深い土地であるかもしれない。エメ・セゼールやパトリック・シャモワゾーの作品を読んだ方や、映画『マルティニックの少年』のような映像を観た方は、この島の人々や風景を思い浮かべることができるのではないだろうか。

本書の著者エドゥアール・グリッサンにとって、マルティニックは生地である。一九二八年、この島の北東部の山岳地帯ブゾダンに生まれて、中央の平野地帯ル・ラマンタンで少年時代を過ごした。グリッサンが最初に覚えた言葉はクレオール語と呼ばれる話し言葉だ。それから、この島に育った人々の大半と同じように、学校でフランス語を覚えた。優等生だったエドゥアール青年は、奨学金を得てフランスに留学して、パリの大学で勉強するかたわら、作家を目指した。

グリッサンが留学した一九四六年は、マルティニックの政治体制が大きく変化した年だった。

この年まで、マルティニックはフランスの植民地だった。一六三五年のフランス領有以降、この小さな島にフランス人が入植し、ヨーロッパ輸出向けの熱帯作物を栽培する商売を始めた。いわゆるプランテーションと呼ばれる、タバコ、カカオ、サトウキビといった熱帯作物を大規模に栽培する農園（フランス領では「アビタシオン」と呼ばれる）の経営だ。一七世紀から一九世紀中盤までにかけて、プランテーション経営は、ラテンアメリカ北東部、カリブ海域一帯、アメリカ合衆国南部でさかんにおこなわれた。その過程で、アフリカから多くの人々がマルティニックにも連れてこられ、売り買いされたのち、生涯、農園で働かされた。奴隷制である。フランス領での奴隷制廃止は一八四八年のことであり、その後、解放された人々は自由の身になるが、財を築けないほとんどの人々はかつてと同じく農園で低賃金で働くことになる。そうしたマルティニック社会の貧しさからの脱却が、一九四六年、「県化法」と呼ばれる法律の可決には賭けられていた。この年、マルティニックはフランスの植民地から県に昇格したのだ。

一九四六年以降、グリッサンは留学先で詩を本格的に書くようになった。グリッサンにとって、詩はもっとも根源的な創作である。詩作を発展させる仕方で、詩論や小説を書いた。彼がフランスにいるあいだに発表した小説は二作ある。『レザルド川』（一九五八年）と『第四世紀』（一九六四年）だ。いずれも彼の代表作と言ってよい小説であり、どちらの舞台もマルティニックと目される島をモデルにしている。

小説を書くにあたってグリッサンが意識していた作家がいる。ウィリアム・フォークナーだ。フォークナーがアメリカ合衆国南部ミシシッピ州にヨクナパトーファという架空の郡を創り、そこで繰り広げられる連作を書き継いできたことは、広く知られている。グリッサンもまた、フォークナーのように、マルティニックを舞台にした連作を構想することに着手した。

『レザルド川』は、第二次大戦終戦直後の島を舞台に、解放の熱気に包まれた政治活動を弾圧しようとする将校に対して、島の若者たちによる政治グループが暗殺を目論むという筋立てだ。この政治グループのリーダー格とその恋人が、本書に登場する、マチュー・ベリューズとミセアことマリ・スラにほかならない。ほかにも、パパ・ロングエ、タエルことラファエル・タルジャン、ロメといった人物が、本作でも引き続き登場したり言及されたりしている。

続く『第四世紀』は、マルティニック・サーガと呼びうる、豊饒な物語宇宙の始まりを告げる作品である。この小説で、グリッサンは、カリブ海の過去の探求を主題に据えた。このために作家はマチューとパパ・ロングエを主要人物にして、この二人の対話をつうじて想起されるカリブ海の過去を（フォークナーの『アブサロム、アブサロム！』のように）物語ることにした。ベリューズ家とロングエ家の数世代におよぶ家系の記憶が、大河の流れのように想起されてゆく。『第四世紀』では、二つの家系にかかわる人物が多数登場するのだが、本作ではメルキオール・ロングエ、二人のリベルテ（メルキオールの弟と娘）、ゼフィラン・ベリューズといった人物が『第四世紀』から引き続き登場している。

グリッサンは、この二作を発表したのち、一九六五年に帰郷する。帰郷後、彼が突き当たったのはマルティニックの悲惨な現実だった。県にすることで、人々の生活水準を本土並みに引き上げるという政治家たちの理想は、夢のまた夢の話だった。経済面での格差以上にグリッサンにとって深刻だったのは、フランスの制度に組み込まれたことによる文化的な同化の進行だった。この島に住む多くの人々は奴隷の子孫であるわけだが、フランスの県となることで、自分たちをフランス人だと考えるようになり、奴隷貿易から始まる苦しみの記憶を忘れてしまうことに、グリッサンは何よりも危機感を抱いていた。

こうして『第四世紀』でカリブ海の過去を探求したグリッサンが新たに取り組んだのは、マルティニックの二〇世紀を風刺する小説『マルモール』（一九七五年、タイトルは「悪い死に様」の意）だった。前二作とはおもむきの異なるこの小説は、ドラン、メドリュス、シラシエという三人衆を主要登場人物にしながら、庶民の生活を描きつつ、島の抱える矛盾や問題を風刺する。堅牢な物語世界を築いた前作とは異なり、『マルモール』の作風は、実験小説に近づいており、彼の作品のなかできわめて難しい部類に入る。本作では、上述の三人がある箇所で登場している。

*

本作『痕跡』（一九八一年）は、『マルモール』に次ぐ、四作目の小説である。グリッサンの物語世界のなかでは、『第四世紀』と『マルモール』を綜合したような作品だと位置づけることができるかもしれない。『第四世紀』のような過去の探求のヴェクトルと、『マルモール』のような島の現状批判のヴェクトルをあわせもつ本書は、この意味で、グリッサンの小説世界の要をなす作品だと言ってよいだろう。

本書でもまた前作を引き継いで著者の実験精神が強く打ち出されている。すでに読み始めた方は、それぞれの章に一つも改行がないことに驚くかもしれない。語り手は、「われわれ」という一人称複数形が一貫して担っている。こうした実験的手法にはそれなりの理由が考えられる。

改行を施さなかった理由は、話し言葉であるクレオール語の口承性を再現するためだと言ってよいと思う。作中に「名無しの女」という人物が出てくる。名前を問いかける暇すら与えないでひたすらしゃべりまくるという人物だが、この女性の語りの活力とスピードを示す表現に「バラン」(文中では balan と綴る。フランス語の ballant に由来すると思われる)というクレオール語が使われている。あたかも一息で一気に語り続けるかのような語りの「バラン」を改行のない文章が示しているのだと考えられる。シェルバンとマリ・スラの対話のなかに出てくる「デパルレ」もそうだ。これはマルティニックでは周囲には訳の分からないことを勝手に話し続けることを指している。改行無しの語りは妄言のような語りでもあるだろう。

同じく「われわれ」という人称についても、作者の意図が込められている。グリッサンは同時期に発表した別の評論(『カリブ海序説』スイユ社、一九八一年)で、この点にかかわる重要な言及を残している。

> ここでの〈われわれ〉は打ちのめされ、不可能であり、このために〈私〉の不可能を引き起こしている。マルティニックの誰かにするべき質問はたとえば「私とは誰か」という一見して手に余る質問ではなく、「われわれとは誰か」であるだろう。
> (『カリブ海序説』、一五三ページ)

「われわれとは誰か」というこの問いを主題とする小説が「われわれの小説」だ。グリッサンはこう述べる。

〈われわれ〉は個別具体的な形を必ずとらなくてはならないのだから〈われわれ〉の小説などできるはずがない、と周囲から言われている。危険を冒してみるだけの価値があるということだ。（同）

以上に述べられていることを実践した作品が本作だと言ってよいだろう。じっさい、作中で「われわれ」と発する具体的な話者はその都度変化する。あるときは、サトウキビ畑で働く男たちだったり、あるときは、女たちだったりする。またあるときはサトウキビ畑の子どもたちだったり、またあるときは、町の高校生たちだったりする。こうしてその都度、発話主体が変化する「われわれ」は、島に住むすべての人々を含みこむ集合的主体とでも言うべき、抽象的な「われわれ」のうちで統合されている。

この一人称複数形の訳については、その都度「ぼくたち」や「おれたち」などと訳し分けることも考えられたが、それらを一貫した主体として提示することに翻訳上の困難を感じた。小説の言語としては硬質な感がぬぐえない「われわれ」を一貫した語り手の人称とすることで、上述のグリッサンの意図を少しでも伝えることができていれば、と願うしかない。

本書は、カリブ海の人々の数世紀におよぶ生と死の記憶を見事に描きつつ、その集合的記憶の痕跡が急速に消失する様を捉えた、希有な小説である。その記憶の暗喩のように働くのが、スラ家の者たちが追い求め続ける「オドノ」という謎の単語である。読み進めるにつれ、わたしたちは、作中奥深くに据えられる「オドノ」の謎に近づくことができる。

また、この作品に生彩を与えている、たくさんの語り部たちによる「夜話」は、グリッサンを「師」と仰ぐシャモワゾーの『素晴らしきソリボ』(関口涼子＋パトリック・オノレ訳、河出書房新社、二〇一五年)を気に入った読者には存分に楽しめるものだと思う。ピタゴル・スラによる「黒人王」の話、オゾンゾ・スラによる「寝室魚」の話、オーギュステュス・スラによる「マン・ソッソ」の話、スシ・スラとアリの挿話にはじまるさまざまな動物をめぐる話など、本書は、付随的な挿話に見えるような、いくつもの話の積み重ねで成り立っている。ときにユーモラスな話の連なりが、本書の読み物としての醍醐味だと思う。

*

本書は、Édouard Glissant, *La case du commandeur*, Gallimard, 1997 の全訳である。ただし訳出にあたっては、オリジナル版にあたる一九八一年刊行のスイユ社版を用いた。翻訳のさいには、幸いなことに、二〇一一年に出版された英訳(ベッツィー・ウィング訳)も合わせて参照することができた。原書には、ときに訳者の手に余るような難解な表現があり、そういうときに英訳を参考にした。

なお、本書のタイトルは、直訳すれば『奴隷監督の小屋』である。これは黒人初の奴隷監督になったユロージュがその妻と営んだ小売店兼住居を指しており、小説全体にわたってこの小屋が随所に登場する。グリッサンは表題にさまざまな暗示的意味を込めている。たとえばこの小屋が、プランテーションの記憶と結びついた、人々の寄り合い場所を暗示しているのはほぼ間違いない。しかし、小説のタイトルからその暗示を読みとるのはなかなか難しい。そこで本書では原書の版元であるガリマール社の許諾を得て『痕跡』という日本語版オリジナル・タイトルを付けることにした。

グリッサンはこの語（原語はtrace）を逃亡奴隷をはじめとする人やさまざまな動物が小山（モルヌ）につけた「足跡」、「踏み跡」、「踏み分け道」を指すときに用いている。と同時に、この語は、想起すべきこの島の過去の手がかりのようにも用いられる。とくに後者の意味を込めて、『痕跡』とした。

本書ではクレオール語の言い回しが多数出てくる。そのうちの一部は、実は原著では巻末に「いくつかの特殊な語彙について」と題された用語集のかたちでまとめてあり、巻頭に「几帳面な読者のために巻末に用語解説（読書の妨げにならないほどの簡単なもの）を付す」と記されているのだが、読者の便宜を考えて、用語集の内容を本文に割註の形で反映させることにした。文中に挿入される註のうち、「著者註」とあるのは用語集のものであり、それ以外は訳註となる。

ただし本文には用語集には記載されていないクレオール語の表現や単語も織り交ぜられている。それらの翻訳にさいしては、今回、西成彦先生が全面的にご協力くださった。訳者の方では、手元のフランス語対応の何種類かのクレオール語辞典とカリブ語辞典（後者はレイモン・ブルトン神父が一六六五年に著した辞典のリプリント版）を参照したものの、依然判然としない部分が残り、そもそもクレオール語のカナ表記が厄介な課題となった。グリッサンが今日流通しているクレオール語の正書法とは異なる綴りで書いていることも、困難の一因だった。

訳文にかんしては、本書を担当くださった神社美江さんの助言がおおいに役立った。これまで何度か翻訳にたずさわる機会を得てきた訳者だが、小説の翻訳は初めてのことだった。一癖も二癖もあるグリッサンの文章をなるべく読みやすいものにすることを心がけた今回の翻訳では、評論の訳し方とはまた異なる、言葉に対するこだわり方があることに気づくことができた。
西先生と神社さんには、格別の感謝の気持ちをお伝えしたい。

*

現在のところ、グリッサンの小説の訳書は『レザルド川』（恒川邦夫訳、現代企画室、二〇〇三年）と本書の二作だけであるものの、今後も以下のラインナップが予告されている。『第四世紀』（インスクリプト）、『マルモール』、『マアゴニー』（以上、水声社、いずれも仮題）。これらすべての訳書が刊行されてマルティニック・サーガの全貌が日本語でついに明らかになる日を読者のみなさんとともに心から待ち望みたい。

二〇一六年冬

中村隆之

著者／訳者について──

エドゥアール・グリッサン（Édouard Glissant）　一九二八年、マルティニックのブゾダンに生まれ、二〇一一年、パリに没した。作家。カリブ海文化圏を代表するフランス語の書き手ならびに来たるべき世界を構想した思想家として、没後も依然として世界的注目を浴びている。主な小説作品に、『レザルド川』（恒川邦夫訳、現代企画室、二〇〇三年）、『第四世紀』（インスクリプト近刊）、『マルモール』、『マアゴニー』（以上、水声社近刊）、主な評論作品に『〈関係〉の詩学』（管啓次郎訳、インスクリプト、二〇〇〇年）などがある。

＊

中村隆之（なかむらたかゆき）　一九七五年、東京都に生まれる。東京外国語大学大学院博士課程修了。現在、大東文化大学専任講師。専攻、フランス語圏文学。主な著書に、『エドゥアール・グリッサン』（岩波書店、二〇一六年）、『カリブ－世界論』（人文書院、二〇一三年）、主な訳書に、J・M・G・ル・クレジオ『氷山へ』（水声社、二〇一五年）、エドゥアール・グリッサン『フォークナー、ミシシッピ』（インスクリプト、二〇一二年）などがある。

Cet ouvrage a bénéficié du soutien des Programmes d'aide à la publication de l'Institut français.
本書は、アンスティチュ・フランセ・パリ本部の出版助成プログラムの助成を受けています。

痕跡

二〇一六年一二月一〇日第一版第一刷印刷　二〇一六年一二月二〇日第一版第一刷発行

著者――エドゥアール・グリッサン
訳者――中村隆之
装幀者――滝澤和子

発行者――鈴木宏
発行所――株式会社水声社
東京都文京区小石川二―一〇―一　いろは館内　郵便番号一一二―〇〇〇二
電話〇三―三八一八―六〇四〇　FAX〇三―三八一八―二四三七
郵便振替〇〇一八〇―四―六五四一〇〇
URL : http://www.suiseisha.net

印刷・製本――精興社

ISBN978-4-8010-0210-4